分光镜下的法治

刘　玲 /著

中国法制出版社
CHINA LEGAL PUBLISHING HOUSE

序言

一本合上的书，是作者的独白。

一本打开的书，读下去，是与作者的对话。

越来越挑剔的现代人，与谁对话，多长时间对话，取决于多种因素，如兴趣爱好，领悟力、耐心，在多大程度上被对方的文字吸引，等等。

常在网路行走的人，喜欢短平快的作品，如直截了当、痛快淋漓的杂文、随笔。太长了，没有耐心去读（网络作者为了让自己的文章看起来不那么长，段落之间配上图片）；太平淡了，提不起精神去读（能够制造文字波澜的作者，大受欢迎）。文字也不能太腻、太潮，过度抒情乃至滥情，未必受读者青睐。

与人对话，何尝不是如此？

我想，读者的共识是：篇幅较短、思想深刻而文字温润，不干燥也不油腻的，便是一本好的杂文、随笔书。

打开一本书，应当是这样的人与你对话。

本集中的文章，有思想，充满活力，文字净落，思想灵动，逻辑力量强大，拒绝冗长，也绝不沉闷枯燥。

作者刘玲是一个十分认真的人，她认真对待事业与生活，认真面对社会的大事小情，认真思考，认真分析，每天坚持读书。这种认真的结果，形成这些认真的文字。

她的文章，题材广泛，从社会热点到职业感悟乃至休闲娱乐（电影《第三度嫌疑人》《东方快车谋杀案》等也成为她分析的对象），无不驱遣笔下，形诸文墨。对于一个善于思考的当代人来说，可以写成文字的社会现象、心理过程不胜枚举：饮食必有讼，在各种社会矛盾层出不穷的今天，每天刷新的光怪陆离的事件报道，你方唱罢我登场的各色人物，获得毁誉的文艺作品，只要有心人去思考，便有思想的结晶。不过，作为法律人，本书作者主要围绕法律话题展开，以法治精神贯穿全书，展现的是一种法律人的情怀。

本集的文章，都是目之所及、心之所至的思考之作。

刘玲是一名资深律师，若干年前是一名检察官。25年作为检察官和律师的经历，让她有许多感悟。在她的法律人格中，有律师的一面，也有检察官的一面，这种人格构成，使她的思考中多了一份客观和理性。她不与流俗，明辨是非，正义感很强，有时甚至嫉恶如仇，形成文字，也是是非分明，绝无乡愿，也无偏袒与偏见。

这是一个好的对话者，你可以听听她要对你说的，娓娓道来的时候，你会觉得她知性而亲切。

这是一本好的随笔集，思想背后蕴含着情感，这是一本会打动你的书。

一卷在手，你的内心会有所触动，也会感到愉悦。

一场邂逅，一场心灵的对话，就此展开。

张建伟

2018年于清华园

目录

职业篇

欲识庐山真面目

制度篇

不以规矩，不成方圆

社会篇

横看成岭侧成峰

技能篇

路漫漫其修远兮

新知篇

熟读深思子自知

闲思篇

世事洞明皆学问

职业篇

欲识庐山真面目

律师的公文包

有一个美国笑话：选择律师时，就看他的公文包，如果公文包是新的，说明该律师是新手；如果公文包是真皮材质且破旧，那这是一位成熟、资深、值得托付的律师。笑话总是有一些真实依据的。这个笑话竟然在一位德国律师身上得以验证。

2018 年 4 月，中德刑事律师论坛在京举行，六名德国律师与六名中国律师在六天时间里，就刑事程序、刑事制度、刑事辩护等议题进行了充分交流。来自德国的 Gustorf 律师是一位资深刑事律师，他执业三十多年，法律素养深厚，观点新颖，见解颇深。

论坛期间，Gustorf 律师形影不离的公文包也成为全场焦点：硕大、破旧，磨出的一圈毛边露出黄褐色皮渣儿。Gustorf 律师称这个公文包已跟随他二十多年。这个破旧公文包，是 Gustorf 律师的又一张名片。

律师提供专业服务，专业素养和经验是提供服务的基础。如霍姆斯的经典名言——“法律的生命是经验而不是逻辑”，经验是获取当事人信任的基础。每一个案件对当事人而言是百分之百，当事人寻求的是律师倾其技能、经验、才华所提供的最完善最专业的法律服务。律师在提供法律服务中展示的是专业精神和职业素养。初出茅庐、一脸稚气的年轻律师，很难立刻获得当事人的信任。律师积累经验没有捷径，只有亲身历练、持续学习、博采众长才可得。只有走过一条由法律实践铺就的曲折道路后才能趋于成熟，才不畏惧错综复杂的法律关系和头绪万千的矛盾纷争。

世界上没有相同的两个案件，律师，尤其诉讼律师，面对的每一个案件都是新的，需运用知识和经验对案件事实进行判断，研究其中的法律问题，提出切实可行的解决方案，这是一个探索研究的过程。律师面对每一个案件，都要施展“十八般武艺”：洞察秋毫的观察能力，全面细致的分析能力，准确的预测能力，正确恰当的法律判断能力，快速果断的反应能力，引经据典、旁征博引的说服能力，举重若轻、进退自如的决策能力。唯有如此，律师才能运筹帷幄地化解冲突、解决矛盾，才能沉稳自如地维护当事人权益，促进社会秩序恢复。

冰冻三尺非一日之寒，“十八般武艺”亦非一朝一夕之功。律师要获取这些技能，单靠读遍法学著作不可能瞬间功力大增，法条倒背如流也不意味着技能自动生成。功夫是一招一式练出来的，律师的技能经验则是一点一点积累的。

律师解决的是现实中的真实问题，必须将纸上兵法与实际案件有机结合起来。一手是法律，一手是案件，目光往返二者间，以法律人的思维分析案件，运用理性和经验制订切实可行的解决方案。

每一个律师从入行伊始，他们拥有的具体的公文包，同时也是一个抽象的“百宝囊”，用它可以收纳执业中的经验、教训。经手数百个案件，经过百转千回的历练，这个“百宝囊”“鼓”了起来，新律师便成了成熟律师。此时，律师特有的思维方式已炼成，“像律师一样思考”已成习惯，甚至职业病也如影相随。此时，面对纠纷难题，成熟律师轻松施展各式武功，攻防自如，如庖丁解牛，游刃有余。

获得经验、积累经验很重要。交流经验、传承经验，同样很重要，甚至是行业得以发展的必要。传统作坊间的师傅带徒弟方式是传承行业经验的最佳途径，律师行业也多采此模式。新入行律师跟着老律师，边看、边学、边想、边问，慢慢地熟悉了门道，获取了技能，掌握了诀窍，然后站在师傅肩膀上继续攀登。

英美法系的诉讼律师注重经验，沿袭这种传帮带方式。法庭上进行的交叉询问，英美律师能够对证人连续抛出一连串的问题，其技术技巧运用娴熟。我虚心问其道，他们回答很干脆：就像骑自行车一样，师傅怎么教，我们就怎么学。

我国恢复律师制度三十余年，行业积累尚不足，师傅带徒弟模式最大的短板是找不到合适的师傅。而且，时代更迭迅速，社会瞬息万变，新问题层出不穷，老律师、新律师都没有既往经验可循，只能一起向前探索、摸索。

不过，积累、交流经验的途径、方法有很多，律师有一个共同特点——善于分享，乐于通过媒介向社会公众分享法律知识，也乐于向同行分享业务技能。近几年来诸多法律微信公号成为律师交流的广阔平台，律师经验类文章点击量颇高："律师庭前辩护金律十条""开庭前后要做的21件事""律师录音取证2个条件+5大技巧"……这些平台好像一个公开大课堂，荟萃了各种经验。律师从中取长补短，互通有无，精进技艺。对年轻律师而言，客观上也弥补了欠缺师傅的遗憾。

律师成长需要长时间的磨砺，犹如岁月在Gustorf公文包上磨出的毛边一般。经验的获取需要时间积累，律师一点一滴地往"百宝囊"

里装进学识、见识、感悟、心得、体会、反思、技能、技巧、教训，装进法律理论和法律条文，装进古今中外案例、判例。日积月累，“百宝囊”日益丰硕起来，律师也逐渐成熟起来。

律师执业如酿酒，时间越久味道越醇，以至其使用的物件也有了文化的意义。律师执业时间越久，越发举重若轻、游刃有余。在一代又一代律师的不断总结、传承下，律师行业一面向前蓬勃发展，一面回首形成了厚重的沉淀。

律师行业的门槛[1]

近日，某律师事务所发布一条招聘实习律师的广告，招聘条件之一是“家境殷实”。年初还有一则消息引发争论：某律师发广告招徒弟，徒弟付学费万元可跟学四个月。

许多人由此感慨：这年头，做律师也要拼爹拼娘拼家境。

年轻（实习）律师，想叩开职业大门，跨过律界门槛，真的不容易。有专业，有学历，有学位，通过法律职业资格考试，外加一堆获奖证书；会外语，会驾驶，有留学背景；这些还不够，还要家境殷实，能付得起拜师费，甚至还要求属相、星座相合。这，真是不可思议。

不过，话又说回来，律师是化解纠纷、解决矛盾、预防风险的职业，是公民权利的维护者，是民间矛盾的缓冲阀，是“社会医生”。能胜任者必须是“超人”——综合素质和综合能力超出常人，要具备深厚的法律专业素养和丰富的社会经验，还要有超强的心理素质和高超的处事待人能力。

一名法科毕业生，即使通过了法律职业资格考试，其经验、阅历尚浅，如同白纸一张，料理个人的大事小情也许尚不能游刃有余，何

---

① 感谢美国德杰律师事务所（Dechert LLP）Lin Jia 律师对本文的贡献。

谈从容淡定地为当事人、客户出谋划策、答疑解惑、指点迷津？稚嫩律师走向成熟，除了自己努力之外，还需要律师事务所、老律师在经验、技能、技巧方面的传、帮、带。对于律师行业、律师事务所、老律师而言，培养一名律师需要付出很高成本，数年的教导才能出徒。如果让律所或师傅承担全部培养成本，似乎也不太合理。

律师业与传统作坊有近似之处。律师如同工匠，向客户提供私人订制的专业法律服务，这个过程体现出律师的知识、经验、风格、气度、修养等，个性特点非常明显。这一点，尤其在刑事律师身上体现得更充分。

在传统手工作坊里，匠人师傅手把手带徒弟，千锤百炼数年后，徒弟方可出师、独当一面。此时，匠人师傅却开始焦虑了——“教会徒弟，饿死师傅”。师傅培养的是竞争者，市场份额被瓜分。

不可否认，律师行业中师傅也存在这种焦虑，师傅和徒弟小心翼翼地保持着刺猬取暖的距离。律所在招聘实习律师时，担心培养对象日后跳槽成为竞争对手，便提高招聘条件。心存忐忑的老律师招徒弟时干脆明码标价索要学费，一手钱一手货，公平交易，都不吃亏。

于是，就有了本文开头的招聘怪象。这种矛盾之存在，与我国律师行业发展处于初级阶段也有关系。

放眼大洋彼岸，我们看看美国律师是怎么处理这个问题的。

我有一位律师朋友曾在乔治城大学读 JD（法律博士），每到实习季来临时，各大律所派驻招聘组入住学校附近酒店，请前来咨询面试的学生吃饭、喝咖啡、聊天，当然也要查看成绩单。律所筛选、锁定目标学生，然后发出 offer，邀请其来所带薪实习。实习结束后，律所和目标学生继续保持密切联系，每逢节日都寄来礼物，邀请其参加律所活动，继续表达诚意期望其毕业后加盟。

学生毕业后，可能会选择这家律所，也可能不会，但律所很淡定。如果目标学生决定加盟，律所便为该学生支付律师资格考试费、考前辅导班费用，还预付工资让其先休假再工作。

加盟律所后，律所对其按照一年级、二年级、三年级等逐年进行系统培养，指定专业导师和心灵导师，进行阶梯式培养直至合伙人，薪酬丰厚并逐年递增。律师跳槽也不乏见，对此，律所依然很淡定，开数场 party 相送。律师跳槽后，同位阶律师迅速补位，律所工作不受影响。

如此一比较，中美律师培养真是大不相同。

在美国，承担选择、聘用、培养律师责任的是律师事务所，而我国指导年轻律师的责任多由律师个人或律师团队承担。

二者比较，律所作为培养主体，在财力、经验、管理、人员、行政、课程方面具有优势和实力，而且能够体系化、阶段化。律所将培养新人作为一项基础工作，举全所之力对新律师进行培养，让新律师迅速成长，为律所创造效益。

美国律所在培养律师时，根据新律师的特点和兴趣，为其指定专业律师进行业务指导，指定心灵导师促使其适应和融入，培养其归属感和认同感。辅导老师“奉所命行事”，其对新人的辅导也属工作范畴并计算工作时间，新律师一边学艺一边参与导师的业务，既分担了导师的工作量，还可以从律所得到可观薪酬。大家其乐融融，皆大欢喜。

美国律所培养模式，能够统筹安排，分工合作，各得其所。这种培养模式保留了传统师傅带徒弟模式的精华，既培养了新律师，也消除了师傅的顾虑。师傅教会徒弟后，多了帮手，减轻了负担。

我们国家律师制度发展三十余年，律师事务所以中小所为主，如同小作坊，原始积累比较薄弱，新律师培养多呈现为坊间师傅带徒弟模式。师傅一人兼数职：开店、办案兼带徒弟。出徒前，徒弟获得的报酬补贴都源自师傅个人收入。徒弟能够独当一面并且有自己的客户后，就希望单飞，师徒关系面临解体。这种小作坊式的培养模式，一开始就在师徒之间埋下矛盾的种子，双方缺少黏合度，容易发生矛盾，甚至分崩离析。

近几年，北上广一些建所时间长、规模大的律所，在培养律师方面尝试借鉴美国的培养模式。他们招聘法学院优秀毕业生，对其进行系统培训，让其逐渐参与辅导老师（或分管合伙人）的业务，逐渐认同律所文化，双方黏合度很高，跳槽率比较低。律所在培养新人方面投入大，回报也高，律所实力增强、队伍壮大，在市场上竞争力越来越强，呈良性循环。

律师行业的发展，需要代际传承，“传、帮、带”精神是法宝。在行业代际传承中，一味要求师傅“爱的奉献”，太过苛刻；一味要求徒弟像学徒工一样打工，也有失公平。只有让律师事务所承担起培养新律师的责任，才能化解师徒间的尴尬和矛盾，理顺各种关系。当然，律所承担这项责任的前提是需要具备足够的实力，并且有长远的发展眼光和博大的胸襟。

机器人时代下的律师

“人工智能 + 法律”时代已经到来，焦虑和恐慌开始在律师行业内弥漫。几天前，广东一家律师事务所有限公司注册成立，有消息称，马云占 5% 股份。媒体称：马云要进军法律服务业啦！

法律机器人也来了，“小法博”“法狗狗”“法小淘”“DoNotPay”接二连三地冲进律师行业，提供免费法律咨询、在线审查合同、制作格式文书、提出针对性分析报告、预测胜诉率、预测刑案刑期……这些不食人间烟火的律师机器人 24 小时在线服务、全年无休。

“互联网 + 法律”已成现实，律师的饭碗能否被人工智能彻底取代？未来社会还需不需要律师？律师能否通过创新业务领域、改变工作方式来适应未来？我们不得不思考。

法律服务市场这个 10 万亿的大蛋糕很诱人，很多人想从中分一杯羹甚至垄断之。曾经辉煌的安达信会计师事务所，顶峰时期便建立了法律网络，拥有两千多名律师。“四大”觊觎法律行业，欲分走巨额法律蛋糕，只是时间问题。当今世界，行业边界越来越模糊，跨界成为主流，还有很多只手悄悄伸向律师背后，准备抢走律师面前的蛋糕。

嗅觉敏锐的投资人盯上律师业务，把巨额资本投向法律服务行业。前些年兴起的律师中介网站、律师业务有偿培训网、搜索引擎关键词排名，最近几年火爆的法律 App、法律大数据分析与应用，其背后都有资本支持。当然，来者目的很纯粹：为了金钱。

但是，我们很多律师却闷头做着业务，专注各类案件，感慨着技术带来的便捷，却没有注意到隐藏其中的危机，直到人工智能机器人惊醒了梦中人。

梳理一下律师服务领域被机器人进攻的阵地：法律咨询、合同制作与审查、案件预测分析……貌似只有诉讼业务坚挺屹立。骄傲的诉讼律师自以为集知识和智慧于一身，经验就是财富。但是，大数据带来了信息革命，诉讼律师的经验在学会深度学习的机器人面前，同样不堪一击。

《法律人的明天会怎样》作者是英国大法官首席信息技术顾问 Richard Susskind，他预测了法律职业未来二十年的前景，敦促律师改变工作方式以适应时代。Richard 指出，律师的黄金时代已成历史，按小时付费方式将会改变。律师事务所在管理上要有长远计划，要有前瞻性。量身定制的服务模式，要逐渐标准化、系统化，将法律服务“打包”重复使用。Richard 预测，市场对传统律师的需求会减少，只有足够灵活、思想开放，有创业精神，才能不被淘汰。

Richard 在杭州举行的“2017 法律 + 科技领军者国际峰会”上再次重申：“预测未来的最好方式，就是自己创造未来。”

律师行业的未来，只能自己创造。我国律师行业发展正处在探索阶段，积淀还不厚实，“人工智能 + 法律”突然横亘面前，让我们不得不放弃既定的路径，而改弦易辙，迎接挑战和机遇。

如何应对？笔者尝试分析，以抛砖引玉：

1. 改变现有工作方式，借力打力，利用网络技术提高工作效率。例如，借助智能检索工具进行法律检索，借助专业软件进行数据分析。

2. 提供线上法律服务，随身背起“办公室”。纠纷一旦发生，法律需求便同时产生，律师即刻上岗。线上解决纠纷，将成为未来主导方式。

2017 年 6 月，杭州互联网法院的设立，开创了在线审理案件的历史。另外，ADR（替代性纠纷解决机制）将被越来越广泛使用，线上纠纷解决方式（ODR）将日益成为主流，这些都为律师打开了一扇大门，可拓展新的业务。

3. 进行跨界，提升竞争力。律师在法律之外，应再精通一门学科，如税务、建筑、技术、审计、法医、管理等，这样在遇到难题时，就多了一个“金刚钻”。

4. 走高精尖路线，提升专业品质。法律涵盖面广，任何一个人不可能掌握全部。律师只有做专做精，才有竞争优势。

人工智能的数据分析是在海量案例的基础上通过计算得出的概率，其给出的方案也只是应对一般常见问题。而面对新问题、疑难复杂问题，专家律师以研究为基础，提供的解决方案更具可行性，针对性更强。

5. 加强合作。律师单打独斗的时代已经成为过去，律师之间、律所之间的合作应进一步加强。

在服务同一类客户时，律所之间可以资源共享，对基础法律服务工作可互通有无，避免、减少重复劳动，而将主要精力放在客户特殊要求上。

6. 法律服务前置，将工作重心前移到纠纷发生前，法律风险防控将成为律师业务重心。律师通过与客户深度接触，倾听其需求，为客户进行风险防控，构建防御体系，防患于未然。

7. 将工作分解，多人多所共同协作完成一项工作。互联网提供了这种异地、多人共同完成工作的条件。

AlphaGo 击败了李世石、柯洁，但是，这丝毫不影响人类对围棋的兴趣，围棋依然好玩且有趣，我们继续享受博弈之乐。

律师行业是富有创造力的职业，不可能被机器人完全替代。律师如果能够创造性地开展业务，提供多元、多形式服务，同时用好机器人这个工具，必将如虎添翼。在机器人时代，我们律师要“创造未来”。

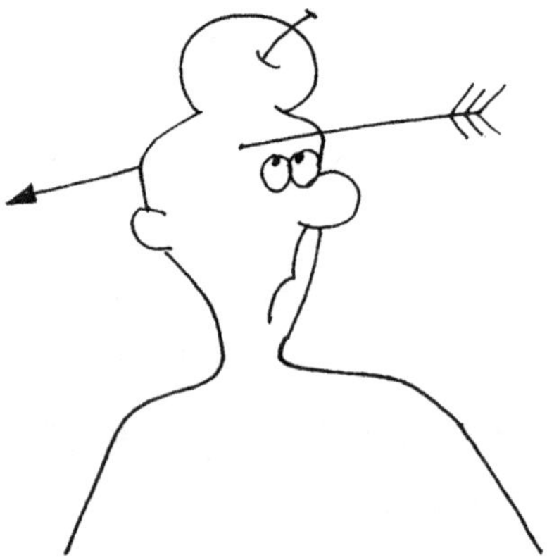

法庭上穿什么有多重要？

最高人民法院修改《中华人民共和国人民法院法庭规则》（以下简称新《法庭规则》）后的一个月是律师们喧嚣的一个月，只为一个主题：律师袍。

有嫌律师袍款式难看面料差的，有说穿衣戴帽权利被侵犯的，有质疑律师为什么不能全裸在法庭的，有暗自窃喜出庭不用戴假发的，有提供某宝链接推介低价律师袍的，有心疼买律师袍没人给报销的，有比较欧美诸国律师袍款式颜色逐一评点的，有嗔怪一袍横扫春夏秋冬的，有将太太胸衣挂钩移植到律师袍上避免走光的，有哀叹律师不穿袍被处罚的……

自从律师袍面世以来，律师们始终对其爱恨交加，褒贬不一。但是，我们很少听说有法官抱怨法官袍夏天捂出一身痱子的，没听哪个检察官抱怨检察服与城管大哥撞衫的。

我们律师一方面渴求行业发展壮大直至融进法律共同体中；另一方面却排斥标志行业符号的律师袍，究竟为哪般？一边为律师袍聒噪，一边剑指最高法院的新《法庭规则》。可是，对于此规则，我们有无认真研读？该规则的着装条款有几条、涉及几类人？被告人的出庭着装有何要求？警察出庭作证能否穿警服？旁听人员如何着装？作为法律人的律师，是否应当用法律的眼光再审视一下律师袍？是否应把眼睛从自己的袍子上移开，看看法庭上的其他人？

法庭上穿什么，怎么穿，如果从法律层面思考，就不只是外在的表象，还具有深刻内涵。

最高法院新《法庭规则》第12、第13条规定了法庭着装要求：履行职务的人员要着职业装，履行职务但是有特定要求的着正装，非履行职务的及旁听人员，应当文明着装。

被告人出庭不用再穿号服。新《法庭规则》第13条第1款规定："刑事在押被告人或上诉人出庭受审时，着正装或便装，不着监管机构的识别服。"这意味着，从2016年5月1日起，出庭被告人再不用穿有各看守所植入广告的号服号坎出庭了。

刑事诉讼法规定，在法院依法判决之前，对任何人都不得确定其有罪。在法院判决之前，被告人是被控告之人，应当以无罪之人对待。被告人理应着正装或便装出席法庭，体面地、有尊严地接受法庭的审理和裁判。过去被告人穿着"海看""中看""一看"等看守所名称的号服号坎，它在某种程度上是有罪标识，与无罪推定原则相违背。这一法庭规则的变化，彰显了现代司法文明，在人权发展道路上具有划时代的意义。

关于去除戒具的规定。新《法庭规则》第13条还规定了在庭审中不得对被告人或上诉人使用戒具，此为"松绑条款"。第13条之所以既规定了被告人着装，又规定了戒具的使用，是因为二者有内在联系：试想，被告人穿西装打领带的同时戴着手铐，他是无论如何也体面不起来的。着装和人的尊严、权利相关，戒具和危险性相关，使用戒具势必戕害人的自由和自尊，所以应控制。在没有严重危险性的情况下，法庭应当保障被告人的尊严和权利，不应对其使用戒具。

警察出庭着正装。近几年，随着非法证据排除规则越来越多地在司法实践中被适用，警察出庭作证不再罕见。不过，有一个问题，警察出庭时，他是警察，还是证人，或者是特殊的警察证人呢？警察在法庭上是履行职务，还是就其所见、所闻、所为来履行证人义务呢？

新《法庭规则》第12条给出了答案——“侦查人员出庭作证，着正装”。侦查人员——包括公安、检察、国家安全等机关的侦查人员，法律实践中警察出庭最常见。新《法庭规则》要求其出庭不穿职业装，而着正装。此条规定，化解了警察穿警服出庭的尴尬。假如警察身穿警服坐在证人席上，通过警服传递的信号则是“我是警察”，是“正义”，是“勇敢”。这种信号会令当事人在心理上产生障碍，产生恐惧，不敢质疑警察，甚至不敢对警察发问，最终可能影响法庭对证据合法性的判断和对真实的发现。

出庭警察在法庭上与普通证人本质无二，即，就自己感知信息向法庭陈述，陈述其在收集证据、查获涉案人员过程中的所见、所闻、所为，其陈述内容既包括就证据合法性说明情况的程序性事实，也包括执行职务时的目击情况等实体性事实。法庭上，出庭警察应当接受当事人、诉讼参与人、法庭的发问。法庭上的警察证人，与普通证人无异。所以说，警察出庭作证，不穿警服而穿普通正装，这与其出庭的身份、任务是相称的。

服装除了遮羞、保暖等功用之外，还有符号意义。符号不同则内涵不同。根据着装不同，人们能够识别医师和厨师，能够区分警察和建筑工人。场合不同，着装也不同，我们可以根据一个人的服装判断他是去开会还是去郊游。

服装是符号，传递的是社会约定俗成的习惯、观念、价值和理念。

在法庭上，服装符号同样表达着价值和理念。法官袍，意味着公正和独立；检察官制服体现的是国家代理——代表国家支持公诉；被告人自己选择正装或便装出庭，彰显着现代司法文明和无罪推定理念的深化；律师袍是律师的职业符号，是律师在执业过程中对行业的认同和宣示。

由此说，律师袍不是一件简单的衣服，穿与不穿也不能随性而定。接纳新事物、养成新习惯，都需要时间。也许几年以后，律师习惯于穿着律师袍出庭，甚至像英国律师一样，磨出毛边的旧袍子是资深律师的标志。到那时，法学院学生最大的愿望就是拥有一件属于自己的律师袍，年轻律师最大的愿望是自己的袍子快点变旧。

法庭之上，能否喝口水？

前不久，我给第五届全国大学生模拟法庭竞赛担任评委。两天比赛三十多场，赛制严格，程序严密，所选案例都是刑事案例。每一场比赛都由三位评委组成合议庭，主持庭审并在庭后评议打分。三位评委分别由来自法律实务界的法官、检察官、律师担任。

有一场比赛，我和陶法官、张检察官组成合议庭，陶法官是资深刑事法官，当然担当本庭审判长。

比赛时间到了，会务人员通知我们入场。陶法官整理法官袍，好像是自言自语："关掉手机，带上案卷，带上笔。"我自觉地把手机关掉，又看了看手里的案卷和笔。会务人员在旁边善意提醒："法庭上已提前备好矿泉水。"陶法官说："不可以！开庭不能喝水！"

闻听此言，我顿时一愣。法庭上能不能喝水呢？这个问题，二十几年来我一直在思考。

一

20 世纪 90 年代，我初到检察院工作，每次和师傅去法院出庭支持公诉时，师傅都带着一个轻便的大型号、不漏水、摔不烂的太空杯，里面装着茉莉花茶。法庭辩论时，师傅经常停顿一下，喝几口茶再说话，相当有范儿。

法庭是法官的主场，每次开庭，三位法官端着水杯慢慢走进法庭，水杯或陶瓷或搪瓷，还有用罐头瓶代替的。法官庭审节奏控制极佳，往往是杯中茶喝完时，庭也开完了。

法庭上的辩护人，因人而异，偶尔能见到老律师庭审时喝水的，但是年轻律师很少带杯子。

那个时候，瓶装矿泉水还是新事物，尚未被习惯喝热水的大众接受。社会节奏不太快，人们习惯慢生活，尚有细细品茶的时间。法庭上即使辩论激烈，也有喝茶润嗓的间隙，法庭上喝水是很自然的事。开庭前，经常有检察官或律师端着杯子去法官办公室续满热水，聊几句天，这在当时很平常。

二

2002 年统一司法考试后，法学院毕业生纷纷走进检察院、法院及律师队伍，中国法律人呈现出前所未有的朝气蓬勃。

有一次开庭时，我以辩护人身份参加庭审，对面的公诉人很年轻，她面前一个粉色、带吸管、卡通造型水杯别致可爱。庭审中，她频频用吸管喝水，样子很萌，吸引着全场人的目光。

社会节奏加快，庭审效率提高，专业分工越来越细。庭审成为诉讼中心，法律人的职业化程度逐渐增强，法律角色感越来越强，职业法律人越来越注重自己的职业形象。在法庭上喝水与否，不再是单纯的解决口渴与润嗓的问题，而与法律人的专业敬业精神及严谨审慎的工作态度联系到一起。近些年，在法庭上喝水的人越来越少，水杯在法庭上出现的概率大大降低。

三

可是，喝水在很多时候是刚需。

重大复杂、人数众多的案件，庭审时间往往持续三天、五天甚至十几天。控辩双方对抗激烈，精神高度紧张，说话费嗓子费力气，法庭上喝水补充水分，保持体力精力，才能坚持到最后。此时，瓶装水已经普及，法官、检察官、律师便带瓶水到法庭，放之桌下，在他人发言时，悄悄拿起喝一口，再悄悄放下。

喝水多了有后患——内急。刑事案件开庭自有节奏韵律，讲究的是连贯不间断，一气呵成。法庭上，控辩双方激烈对抗，"若警犬一样随时出击"，怎敢有一丝懈怠。如有内急，也只能忽略。合议庭人员要保证审理亲历性，更是不能擅自离开审判席。所以，有一定经验的法律人都会提前防控"内急"，减少水分摄入。

法庭上的被告人，一般不能喝水，也没有喝水的条件。有时也有例外，我曾有一当事人因身体原因被取保候审，开庭中，我发现她脸色不对、身体摇晃，立刻举手向法庭申请休庭，让她喝水服药，半小时后继续开庭时，审判长特意给她备了一瓶水。

四

喝水本是一个简单的事情，但是在法庭上喝水还关系到法庭的威严和司法礼仪，关系到法律人的职业形象。

法庭是生产公正、运送正义的殿堂。法庭威严与神圣，是法律权威的外在体现，是司法权的具体呈现。首先，法庭的威严需要必要的基础设施和装备，对此，《人民法院法庭建设标准》之规定可谓细致全面。其次，还需要法袍、法槌、法警的白手套等“正义的行头”来配合庄严氛围。假想一下，法庭上，诉讼参与人面前都放着造型不同、颜色各异的搪瓷缸、玻璃杯、吸管瓶，是否有碍观瞻，有破坏法庭威严之嫌？

法庭之上，控、辩、审三方参与者的言谈举止不只是个人行为，也是特定的职业行为。法庭上要着法定职业装，保持良好的形象及仪态，法庭上说话要用法言法语，要理性客观，要逻辑清晰。法律职业对从业人员的形象、举止、言谈各方面都有着内在的要求。职业法律人在法庭上的言谈举止是否符合法庭礼仪，已经成为评价其专业精神、职业素养的标准。再假想一下，如果一位出庭公诉人或辩护人，一边向法庭发表辩论意见，一边很萌地拿起粉色吸管杯喝上几口，是不是让人很错愕？

说到底，法庭上能否喝水，并无禁止性规定，它属于职业修养范畴。喝不喝水，关乎法律人的个人职业形象问题，取决于个人自我约束的差异。法庭上，喝水有喝水的自由，不喝有不喝的坚守。

律师如何说话？

每一个职业，都有一个标准化的职业形象，这一点在漫画里体现得最充分：穿白大褂挂听诊器的是医生，穿白大褂系围裙胖胖圆圆的是厨师……职业具象化需要三个条件：一是职业形象的浓缩和提炼；二是从业人员的约定俗成；三是社会成员的认可。

在中国，律师是新兴职业。三十多年间，几代律师打造出辨识度极强的职业形象：西装笔挺，皮鞋锃亮，发型精致，装备精良——公文包真皮大牌，通信工具高端前卫，代步工具高调奢华。这仅是静态效果图，如果加上动画音效更形象：一位步履匆匆的律师，嘴巴不停地说话，对着电话说说说，谈判桌前说说说，看守所会见说说说，庭审发问质证辩论说说说，再辅之以弹幕：口若悬河、伶牙俐齿、巧舌如簧、慷慨激昂、疾言厉色。

若用一个词归纳律师的职业特点，那就是：能言善辩。

不错，律师，尤其诉讼律师，其工作表现形式主要是说话。法庭上，发问、质证、辩论，努力说服法官接纳己方主张和意见，全凭一张嘴。“一言之辩，重于九鼎之宝；三寸之舌，强于百万之师”，律师的语言表达关系到委托人的生命、自由、财产、名誉等。作为一名律师，不仅要具备扎实的专业知识、丰富的社会经验、强大的分析问题解决问题的能力，还要具备良好的口头表达能力，能够做到“能言善辩”，也是职业的基本要求之一。

不过，律师的能言善辩并非天生的，而是职业训练所成。法学院的口才训练课，辩论赛、模拟法庭中的对抗训练，语言培训学习，老律师耳提面命传授秘籍，等等。一句话，律师的嘴皮子是练出来的。

律师不仅能说，还得会说。法庭上，优秀的诉讼律师必须是一位会讲故事的高手。比如，刑事法庭，控辩双方面对同样的证据，公诉人根据证据讲述的是一个不可饶恕的凶杀故事，而辩护律师运用这些证据却讲出了一个弱者愤怒还击、伸张正义的悲情防卫故事，娓娓道来，打动了法庭上所有人，同时说服了法官，让法官在听故事的同时不知不觉接受了律师的辩护意见。最终，判决书采纳了律师的意见，辩护成功。

律师能说、善说，但是一不留神，话就多了。言多必失，覆水难收，新律师、老律师都有过深刻的教训和懊悔："说多了都是泪啊。"因此，很多律师把“慎言”作为自己的座右铭，时时警醒自己。执业时间越久，律师说话越谨慎，分寸拿捏越妥当，追求滴水不漏。

律师有保守国家秘密、商业秘密和他人隐私的义务。《中华人民共和国保守国家秘密法》第 3 条规定：“国家秘密受法律保护。一切国家机关、武装力量、政党、社会团体、企业事业单位和公民都有保守国家秘密的义务。任何危害国家秘密安全的行为，都必须受到法律追究。”《中华人民共和国律师法》第 38 条第 1 款规定：“律师应当保守在执业活动中知悉的国家秘密、商业秘密，不得泄露当事人的隐私。”《律师职业道德和执业纪律规范》中明确规定：“律师应当严守国家机密，保守委托人的商业秘密及委托人的隐私”，律师对于执业中获知的国家秘密，负有保密义务。律师说话要负责，要管住嘴巴，切忌口无遮拦。

律师对执业过程中获知的当事人隐私，也应当保密。这既是尊重和维护当事人权益的基本要求，也是律师行业的基本要求。律师一旦变成“大嘴巴”，就有可能破坏当事人对自己的信任，甚至可能破坏律师行业大厦的信任基石。

当然，律师生活在大千世界中，除了工作外，还有生活。买菜做饭、旅游度假，走亲访友、逛街泡吧，和街坊聊天，给孩子辅导功课，每天都要说话。律师就要练就一项本领——根据不同语境自由切换说话模式，谈工作，法言法语，论证严密；聊生活，轻松随意，海阔天空。

律师事务所的故事

我是一名老律师。二十多年间，我感受了地级市、省会城市、京城几家不同律所的风格，还去过各地数家律所参观、考察，了解了不同律所的不同文化。

律师事务所是律师的主场，都被精心布置，或幽雅，或奢华，或简约，律师每天在这里忙忙碌碌，或谈案子，或接待客户，或解答来访者的法律咨询。

如果借用剧作家的眼光，律师事务所就像有多个小剧场的一个大剧院，同时上演着不同的剧目。客户、当事人、咨询者是各自剧目中的主角，而律师在不同剧中扮演着特定的职业角色。

每天，律师事务所接收着当事人的故事，还演绎着律师自己的故事。

故事一：养花，养鱼，养宠物

我执业的第一家律所位于某地级市。1994 年，我执业伊始，就赶上“律所转制”——官办律所转为合伙制律所，有干部身份的律师被推向市场，自谋生路。我初生牛犊不怕虎，对铁饭碗没啥感觉，但所里的中年律师则忧心忡忡，愁云满面。最终，律所还是脱离了司法局，转为合伙制律所。

转制后第一件事就是搬家。我们租了临街地段一层楼，一名律师一间办公室，配备当时最时髦的“老板桌椅”，老板桌长三米，相当土豪，“老板转椅”据说可转通财运。老板桌上配置一部最先进的长途直拨电话机，理论上可直接和美国总统通话。

硬件配齐了，大家觉得不太像律所，跟隔壁的某环球世贸公司没啥区别。我们就去花卉市场搬来一车富贵竹、龟背、发财树、文竹，律所呈现出一片和谐绿色。但是，大家觉得律所辨识度还不够，后来陈律师高屋建瓴，提议：鱼缸是一幅流动的画，咱们养鱼。

于是，律师们开始热火朝天地在老板桌上养鱼。鱼缸有大有小有圆有方，鱼儿花花绿绿，有的喜热有的喜凉，加热棒、加氧泵、温度计一应俱全。每天一上班，律师们就串门交流养鱼经验，下班前把鱼儿打理妥当再回家。当事人来访，也从养鱼开始谈起，碰上懂鱼儿的，定要畅谈不休。

半年过去了，律所收入飙升，律师荷包鼓了起来，心情好极了，爱生活爱工作的热忱更高了。有律师开始养巴西龟；有律师拎来了画眉鸟；还有一位律师更绝，他养蜥蜴，吓走过几位当事人。

故事二：律所的风水

律师作为受过法学教育的人，或多或少保持着一些法律人特质。律师事务所开门营业，要考虑成本、收益、营销以及如何做大做强，这需要商人思维。商业模式运作的律所和信奉公平正义的律师个体之间，就会发生很多故事。

我曾参加司法部组织的一个律师培训班。课下，会务组织大家到当地一家著名律所参观。该律所在一家别致幽静的四合院里办公。东西厢房是律师办公室，正北房用于接待来访者。小院古色古香，很有特色，院子里的树看起来很有年头。当地律师说，这院子请风水先生看过，是难得的风水宝地。

我们走进接待大厅，侧面墙上挂着一幅骑猪神像图，下边供桌上放着燃香、香烛和果盘，烟火袅袅。大家甚是诧异：此神像既非正义女神，也非自由女神，是哪方神圣？当地律师悄悄说，此神能保佑律师打赢官司。

大家憋住笑。如果神能显灵，当事人直接求神保佑，还要律师何用？该律所将当事人所托事项擅自转托神仙，岂不与“受人所托，忠人之事”行业之道相悖？律所独吞律师费却不给神仙，神仙心里苦不苦？

其实，在信风水和求神拜佛方面，很多律所都有深度研究。有一家律所在 CBD 租了几百平方米写字楼，该所主任对造访同行，每每讲起此地风水。只见他站立窗前，用右手食指向下一指，窗下百米处地面，隐约可见一拱形、蓝绿色玻璃圆顶，大概是地下商场的屋顶。他骄傲地说：“这是神龟！我们律所在龟背之上，神龟托着满满的财运和福运！”

一年后，听说这家律所被注销了。

故事三：打印机的故事

律师法规定，律师必须在律师事务所执业，接受律师事务所管理。这就要求律师必须找一家律所执业，而不能独自接受社会委托。不过，因为律师是自由职业者，和律所的关联度并不高，律师在不同律所间转换，这很平常。

但是，律师和律所的基本利益并不完全一致。律所收入完全来自律师。律师希望提成比例高一些，硬件和后勤服务好一些。律所却希望律师创收高、提成低，后勤成本最低。律所希望马儿跑得快，又希望马儿不吃草。律所在经营上开源节流，一方面鼓励律师创收，另一方面严格控制成本。律所和律师之间发生冲突在所难免。

律师业属服务行业，靠手艺赚钱。先看看理发行业的成本，传统理发师傅一个剃头担子足矣，现代理发店即使最简单的“洗剪吹”也得配备热水器、吹风机、剪子、镜子等。律师行业的成本是什么？律师提供的是无形的智慧，主要靠大脑和嘴巴，这些律师自备且随身携带。除了说以外，律师还要写出来，过去笔墨纸砚即可，现在需要打字机、复印机、扫描机等。这可是要花钱的，于是各种摩擦也就来了。

我曾到某地一家颇具规模的律所参观，发现整个律所有近百台打印机，分别放在每张桌子旁边，品牌型号功能各不同。我很奇怪，一打听才知道，这家律所要求律师自己购置打印机、打印纸、墨盒。这家律所实行的是“锅灶自备法”。

我一学生曾在某地一律所做助理，那家律所是夫妻店，十几位律师，丈夫是律所主任，妻子是行政主管。所里只有一台复印机，每天下班时，行政主管便将复印机锁起来。后来律师提意见，因为晚上加班要用复印机，之后行政主管不再锁复印机，却把复印纸锁起来。律师只好自己买纸拿到律所用。这一家实行的是“食材自备法”。

很多律所在管理上利用现代办公软件，给律师一账号，律师打印材料只需在电脑上刷账号，然后到公共设备上去取。当然了，刷账号后，有的律所让律师个人承担费用，有的律所设置一个基础消耗值，超出部分由律师个人承担。这种做法是“羊毛出在羊身上”，和律师自带纸张实质上相同，只是避免了自带干粮的尴尬。

律所如何使用打印机？东西南北中，各律所八仙过海各显神通，各有妙招。这着实是个无法回避的问题。很多律师业务多压力大，不愿在这些小节琐事上费脑子。但是，律师不关心或隐忍不提，并不意味着此事不重要。理发店尚且能够妥善解决理发工具的配置问题，律师及律所理应开动脑筋，动用一点职业智慧，寻找一个有关打印机购置和使用的最佳方案，让律师体面地工作，这应该不难。

从打印机管理问题，又引申出一个行业大课题：如何构建律所和律师之间的和谐关系？如何在二者之间寻找那个最佳平衡点？

律所故事每天都发生，每天都不同。既然是故事，大家一听了之、一笑了之即可，不必对号入座。

律师与医生

有一句西谚：一个人一生必须有两个朋友——律师和医生，其出发点是实用主义。

美国笑话里，主人翁常常是医生和律师。医生对此略显尴尬，律师却从不避讳，娱乐自己也娱乐大众，律师本来就是草根阶层正义诉求的代言人嘛。国人爱讲段子，段子总位于形而下，还得三巡酒后脸红压过口黄时才好意思开口，这就是国产段子难以汇集成诸如《神州幽默故事大全》得以全球发行的主要原因。难为段子手了，在此等大环境下，创作出雅俗共赏、脍炙人口、能登台面的段子实属不易。其实，日后再写段子，不妨拿咱律师开涮，咱律师有生活、有故事、有雅量、有度量。

律师和医生有相似之处：医生诊疗身体帮助恢复健康；律师厘清矛盾冲突，修复社会秩序。医生帮助你打理肌体本身；律师帮助你打理外在关系。医生为你主内；律师为你主外。正因为如此，律师被称为“社会医生”。当然，除却治愈性需要之外，如果你有更高更强的要求，医生可以为你开个刀整整容，让你美一美；律师也可以让纠纷“化干戈为玉帛”，让你拥有更佳的公共关系。

要想成为一名医生或律师，都需要数年寒窗苦读，练就十八般武艺，通过录取率极低的资格考试。律师着西装，医生穿白大褂，荷包皆鼓鼓，而房屋中介业务员也着西装，餐馆厨师也穿白大褂，但收入远不如律师和医生，其原因不外乎：门槛高、专业化程度高。

医生有执业限制，中医自古就有“病不知己，旁观者清”的古训。电视剧《大宅门》里名医世家老白家有人生病要外请大夫循的就是这个理儿。医生给自家人看病时，情绪上会受影响，中医讲究望闻问切，在着急、紧张甚至怀疑的情绪下，可能会诊断不准、下药犹豫，贻误病情。西医也有不给自己看病的惯例，现代医学分类越来越细，一个医生很难熟悉各个科目，生病只能找相对应的专科医生。

律师相比医生，其执业限制要小些，律师可为自己打官司，律师个人打官司的案例多如牛毛，也很流行。律师打官司有便利条件：通晓法律、诉讼经验丰富、熟悉法院、诉讼成本小，以己一技之长维护个人合法权益，彰显法律之功用，更能体现学以致用之精神，若是公益诉讼，还利国利民。

律师生活在纷繁复杂的社会中，遭遇冲突、矛盾的概率与普通人相当。普通人维权一般缺乏法律经验，即使产生打官司的念头，也要斟酌细思量许多问题：打官司的时间成本、律师费支出、诉讼成本与诉讼收益的比例等。

但是，律师打官司很简单，诉讼与协商、和解、谈判、斡旋等都是解决问题的方式，没有质和量的区别。对于律师而言，为自己打一个官司无非是业务工作中多一个案子而已。对于年轻律师，打官司还可以“练手”，体味当事人感受。

不过，律师为自己打官司，也存在与医生一样的弊端，偶尔感情用事，理性不足，容易“当局者迷”。给自己打官司，涉及个人利害得失，在分析法律关系、预测司法判断、制订诉讼方案时，难免主观大于客观，情绪高于理性。这都是执业大忌。外科医生给自己开刀，容易跑刀；律师给自己打官司，容易跑偏。

检察官与律师，怨偶能否成佳偶？①

谈起检律关系，我想起清华大学张建伟教授曾经做过一个比喻，他说：辩护律师与检察官是一对天然的“怨偶”。

现阶段，以审判为中心的诉讼制度改革已经进入深水区，控辩双方为了适应庭审实质化的要求，积极提升办案水平，提高控辩技能和技巧。但这还不够，还有一件事需要做，就是要改良“怨偶”之间的关系。

在新的形势下，如何构建新型检律关系？各地检察机关做了很多，有硬件建设方面的，如设立律师接待窗口、律师阅卷室；有确立机制方面的，如进行网上律师资格审查；有制度创新方面的，如邀请律师参加批捕听证会。这些举措，在很大程度上改善了律师的执业环境。

不过，这只是一个开端，检察官和律师这对“怨偶”，还需要进一步沟通、交流，构建良性互动关系，变“怨偶”为“佳偶”，这样才能更好地推进社会主义法治国家建设，才能“让人民群众在每一个司法案件中都感受到公平正义”。

---

① 2017 年 8 月 25 日，北京市东城区人民检察院组织召开“沟通—理解—尊重”新型检律关系主题实务论坛，本文系作者在该论坛的发言内容。

树立法律共同体的理念

检察官和律师，有着共同的职业信仰，有着相似的职业素养和职业技能，有着一致的价值目标：捍卫司法公正、维护法律尊严、尊重和保障人权。

诉讼制度改革背景下，我们更应当从法治、公正、人权高度重新认识律师。刑事诉讼中，辩护律师全程参与诉讼各个阶段，以维护当事人合法权益为第一要务。法庭上，被追诉人与控方力量悬殊，律师与被追诉人形成合力，共同对抗控方，实现了平等武装，平等对抗。在此基础上，法庭得以兼听则明，公正判决。

因此，律师是司法活动中不可或缺的法律角色，法官、检察官，应当树立法律共同体理念，平等对待律师，尊重律师。

保障律师执业权利、营造良好的执业环境

孟建柱同志指出，律师执业权利是当事人权利的延伸，律师执业权利的保障程度，关系到当事人合法权益能否得到有效维护，关系到律师作用能否得到有效发挥，关系到司法制度能否得到完善和发展。

司法实践中，律师执业中仍存在受阻现象，比如律师在一些案件中不允许会见问题，即使控告申诉，也很难奏效；律师第一次到检察院递交手续却进不了检察院的大门；律师期望与案件承办人见面沟通却不能，或者刚见面就被打发走；案管中心提供的承办人的电话号码，从来没人接；律师无法及时获得准确的案件进展信息，有无提请批捕、有无退补、是否已起诉，律师无从知晓；律师会见时，有侦查人员在场“陪同”；律师向检察机关提交的变更强制措施申请、调取证据申

请、重新鉴定申请等法律文书，经常如石沉大海，没有音讯……

这些律师执业中的障碍，或多或少都有一些人为因素，不仅影响了律师正常执业，不利于维护被追诉人合法权益，还让律师产生挫败感，尤其对年轻律师打击很大，甚至造成优秀刑事律师的流失。

我们必须认识到，现阶段司法机关在保障律师执业权利方面、给律师提供执业便利方面，还有很大的提升空间。

《刑事诉讼法》第 49 条规定了律师申诉、控告制度，给律师提供了诉权行使受阻的救济途径。但是，这个条款真正发挥作用的时候不多。如果检察机关严格贯彻这一法条，细化操作规程，让其产生威力，有可能倒逼检察人员规范自己言行，为律师依法执业祛除障碍。

充分沟通，让律师发挥更大的作用

庭审中控辩审形成的三角形结构，是发现案件真相、准确定性、正确适用法律的保证。辩护律师和检察官分别位于三角形的两个底角，两者相互依存，又互相对抗，这是诉讼程序的精妙设计。在诉讼不同阶段，辩护律师和检察官之间沟通的内容和重心各不相同，但是良性的检律关系，是诉讼有序进行的保障。

案件沟通。检察官和律师之间主要是案件沟通。审查起诉阶段，律师、检察官几乎同步阅卷、获得等量的案件信息，形成各自的初步意见。检察官如果在这一阶段听取律师的意见、看法，有助于厘清个案事实和证据、发现侦查监督线索、提高未来出庭辩论能力。

检察官听取意见，怎么听？我们在给年轻律师培训时，有一节课是“如何表达律师意见”。我们告诉律师，向检察官表达律师意见，要简洁、明快，有中心有重点，严格控制谈话时间，同时将书面意见交给检察官。与此同时，检察官应当如何听取律师意见？将其拒之门外，或敷衍了事，还是认真倾听？

司法实务中，有的检察官非常重视听取律师意见，与律师平等对话、坦诚交流，尽可能多地获得信息，这是高明的检察官。他们通过和律师对话，借用了律师视角再次审视手中案件，能够及时发现、纠正自己的偏差。

不仅审查起诉阶段，在批捕、羁押必要性审查、申诉过程中，律师意见因侧重当事人权利保障，能让检察官降低错误率、失误率，实现客观义务。

常态化交流。构建新型检律关系，需要打破行业壁垒，加强横向合作。可以组织业务研讨会，对实务及理论中的问题进行研究；可以组织联合培训，比如去年北京市律协和北京市检察院联合举办的法庭语言技巧方面的培训，效果就很好；还可以组织控辩赛、模拟法庭，共同提高辩论技能、技巧。

今天的论坛，也是一个非常好的沟通平台，我们都获得许多对方真实而鲜活的信息，多了感触和理解，还有助于舒缓法庭形成的惯性紧张。

让律师发挥最大作用。律师是社会的减压阀，是国家机器的润滑剂。律师在化解矛盾纠纷、维护社会和谐方面，有着不可替代的作用。刑事诉讼过程中，律师是当事人和司法机关之间的一座桥梁。

检察机关可以敞开大门，让律师充分参与到刑事和解、认罪认罚从宽、刑事附带民事等程序中来，通过其角色优势，发挥其协调能力，减轻当事人之间的对抗情绪，化解矛盾，从而修复社会秩序。这，岂不是一件利国利民的好事？

检察官和律师的相处之道

尊重和信任是检察官和律师相处的基石。相处之道，可以提炼三个关键词：规范、理性、文明。

规范，是构建新型检律关系的手段和目的。要从规范入手，确保检察官依法办案，律师依法执业。双方都做到规范，就能形成习惯，逐渐形成良性互动关系。

理性，是构建新型检律关系的态度和标准。理性是法律人的特质。双方既坦诚交往，又坚守底线，慎独慎思。

文明，是构建新型检律关系的内核和标尺。检察官、律师要以人为本，要有对法治的信仰，还要有一些悲天悯人的人文关怀。

法庭上对抗而不对立。法庭上，控辩双方短兵相接、直接对抗。控辩双方应坚持“对抗而不对立，交锋而不交恶”原则，在庭审中，理性对抗，互相尊重，有节有度。

庭审实质化，法庭逐渐成为诉讼中心。近几年，庭审风格也悄然发生变化，平和、理性成为法庭基调，控辩审三方就像开会，会议主题是探寻案件真相，正确适用法律，共同去寻找最公正的结果。控辩双方的对抗，不是个人的输赢，不是情绪宣泄，而是内容的较量，是智慧和经验的比拼。

法庭上，让对手点赞的那一方，才是高手。检察官与辩护律师，如果互相尊重，互相欣赏，互相促进，并且能够真诚相待，共同提高，那么，“怨偶”必将变“佳偶”，过上舒心的“好日子”。

致欲辞职的检察君

“无讼阅读”转来一封信让我回复，提问者是一位三十岁的检察官，有辞职做律师的想法，却对未来充满困惑。他不知道如何度过两年执业限制期，纠结未来是继续做刑案，还是从头学起做民商业务。

这个问题让我回答，真是再合适不过了。我的工作经历像个钟摆：律师——检察官——律师；先是体验律师的新奇，之后在检察大熔炉里淬火锻造，激扬青春岁月，后来辞职再次做律师。从检察院离开时，我百般不舍，泪洒青衫湿，以至这浓浓的检察情结就像“老寒腿”遇阴雨天就莫名痛一样，十几年挥散不去。

作为“过来人”，我的经历和领悟或许能够启迪这位检察兄弟，所以即使再痛一次，也是极好的。

理性抉择

辞去检察官职务，意味着离开体制下海自己游泳，这对个人而言是人生转折点。体制内的铁饭碗，几年前还是多少人梦寐以求的归宿，有地位有身份有面子，有工资有补贴有奖金，有退休金有福利……随着时势的变化，职业流动性越来越强。

对于个人而言，不要从众，要保持清醒头脑，理性抉择。

先走出检察院，做一番调研。“田间地头”走一走，写字楼里看一看，广泛接触社会，看看世界是什么样子。走访不同的律师事务所，从各个年龄段、从事不同业务的律师那里收集信息，去公司企业、协会社团、媒体学校看一看，与不同行业的从业者聊聊天，拜访已辞职转行的前同事和做律师的老同学……

看了世界之后，再静下来重新审视自己，测评个人学习能力、适应能力、创新精神、性格气质等，然后分析哪个工作、哪项业务更适合自己，最后再决定辞职与否。

只有准确认识社会和了解自己，才能找准适合自己的位置，才能辞职前不纠结，辞职后不后悔。

经历就是财富

每一段经历都是宝贵财富。

中国有三十多万名律师，绝大多数律师有过其他行业的从业经历，恰好应了那句话：法律的生命是经验，而不是逻辑。这与我国律师行业发展历程有关，20 世纪 90 年代，经济迅猛发展，规则之治成了必需，社会急需法律人才。于是，各行各业优秀人才纷纷参加全国律师资格考试，走进了律师队伍，这些复合型人才推动了律师行业的迅猛发展。

如今律师市场基本成熟，客户对律师很挑剔。一个稚嫩、缺乏经验的律师很难取得客户的信任。客户从律师那里购买的产品是智慧和经验，不是单纯的知识。客户对律师的要求，首先是成熟，其次才是专业。如果在其他行业有一定的经历和经验，则有利于律师执业，这些经验既包括社会经验，也包括所属行业的专业经历。

律师面对客户，要独当一面，要为客户直接解决问题，而解决问题的能力需要数年磨砺、积累，这是一个漫长的过程。所以，实践中普遍存在这种现象：转行做律师的人很快就能打开局面，而从法学院毕业后直接做律师的则需要更长时间。

辞职去向

检察官擅长刑事案件，很多检察官转为律师后便从事刑事辩护业务。原因有二：一是刑事业务能力强；二是当事人很看重辩护律师的既往执业经历。

从检察官到律师，从行使公权力到维护私权利，从履行职权到提供服务，这一身份角色转换需要较长的心理调适期。不过，一旦完成了角色转换，就会拥有两把利器——同时拥有了控、辩两种思维模式，所提出的辩护方案会全面、客观、中肯，更容易被法官、检察官接受。

检察官辞职，意味着新开端，也可以按照个人理想和喜好进行重新选择。比如离开刑事领域，找一个全新领域一展拳脚，挖掘自己的潜力，可以做商事律师，可以抓住契机做商标律师，可以介入高端家事业务，可以专心做移民律师……

律师行业分工越来越细，每一个领域都蕴藏着发展机会，每一个领域都可以深耕细作。社会对律师的需求量巨大，开放的律师行业也需要更多更优秀的人才加入。辞职后的检察官面对多重机会，要积极探索，敢于创新，拓展自己的疆域。

调整心态

检察官辞职，对有检察官情结的人而言，内心很不舍，徘徊犹豫纠结挣扎百味杂陈各种不痛快。这就需要调整心态，一切归零，重新开始，即使是资深检察官，进入新行业也是新人新手，只要虚心拜师认真学艺，修炼内功默默积累，总能等到云开见月明。

不管进公司做法务，还是进律所做律师助理，都要从学习开始。这里的学习和检察系统内学习不一样，检察院组织的学习就是工作，就是完成任务。律师学习则不然，它是积极的、主动的、广泛的、各种形式的学习。律师学习是职业习惯，必须天天学、见缝插针地学、起早贪黑地学。只有坚持学习才能提高功力（业务能力），才能提供优质律师服务，才能立足于社会。

辞职后成为“前检察官”，就失去了铁饭碗，失去了诸多保障。首先面临的就是经济压力，即使入职被社会认为高收入的律师行业，也要思考吃饭问题。律师收入参差不齐，甚至有年轻律师连生活都难以维系。对于这一点，要提前做好心理准备。

其次，如果做律师，在工作中会遇到诸多困难。律师必须独立面对世界，解决各种难题。律师就是解决问题的一个职业，没有领导来指导，没有上级去求助，不能将困难推给领导，不能集体讨论做决定。一名检察官在体制内做好一枚螺丝钉即可，但是，一名律师必须独自面对一切。面对困难，律师要有一颗强大的心脏，有调试情绪、调整心态的能力，有抗击负能量的能力，甚至要有一份拯救宇宙的果敢与勇气。

律师行业，兼具法律性与商业性，律师则兼具法律人与商人特质。检察官如转行做律师，需要在挖掘商业潜质方面多努力，这也是很多转行律师普遍欠缺的。

林林总总说了这么多，希望能够对这位检察官兄弟有所启迪。最后再叮嘱一句：三思而后行。

汤律师的朋友圈

几年前，在全国律协刑委会年会上，一位老律师招呼大家："来来来，咱们拍张大合影，发给江西的'汤司令'，他惦念着大家呢。"

"汤司令"就是汤忠赞律师，他年近八旬，德高望重，是律师行业的老前辈、资深长老。汤老自20世纪60年代就开始从事法律工作，曾担任江西省律协副会长，全国律协刑委会副主任。

汤老勇于创新，1984年倡导组织了江西省律师资格统一考试，比全国律师资格统一考试还早两年，1988年在江西率先组织律师辩论大赛，开中国之先河。近些年，汤老著书立说、笔耕不辍，十年出版了六本专著，其中有四本竟是用手机写的。

我和汤老同在全国律协刑委会微信群，于是加了好友，开始微信互动。

汤老每天在朋友圈发表自己的原创文章，其中涉及刑事辩护内容的最多。汤老有着几十年刑辩执业经验，承办过千余案件，他将多年的刑辩经验梳理、归纳、提炼、升华，用简练、雅致的文字记录下来，通过微信与同行分享。这些文章，对刑事律师尤其年轻律师是无价之宝，可直接"拿来主义"用于个案辩护，可以此为镜考量自己工作得与失，可以此为目标练内功长本领。

律师行业只有代际传承才能向前发展。老律师的经历、经验是律师行业的宝贵财富，老律师为年轻律师传道、授业、解惑，给后辈律师搭建成长的梯子。汤老，就是这样一位孜孜不倦、乐为人梯的律界前辈。汤老的每篇文章千字左右，一篇一个主题，都是实实在在的“干货”。汤老写的刑辩主题的文章，汇总起来犹如刑辩全书，几乎涉及刑辩各个方面，诸如如何寻找辩点、如何无罪辩护、如何制定辩护策略、如何起草辩护词、律师的情理辩护、法庭语言艺术、律师辩护技巧、执业风险防范等。

除了刑事辩护外，汤老还写了大量关于律所管理、律师收费、青年律师培养、律师制度改革、法律推理、律师修养、谈判艺术、口才训练等内容的文章，启迪律师智慧，引领律师成长。汤老偶尔也创作非法律内容的文章，涉及文化、历史、生活、文学等方面。借助文字，汤老回忆他的学生时代，颂亲情，叙友情，念故人，赞风景，谈养生，生动活泼，真诚朴实。汤老偶尔写诗填词，直抒胸臆，酣畅淋漓。

汤老绝对算得上“全能高产作家”，这两年仅通过微信发表的文字就达一百万之多。读汤老的文字，感觉就像在夏日林荫下，静静坐在石凳上，聆听一位长者讲述蕴含着哲理的故事，传授武功秘籍、锦囊妙计。

汤老微信粉丝数千，他是一位不折不扣的“网红”。“网红”汤老自称“八零后”，喜欢每天和粉丝分享有趣的事儿。汤老的微信是个快乐的世界，每天都不同，钓鱼、爬长城、会朋友、采摘瓜果、海边看日出、端午节赛龙舟。汤老喜欢晒美食，如让人垂涎的红烧鱼、清炒红薯叶、无污染的丝瓜、江西地方小菜；汤老喜欢自拍，摆个 pose 拍一张，长城脚下和老外合个影，饭店吃饭和老乡照张相，朋友聚会举杯留个念，参观律所留个影。

汤老用微信分享他的世界，传递的不仅仅是知识、思想、智慧，还有淡定、从容、平和、豁达的气度，以及对人生、对生活的热忱及对亲友、对晚辈至纯至真的关爱。汤老一发微信，粉丝们竞相点赞，转瞬满屏。

汤老这位资深“网红”，还喜欢和粉丝互动，给朋友点个赞，发个表情，送个花，留个言。汤老有时从朋友圈里复制他人一张图，还郑重留言“盗个图”，再配一个表情，让人忍俊不禁。

汤老骨子里藏着文人气质，有好友在朋友圈里发了一张登长城照片，汤老立刻和诗相赠：“万里长城万年情，登高望远欲擎天”。诗配图，相得益彰。

汤老是和我们距离最近的良师益友。我有很多律师朋友都是“汤粉儿”，大家转载着汤老的文章，刷汤老的微信，聊一聊阅读心得。当看到汤老新发的一张照片：一位儒雅老者，白发如银，坐在沙滩木船上，微笑地看着远方；我们不禁感叹生活美好，原来诗和远方就在身边。

2018 年 8 月，宇辰律师说汤老来北京了。十几位中青年律师汇聚一堂，围坐汤老周边，喝着茶，听他讲起刑辩故事。这是网友第一次见面，却是那么熟悉，就像每天都见面喝茶的老朋友。

几天后汤老要回江西，田文昌老师特意从外地赶回来看望汤老，两位老朋友几年没有见面了。汤老早早到了饭店，刚坐了一会儿，就悄悄起身拄着拐杖走出门。我赶紧跟出去。汤老一直走到胡同口，站在路边问：“你田老师快到了吧？”我告诉他田老师堵车还要十分钟。汤老眼光中满是期盼，盯着马路上一辆辆车，像小孩子一般。

宴席总要散。临别，汤老和田老师双手紧握，互道珍重。要上车了，两位老人拥抱告别，别离太伤感，站在周边的我们瞬间泪崩。

汤老回到江西，继续每天发着朋友圈，自拍晒图，发他新写的文章，偶尔发几首给朋友写的新诗。一天，汤老在朋友圈里宣布他的新书要出版了，书名暂定《忠言逆耳赞律师——老汤有话说》，他正忙着整理书稿，写《自序》。

虽然一切回归平常，但我内心却充满期待，期待汤老的新书，期待到江西再次聆听汤老讲故事，谈刑辩策略。

刑事律师的职业情怀

多年前在清华大学读研时，博学儒雅的张建伟教授给我们讲授刑事诉讼法课。有一节课上，张老师分析完错案成因后，停顿片刻，缓缓说了一句话："你们要牢记，法律人应当具有悲天悯人的情怀。"在座的几十位同学，默然。

从清华毕业后，我再次执业做律师，一晃又是十几年。时间越久，对律师行业尤其刑事辩护感触越深，刑事辩护以维护生命、自由、人格尊严等为目标和责任，它关乎一个人的生与死，关乎人的自由与尊严，关乎一个人与社会的关系重构。正因如此，刑辩业务被誉为律师业务宝塔尖上的钻石。刑辩律师身上，往往留存着些许理想主义，折射着正义的光芒。

智慧和勇敢，是刑辩律师的双翼，责任和担当是刑事辩护的灵魂。法庭上，刑辩律师为维护被告人权益，勇担保护者角色，与控方平等对抗、唇枪舌剑、据理力争，以事实与法律为据，努力说服法官作出有利于被告人的裁判。法庭外，刑辩律师往来于看守所与纷繁社会之间，刑辩律师接受当事人的委托，成为共同作战的队友，很多时候刑辩律师还是被羁押当事人与外界联系的唯一桥梁。

诉讼中，刑辩律师除了向当事人提供法律专业帮助外，还在精神支持、心理疏导、情绪调整等方面，给当事人以信心和力量。当事人消沉甚至有轻生念头时，刑辩律师鼓励其燃起生的希望；当事人焦躁、焦虑时，刑辩律师通过客观分析使其冷静、从容；当事人纠结、犹豫时，律师告之利弊晓以利害，帮助其理性抉择。刑事辩护，源于法律，又远远超越法律。

刑事诉讼中，犯罪嫌疑人、被告人处于相对弱势地位，控辩力量悬殊，因此，法律设置辩护人角色，让其与犯罪嫌疑人或被告人一起形成合力，实现控辩平衡。角色使然，如同医生眼中只有生死没有善恶，专业的刑辩律师维护的是人之为人最基本的自由和尊严，其所作所为有胆量、有担当，而且有气魄、有温度。

刑辩律师在执业中形成了很多不成文的规矩，比如在称谓上选择中性词汇，称“当事人”或“委托人”，避免称“犯罪嫌疑人、被告人”。庭审前，刑辩律师会和当事人商定出庭时穿什么衣服，让其体面出现在法庭上。法庭辩论时，刑辩律师首先对被害人或其家属表示同情与慰问，然后再发表辩护意见，体现对人的尊重和关怀。刑辩律师非常注重细节，到看守所会见时，先询问当事人的身体状况，会见结束，在当事人签字摁指纹后，律师总会拿出纸巾让当事人擦拭手上残留的印泥。

近些年，我还观察到一个现象：每逢过节前夕，到看守所会见的律师格外多。节前会见，已经成为律界惯例，会见内容主要是慰问，对身陷囹圄的当事人送去节日的祝愿。律师不约而同地遵循这一惯例，把它作为道义上的责任。尤其是春节前，不管路多远天多冷，律师都要赶到看守所和当事人见上一面，说些祝福的话。因为只有律师才知道，当事人被羁押，与社会隔绝，与亲人隔绝，忍受着“每逢佳节倍思亲”的巨大愁苦。

我认识一位律师前辈，他经常办理未成年人犯罪案件，每一个案件，他数次会见，不厌其烦，耐心与未成年犯罪嫌疑人谈心，将个案分析和法律知识、人生哲理糅在一起，语重心长，循循善诱，启发人生思考，鼓励当事人勇敢面对世界。他对同事说：“咱们律师多说几句，多一些劝导和指引，就能给孩子们多一些希望。年轻人犯错误，上帝都会原谅，咱们有义务有责任拉他一把。”

这一幕幕，体现的就是刑辩律师的职业情怀。它不是挂在嘴边的装饰语，而是内化到律师血液中的力量，糅进了律师个人知识、学识、法律素养、人生经验、情感理性，还有同理心、恻隐心、宽容心，以及“人生而平等”的执着信念。它会悄然植入辩护预案、辩护意见、律师文书中，在律师点滴琐碎工作中流露出来。它是一种力量，传递给当事人满满的正能量，传递给这个世界人性的温暖。

这，也许就是张建伟教授告诫我们的悲天悯人情怀吧。

看守所存包柜的故事

看守所内一般都配备电子存包柜。前来提讯、会见的司法人员、律师存包于此。

有一天，我在河南某看守所会见。会见结束时，天已傍晚。我办完交接手续后，来到值班室，准备从存包柜取回我的包。

我持条纹码小票对着存包柜扫描口，“滴”一声并伴随自动语音：“请取走物品。”但是，存放我包的17号柜门却没有弹开。我再持小票对准扫描口，语音告知已失效。

怎么办？

值班人员及来此提讯的刑警五六人，好奇围观，热心研究这个难题。大家让值班警察把钥匙找来，用钥匙打开存包柜中间控制区域的锁。但是，没有找到。

没有钥匙，这可怎么办？17号柜里有我的手机、证件等，今晚高铁返京不能没有它们。

一屋子人，热情高涨，大家犹如盲人摸象般围着存包柜触、摸、拉、拽，全力探寻开门之术。但是，柜门纹丝不动。

天快黑了，返京的可能性逐渐降低，我开始怀疑自己的虚高智商，心中默念苍天厚土祖宗佛祖。

突然，值班室的棉门帘被掀开，一道亮光瞬间照亮全屋，让人眼前一亮。

进来一个人。

此人是看守所二道门门卫，负责登记来访者的证件，下午我入所时检查律师证的就是他。他五十岁左右，健壮敦厚，着警服没戴帽子，他是光头。

光头门卫进门，自带风声，直奔存包柜。此人气宇不凡，径直冲向最前排的核心位置。热心群众自动靠后。

他先示意大家安静，大声说："让我好好倒一倒脑子！"同时举起两只手，在头部周边晃了几下，好像整理脑袋周边的空气。

全场肃静。

约一分钟后，光头门卫呵呵一笑："我来试试。"

只见他按存包键，小票出来，他撕掉小票，一个柜门自动弹开。

数次重复上述动作，十多个柜门一一弹开！

此时，我恍然大悟，他要用存包程序来开启 17 号柜门。

我的赞美之词汩汩冒出来，其他人也纷纷点赞。

光头门卫回头一笑，很是低调："也许不成呢，试一试，试一试。"

他的食指又摁一下"存"键，小票出，"啪"的一声，17 号柜门开了。我的公文包"傲娇地"露出真容。

全屋沸腾！

值班警察骄傲地向围观群众介绍这位光头同事，说他做过刑警、片警、技侦、110，干过大多数警察岗。光头门卫脸上洋溢着自然轻松的喜悦，适时传授一些经验绝学："任何困难都有解决办法的，即使在荒野生存遇到绝境，也一定能想出办法……"说到嗨处，他透露："我枪法成绩是 30 发 283，25 米外打断直径一厘米皮绳。"

大家听得津津有味，光头门卫的智慧、幽默感染着大家，值班室充满着少有的活跃气氛。华灯初上时，我背着包带着快乐的心情踏上了归途。

律师属社会职业，服务对象及接触的人群涵盖社会各阶层、各领域、各年龄段。律师在与不同的人沟通交流、合作对抗的同时，也丰富了自己的人生。

律师工作期间能够遇见不同的人，其中不乏有故事、有趣、有意思的人，律师在阅人无数后，汲取了知识、态度、经验、感悟，丰富了自己的人生智慧，磨炼了意志，书写出一本属于自己的人生体验书。

律师的职业乐趣，就在于此。

制度篇

不以规矩，不成方圆

给刑事速裁程序泼一瓢冷水

有段时间，多家媒体争相报道有关刑事速裁程序试点的进展和成绩：《新京报》报道《平谷试点刑事速裁，4 案庭审用时 6 分》《密云法院适用刑事速裁程序办案，庭审最快 4 分钟》；《晶报》报道《龙岗首宗“刑事速裁”法院庭审过程仅用 3 分钟》；《沈阳日报》报道《刑事速裁程序审判案件，25 分钟集中判决 6 案件》；法制网报道《济南历下法院首试刑事速裁程序，20 分钟宣判 4 起醉驾案》……

即使数学不好，也能算出这几家法院速裁一个刑案时间在 1.5 分钟到 5 分钟之间。1.5 分钟，以新闻联播的播音速度能说 330 字，如果是对话，还要扣除语气停顿、问答承接时间。1.5 分钟，即使根据《关于在部分地区开展刑事案件速裁程序试点工作的办法》(以下简称《办法》) 不再进行“法庭调查和法庭辩论”，也要完成如下内容：“询问被告人对被指控的犯罪事实、量刑建议及适用速裁程序的意见”“听取公诉人、辩护人、被害人及诉讼代理人的意见”“听取被告人的最后陈述意见”“当庭宣判”。此外，宣布法庭纪律、宣布法庭组成人员名单、询问是否申请回避也不能省略。

如此算来，1.5 分钟内完成这些程序显然是不够的，即使集中审理采用合并同类项方法宣布法庭纪律和名单等，在 6 分钟内审结 4 案，也有缺斤少两之嫌。1.5 分钟，太快了，快得几乎都不能让被告人感受一下法律的神圣和法庭的威严。

有个问题不得不问：效率提高的同时，公正有无缩水？当事人权益保障是否被忽略？

刑事司法价值是多元的，在公正和效率的排序中，公正当然处于上位，刑事诉讼法的原则、制度、规则都是以公正为中心而设计的。如果一项制度能够节约司法资源又无损公正，当然应优先考虑，但是如果一味追求效率而忽视、轻视公正，其结果不仅有可能造成个案不公正，也不利于培养公众对法律的信仰，不利于司法公信力的提升。

刑事诉讼中，当事人，尤其是被告人的合法权益最容易被侵犯，正因如此，尊重和保障人权被写入刑事诉讼法总则，并设置了辩护制度来平衡控辩双方力量。

速裁程序中，“被告人自愿认罪”是必要条件。而自愿认罪也需具备前提条件：一是良好的执法环境；二是被告人获知充分的信息；三是律师的有效帮助。被告人多非法律专业，对法律认知有限，且自由受限，如果不能获得充分的信息，不能从律师那里获得必要的帮助和指导，那么，认罪就有很大的盲目性。

辩护律师有权介入封闭的侦查阶段、审查起诉阶段，在此阶段，律师是保障犯罪嫌疑人合法权益的重要力量。但是在试点地区，一方面，速裁案件中的犯罪嫌疑人、被告人一般不会花钱委托律师，因此律师的工作空间被大大压缩，能够发挥巨大作用的庭审中的质证和辩论也被取消。另一方面，法律援助律师不能覆盖所有速裁案件，援助律师进驻看守所、法院的值班制度也没有普遍落实。速裁程序中律师的缺失，不利于维护当事人权益，也会影响到案件的公正处理。

在速裁程序中，效率对被告人很有吸引力，被告人为了早日结案、获得轻判，很可能在陈述时避轻就重、迎合办案人员，可能牺牲个人合法权益来掩盖事实真相，甚至自诬。我国刑诉法以实质真实为追求目标，侦查终结、起诉、判决的标准都是“事实清楚、证据确实充分”，但是，速裁程序在被告人“自愿认罪”的情况下，简化程序径行判决被告人有罪，这意味着刑事司法实践从实质真实向形式真实退却。

《办法》规定：“人民法院适用速裁程序审理案件，一般应当在受理后七个工作日内审结。”“应当当庭宣判，使用格式裁判文书。”法庭审理本应是审判工作的中心和重心，这也符合四中全会确立的以审判为中心的司法改革目标。但是司法实务中用于庭审的时间只有 1.5 分钟，即使天赋异禀的法官也不可能在 1.5 分钟内完成对证据事实的判断、形成心证，继而正确适用法律、作出判决。法官作出判决的依据不是庭审，而是借助庭前阅卷来获知案情，法官的工作重心仍然在庭前，这实际上背离了以审判为中心的司法改革目标。

假设将速裁程序的重心由庭前移至法庭上，缩短庭前准备时间，而延长法庭审理时间，让庭审实质化，法官在法庭上从容审理，一次成型、一锤定音，这比 1.5 分钟“相面式”的庭审效率更高、成本更低。

全国人大常委会《关于授权最高人民法院、最高人民检察院在部分地区开展刑事案件速裁程序试点工作的决定》规定“进一步简化刑事诉讼法规定的相关诉讼程序”，而《办法》直接将法庭调查、法庭辩论省略了。刑事庭审最核心的部分就是法庭调查、法庭辩论，在控辩双方对抗中，法官逐渐发现真相、形成心证，居中作出公正判决。如果将法庭的“双核”省略，空有躯壳的庭审便没有存在的必要，这个形式不走也罢。

我国刑事法庭审理案件本来效率很高，一个杀人案件半天就能审完。司法中普遍存在的“庭审形式化”广受诟病，刑事速裁程序将本来就单薄的庭审进一步简化，并抽走其核心主干，犹如把瘦子的骨骼抽走。

在适用对象上，《办法》规定对未成年人、盲聋哑人不适用速裁程序。这有自相矛盾之嫌，如果速裁程序既公正又能提高效率还能兼顾当事人权益，那么应将弱势人群吸收进来，公平对待，而不应将其排除在外。将本应得到法律“照顾”的弱势人群排除其外，意欲为何？

全国人大常委会授权18个城市试点刑事案件速裁程序，首开司法领域“实验性立法”先河。既然是试点，就允许试错。对于新制度，我们更应该发现其不足之处，发现其缺陷所在。过分乐观，过分夸大成绩、宣传成果，会迷惑眼睛，失去理智的判断力。

司法机关每年办理数以万计的案件，一个案件，一个当事人，只不过是其中数万分之一，但是，对于当事人个体而言，却是百分之百。司法是正义的最后一道防线，当试点城市捷报频传时，在速裁耗时屡创新低时，我们更应该给司法机关泼上一瓢冷水。

再谈非法证据排除规则

最高人民法院拟出台非法证据排除细则，拟将非法证据范围扩大，涉及疲劳审讯、超期羁押的被告人供述是否排除等问题。

早在 2010 年 6 月，两院三部（最高人民法院、最高人民检察院、公安部、国家安全部、司法部）出台《关于办理死刑案件审查判断证据若干问题的规定》《关于办理刑事案件排除非法证据若干问题的规定》，确立了较为系统的非法证据排除规则。2012 年《刑事诉讼法》修订，在法律层面确立了非法证据排除规则。纵观几年司法实践，非法证据排除规则被普遍应用，但是效果并不理想，远远没有达到保障人权、实现程序公正、避免冤假错案的预期目的。

非法证据排除规则，体现了实质真实与正当程序之间存在冲突，以及面对这种冲突作出的宁愿牺牲实质真实也要维护正当程序，进而保障公民自由权利的价值选择。非法证据排除规则是验证人权保障的试金石，是根除刑讯毒瘤的猛药，这一点已被理论界、实务界普遍接受。

但是，近几年曝光的多起冤错案件，在不同程度上存在着刑讯逼供现象。为什么非法证据排除规则没有根除刑讯逼供？其根源是立法问题，还是司法问题？

侦查机关长期患有“口供依赖症”，以口供为中心、“由供到证”的做法积重难返。很多案件，控方指控所依据的证据体系是以口供为基础构建的，如果口供被排除，则整个证据体系面临垮塌。此时法院陷入两难：若排除，则直接否定了侦、诉两机关；若不排除，则不能保障被指控人的权利。

俗语说：“三步不如两步近。”虽说法律规定公、检、法三机关是互相配合、互相制约关系，但是“配合”与“制约”本身就自相矛盾，难以得兼。清华大学张建伟教授将公、检、法关系比喻为刘关张三兄弟，张飞收集证据后，通过关羽交给大哥刘备，刘备怎忍心将三弟的证据排除？这种司法结构，直接影响了非法证据的排除。

侦查阶段是封闭的、密行的。在封闭的空间，处于强势的侦查人员心有所求，目标就是口供。“棰楚之下，何求不得？”尽管有法律、纪律约束，尽管政治学习一直在加强，尽管侦查人员觉悟、素质、能力大大提高，尽管严惩实施刑讯的侦查人员以儆效尤，但是刑讯依然存在，并且发生变异出现升级版。

为什么？马克思说过：资本如果有百分之五十的利润，它就会铤而走险；如果有百分之百的利润，它就敢践踏人间一切法。平心而论，刑讯这差事，既费力气又费脑子，风险也高，干嘛还孜孜以求之？因其有证据“利润”。

我国刑事诉讼素来追求实质真实，侦、诉、审都依据同一个标准——“事实清楚、证据确实充分”，侦查司法人员都将办成铁案作为终极追求，被告人的认罪口供会让法官心里踏实，作出有罪判决时不迟疑。法庭审判多依赖口供，被告人在庭上认罪是最佳状态，如不认罪或翻供，则以其既往口供来认定。这样，口供直接决定了最终的有罪判决，而有罪判决又是衡量侦查、起诉成功的主要评价（检验）标准。

古今中外刑讯都不乏见，图书《臀部的尊严》对笞杖制度的梳理介绍让人胆战心惊。英国历史上的布劳德坤斯刑、机架刑等也是触目惊心。人类步入现代法治文明后，世界各国在遏制刑讯方面积累了宝贵的经验，尤其1984年联合国《禁止酷刑和其他残忍、不人道或有辱人格的待遇或处罚公约》问世后，人权保障以及诉讼文明揭开了新篇章。

比较而言，在遏制刑讯方面，我们国家步子慢了一些。虽然2012年刑诉法作了多处修改：讯问在看守所内进行，全程录音录像，非法证据排除，等等，但是现实中刑讯仍然存在，甚至出现更为隐蔽的逼取口供的方法和“司法绑架”“司法人质”现象。

最高人民法院拟将非法证据排除规则进一步细化，确立更具体的标准，拟将冻饿晒烤这些使人痛苦的非法方法进行细分。如果寄希望于毕其功于一役，恐怕过于乐观。再细的标准也无法囊括全部，摁下葫芦起来瓢，还会出现更具想象力的方法，比如故意给糖尿病人提供甜食，不给注射胰岛素，不给女性必要卫生品，不让上厕所，不给椅子，不让喝水。

其实，我们忽略了一点，即刑讯人和被刑讯人都是人，痛苦体验是一样的，用一般的生活经验、用普通人的评价标准足以判断是否痛苦。问问路人甲和路人乙，他们的答案就是标准。细化标准恰恰走向了相反方向。

遏制刑讯，需要构建一个全方位制度体系，包括自白任意原则、律师在场权、全场录音录像、司法令状、传闻法则、非法证据排除规则等。非法证据排除规则，其根本目的是将非法获取的证据排除在诉讼之外，取消其证据资格。非法证据，包括取证主体不合法、取证方式和手段不合法、收集程序不合法，对于所有非法证据都应予以排除。

非法证据排除规则，关键点和重心在“排除”，即法庭将非法证据排除，尤其把侦查人员刑讯逼取的口供剔除出去，纯洁证据体系。

“刑讯产品”被排除，其“利润”降低，低得不值得让侦查人员费力去刑讯，这样就从根本上遏制了刑讯的动力。此规则虽然让一些案件付出了牺牲实质真实的代价，但最终可以促使司法人员通过正当程序达到发现案件真实的目的。

所以说，关于非法证据排除规则，不是法律不够用，而是不管用。本应担此重任的法院，没有像秋风扫落叶一般把非法证据排除掉。

十八届四中全会明确指出，完善司法管理体制和司法权力运行机制，保证公正司法，提高司法公信力。法院应当践行全会决定，严格执行非法证据排除规则，保障人权，实现公正司法，构建以审判为中心的诉讼结构，树立司法权威。此时，我们更需要给法官鼓鼓劲，举起拳头为一线判案的法官加油，加加油！

刑事案件的“公开”与“不公开”[1]

李某某强奸案的几名诉讼参与人因在法庭外公布被害人隐私而受到惩戒。此案系不公开审理案件，诉讼过程中暴露出一些问题，需要与律师同行讨论：不公开审理的疆域能否拓展至法庭之外？不公开审理的范围是什么？诉讼参与人相对应的义务是什么？媒体报道的尺度是什么？如何平衡保障人权和公众知情权？

《刑事诉讼法》规定：人民法院审判案件，除本法另有规定的以外，一律公开进行。联合国《公民权利和政治权利国际公约》也确立了司法公开原则。可见，公开审判是基本原则，是司法公正的必然要求，是实现正义的必由途径，是满足公众信息知情权的重要措施。现代民主社会，司法公开已经成为一项重要法律制度。但是，公开审判不是所有刑事案件都必须公开，对于某些特殊利益需要特别保护。《刑事诉讼法》规定了四种不公开审理的情形：有关国家秘密的案件、有关个人隐私的案件、审判时被告人不满十八周岁的案件以及涉及商业秘密当事人申请不公开审理的案件。

---

① 2013 年 10 月，作者受北京市律师协会委托，执笔起草《北京市律师办理不公开刑事案件业务操作指引》，次年该《指引》公布并实施。

不公开审理的范围是什么？过去，传统的教科书一般都解释为“法庭审理的不公开”，但是，如果将不公开审理的范围依旧限定于法庭这个物理场所内，在信息瞬间被扩散的网络时代，根本起不到保护特定利益或特定人群的作用。所以，法律人观念更新、升级，普遍认为不公开审理涵盖如下内容：法庭审理不公开，司法信息不公开，诉讼材料不公开，判决方式不公开，媒体报道受限制。

与不公开审理相对应的是特定参与人、知情人的保密义务。参加不公开审理的控辩双方、法庭组成人员、法庭辅助人员等对于法庭审理情况应承担保密义务，不得将庭审情况、案件内容、当事人及诉讼参与人基本信息、诉讼材料对外公布、公开。如果庭后公开、公布案情、庭审状况等，虽不是“直播”，但是犹如“录播”，也应禁止，因为两者在传播效果上无甚区别。对于不公开审理的案件还应设立一个保密期，保密期内禁止任何人公开、公布。

宣判是否公开？不同国家规定不同。对于未成年人刑事案件，德国《少年法院法》规定：“进行审判的法庭不得公开进行审理和宣判。”法国、英国、美国并不禁止对未成年人刑事案件的公开宣判。我国《刑事诉讼法》规定，宣判一律公开。

不公开审理的案件是否允许媒体报道？ 1994 年《关于媒体与司法关系的马德里准则》通过，世界上绝大多数国家或地区，在未成年人刑事案件的新闻报道上认识一致，就是对新闻媒体报道进行约束。英国《藐视法庭法》规定法院有向媒体发布缄口令的权力。美国法官近年对媒体的限制越来越小。德国、法国、意大利等大陆法系国家，原则上不允许对未成年人的信息予以公布。我国台湾地区“少年事件处理法”规定，任何人不得以媒体、资讯或以其他公示方式揭示有关少年保护事件或少年刑事案件之记事或照片，使阅者由该项资料足以知悉其人为该保护受调查、审理少年或该刑事案件之被告。

如何将媒体堵在门外，这让法官伤脑筋。自媒体发展如洪水猛兽，法官保持宁静的内心不受外界干扰尚且有难度，还要同时权衡对当事人隐私、未成年人利益进行保护，真真愁煞法官也。

律师在办理不公开审理刑事案件时，法庭上遵守法庭纪律，法庭外又当如何？是三缄其口，还是发声疾呼？对于不公开审理的案件，在法庭之外，律师通过微信、微博、博客等自媒体公布案情和当事人信息，是否对当事人隐私构成侵害？是否与律师执业规范相悖？律师向媒体透露案情信息，对案件当事人以及诉讼参与人进行评价，是否合适？

有律师认为，现实生活中，司法不公现象依然存在，律师借助媒体发声能够促进公正司法。诚然，媒体作为第四权力在促进公正司法、社会公正方面起着巨大的作用，律师和媒体的合作一直保持着良好的态势。但是，律师借助媒体发声的度应如何把握？对于不公开审理案件，能否公开他人隐私，评价当事人以及同行律师？律师在涉及个人隐私、未成年人案件中，如何做才是适度？

这些问题都需要律师思考，应从行业特质和职业要求方面来思考，而不能局限于就案说案、就事论事。

律师在个案办理中，在日常工作中，应尊重他人隐私，保守执业中获知的秘密，这是律师的基本职业操守。律师行业是我国屈指可数的通过自律方式进行自我管理的一个行业，这种管理模式之所以率先出现在律师行业，是因为这个队伍高素质、理性，具备专业知识，同时具有自我克制、自我管理、自我完善的能力。

自律是律师的基本要求，谨言慎行，这是行业道德准则，也是律师职业的内在要求。律师办理不公开审理的刑事案件，更应如此。

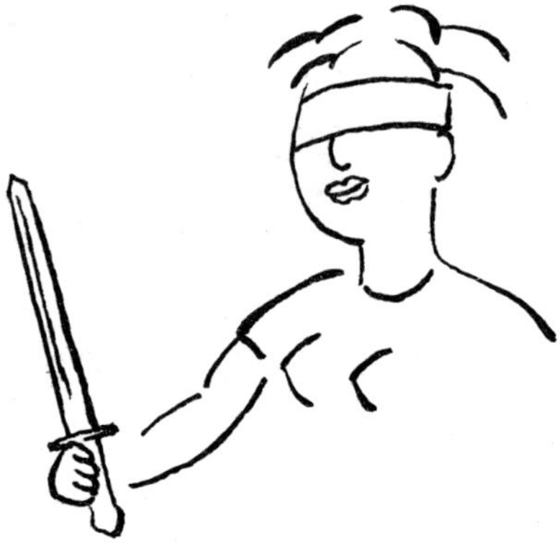

疫苗的安全与法律问题①

两起涉及疫苗的案件被曝光。

第一起是一名上高二的北京女孩11年前接种疫苗造成瘫痪，后将中学和医院起诉到法院，法院判决医院方向其赔偿66万元。

第二起是济南警方查获非法经营疫苗案，查获200万支25种儿童、成人用二类疫苗，犯罪嫌疑人在过去五年时间，脱离“冷链”存储运输，将200万支疫苗销至18个省份。

200万支疫苗，具体流向哪些城市村镇，哪家诊所、卫生院、医院？ 200万支疫苗，具体包括何种疫苗？有多少支疫苗已经接种于人体？接种者名单有无留存？后遗症患者有多少？因疫苗致死的有多少人？潜在危险期是多少年？……追问这些数字让人不寒而栗。

疫苗是什么

疫苗是指为了预防、控制传染病的发生、流行，用于人体预防接种的预防性生物制品。它关系人民生命健康，关系疾病防控、社会稳定和国家安全。疫苗在某种意义上与粮食一样，属国家战

① 感谢河北医科大学刘伟副教授对本文的鼎力支持。

略物资。

疫苗是将病原微生物（如细菌、立克次氏体、病毒等）及其代谢产物，经过人工减毒、灭活等方法或利用基因工程等制成的用于预防传染病的自动免疫制剂。

通俗来讲，疫苗不是药品，而是“病原微生物”，不是给患者治病，而是向健康人的体内“投毒”。接种疫苗，是故意向健康人体内投放无毒或弱毒的“病原体”，来激发人体免疫系统产生特异性的抗体。这些抗体在未来病原体入侵时，能迅速清除这些病原体。

既然把接种疫苗比喻成“投毒”，那就要高度警惕，慎之又慎。疫苗的安全，贯穿于疫苗的研发、审批、生产、存储、运输、管理、使用、监管等各环节，任何一个环节出现疏漏，都可能对生命、健康造成巨大伤害。

疫苗使用，只能由特定机构和具有资质的人员进行，按照严格操作程序进行。对被接种人要进行询问、做必要检查，判断是否具备接种条件，告知风险，接种后留观、跟踪，等等。前文提及的北京女孩，是医生在为其接种荨麻疹疫苗时忽略了其高烧症状，造成了身体瘫痪。该案系由于操作人员未依规范操作而导致损害后果。

合格疫苗，也可能造成严重伤害事件。2015 年 1 月之前，我国一直使用脊髓灰质炎“减活疫苗”（糖丸）。口服糖丸，成本小，效果好，在控制我国小儿麻痹症蔓延上功不可没，但是其存在天生的安全隐患。据世界卫生组织估算，全球每年发生 250 ~ 500 例因口服糖丸而导致的小儿麻痹症病例，被称为“VAPP”患儿。这些孩子体内免疫系统先天缺陷，接种疫苗后导致患上脊髓灰质炎这一不治之症。在国际上，这种因接种合格疫苗而导致严重不良伤害的事件，被称为“恶魔抽签”。2015 年 1 月，我国开始使用“灭活疫苗”来预防脊髓灰质炎，安全系数大大提升，杜绝了“VAPP”患儿的再现。

疫苗的监管

疾病防控，是政府的一项职责。预防传染病最稳妥、最经济的方法就是在人群中普遍接种疫苗，构建防御屏障。

国家的防御屏障，由政府和公民共同来构建。国务院《疫苗流通和预防接种管理条例》将疫苗分为两类：第一类疫苗由政府免费向公民提供，包括乙肝疫苗、卡介苗、脊灰疫苗等，对于公民而言，接种此类疫苗则是义务；第二类疫苗由公民自费并且自愿接种。

世界各国在对疫苗的监管上，都有严格的标准。疫苗在生产、运输、存储、使用各个环节，任何一个环节出现疏漏，都可能造成严重后果。以疫苗保存温度为例，疫苗保存需要特定温度，除减毒活疫苗和水痘疫苗应冷冻保存且应避免反复冻融外，绝大多数疫苗应保存在2℃～8℃。因此，这就有了“冷链”概念。即为保证疫苗从疫苗生产企业到接种单位运转过程中的质量，特别用于储存、运输、冷藏的设施和设备。

冷链，是保证疫苗安全的第一要素。济南警方查获的200万支疫苗，在客观上脱离冷链，其基本安全条件没有最起码的保障。疫苗作为生物活性物质，极易发生变性或失活。如果接种这些变性或失活的疫苗，不但接种无效，还会严重危害机体健康，甚至还有可能把这种危害遗传给后代。

疫苗的安全和管理问题，在世界上都是重要研究课题。我国是疫苗需求大国，年接种10亿剂次，也拥有全球最多的疫苗生产企业，有几十家。所以我们面临的挑战更为严峻，尤其是第二类自费疫苗市场，呈现国有、民营和外资过度竞争的“混战”局面。一旦政府监管出现漏洞或监管制度有隙可乘，疫苗就会像普通商品一样流入社会。

济南警方称，涉案疫苗是由疫苗生产厂家生产的，而犯罪嫌疑人不但无储存、运输疫苗的基本条件，还处于缓刑执行期间，为什么依然能融进二类疫苗的销售链条中，而且连续五年？他们在哪个环节介入并打通的违法通道？如何逃避监管？上下游销售单位、接种单位知情与否？

对于本案，当务之急是核查这200万支疫苗的下落，找到每一位接种者，对五年内接种人群进行走访、检查，核查接种疫苗的种类、批次，接种后有无不良反应，有多少人出现健康问题，甚至失去生命，哪些人仍存在潜在危险，哪些人需要补种疫苗，有多少人需要治疗……登记造册，进行长期追踪检测。对于未使用的疫苗或者可疑疫苗，应当销毁。在销毁之前，应当详细记录。

济南疫苗案反映了我国在疫苗监管方面存在的问题。其实，问题几年前就已凸显：某生产狂犬疫苗企业违法添加核酸物质，不合格狂犬疫苗导致接种人死亡事件曝光。当时国家药监局发出公告，两家狂犬病疫苗生产企业生产的7个批次21万人份狂犬疫苗，产品质量不合格。而这21万人份疫苗已经投向市场，绝大部分已被使用。显然，疫苗监管存在漏洞，防患于未然没有做到，亡羊补牢也没有做到。

后果与维权

疫苗引起受种人异常反应，造成身体健康受损，原因特别复杂。疫苗与损害后果的因果关联，有时连接种人本人或其监护人都忽略，即使接种后有异常反应，比如发烧等，普通医护人员也容易误诊为其他病症。

合格疫苗在操作规范情况下，也可能造成异常反应，例如“VAPP”患儿就属于此列。2008年，我国卫生部联合七部委下发《关于做好脊髓灰质炎疫苗相关病例鉴定及善后处理工作的指导意见》，明确规定对于“VAPP”患儿，应当给予一次性补偿。这笔补偿款由地方政府买单，但是由于缺乏完整且持续的救济制度，补偿数额远低于实际医药费支出。

不合格疫苗或合格疫苗因操作不规范，引起接种人异常反应甚至造成死亡或身体损害，是近年常见案例。前文提到的不合格狂犬疫苗致接种人死亡和北京女孩接种疫苗瘫痪获赔偿的案例，都属于此列。此类案件，在认定事实、厘清责任、确定因果关系上比较复杂，涉及防疫、免疫、医疗不同学科，行政监控与法律责任交织在一起。北京女孩案例耗时 11 年才获得部分赔偿，其中艰难可想而知。

对不合格疫苗追根溯源，查找责任人，难度更大，需要逐一排查流转、运输、储藏、生产各个环节，走访不同机构、不同部门的众多人员。此外，接种人即使主张赔偿，其由于专业知识的欠缺和缺失证据，也很难获得赔偿。专家鉴定所依据的材料往往非第一手、全面的材料，而更多借助接种单位、医疗单位留存的资料，这也会影响鉴定意见的客观性。

制度与立法

疫苗事件，济南案不是第一件，只是浮出水面的最严重的一件，它暴露了我国在疫苗审批、监控制度中的漏洞。

他山之石，可以攻玉。其他国家或地区的经验，我们可“拿来”予以借鉴。英国严控源头，严格控制疫苗生产厂家的资质和数量。加拿大有强大的医疗数据库，每一支疫苗都有唯一的身份证，任何人在任何地点接种何种疫苗、哪一批次疫苗，都有档案记载，一旦发现疫苗有质量问题，迅速召回。德国在储存运输疫苗环节不惜代价，疫苗专用冷藏设施和设备以及专用运输车都由特殊材料制成，每辆专用运输车都配备安保人员。因接种疫苗而引发伤害赔偿，美国采用无过错赔偿原则，因减活疫苗异常反应的补偿经费从疫苗厂家缴纳的税收中支取。法国在国家预算中设立专项基金。我国台湾地区则规定，政府采购的中标疫苗企业必须为此捐款，金额为每支疫苗10元新台币。

我国目前适用的《疫苗流通和预防接种管理条例》2016年进行修订，完善了第二类疫苗集中采购机制，加强疫苗冷链管理，推进疫苗全程追溯体系建设。2018年11月11日，国家药监局公布了《疫苗管理法（征求意见稿）》，突出疫苗的战略性、公益性，加强疫苗上市监管、生产管理、疫苗流通和预防接种管理。这意味着我国在加强疫苗管理方面开启了科学严苛模式。针对疫苗在国计民生中的特殊作用，结合其他国家比较成熟的经验，我认为立法草案中还可增加如下几点：

一、取消疫苗分类制度。当前，政府有实力、有财力为公众的全部疫苗买单，二类疫苗（自费疫苗）完全可以由政府统一采购、统一发放，不给中间商参与进来牟利的机会。

二、有必要建立疫苗跟踪档案，对每一支疫苗配置唯一身份号码，从生产、运输、接种直至接种人个人信息，全部记录入数据库，建立全国疫苗数据库，永久保存。

三、严格审批制度，企业通过各项严格考核后方能生产疫苗。疫苗研发、生产企业，不得从事其他药品、产品的生产。

四、限制疫苗生产厂家数量，政府按需下订单，统一定价，统一采购。

五、建立召回机制，对疑似问题疫苗迅速召回。

六、建立无过错赔偿机制。对于因接种疫苗而受到伤害的个人，由政府以专项基金予以赔偿。

打开看守所家属会见的大门

某地法庭，开庭审理一刑事案件，被告人张帆（化名）坐在被告席上。

审判长敲法槌，宣布休庭。

被告人张帆即将被带出法庭。

这时，旁听席上传来一个女士声音："老张！"

张帆转过身，其身后的法警也驻足。

喊话的是张帆的妻子，她站在座位前，满脸是泪，使劲挥着手，哽咽着。

张帆扭头，与妻子四目相对，老泪纵横。

法警催促。张帆对妻子点了点头，脚步向前走，头却一直扭向妻子。

就在张帆跨出门口的一刹那，妻子终于喊出了声："保重啊！"

我是张帆的辩护人，工作中我知道他们夫妻几十年相濡以沫，感情很深。张帆被采取强制措施失去了自由，和家人同在一个城市却两年没有见面。分离让他们彼此牵挂，又彼此以对方为力量来鼓励自己。有一次我会见时，张帆说："刘律师，麻烦您转告我太太，不要挂念我，就当作我正在外国留学。我一定努力多活十年，以后好好陪她。”

患难见真情，律师常常成为真情的见证人。作为一名刑事律师，因工作缘故，每个案件都不得不深度介入他人的生活，也由此接触到人最真实的一面，感受到人与人之间最真实的感情。职业使然，无法回避。尽管我年已不惑，从事二十多年法律工作，办理案件逾千，接触各类人，但是，我依然无法做到超然、超脱，每每被震撼、感动。

刑事律师，很多时候充当当事人和家属之间的桥梁。这和我国审前高羁押率的司法现状有关，还有一个原因是刑事诉讼法禁止诉讼终结前家属会见。此规定旨在防止串供、串证等行为发生，保障顺利收集证据，却造成亲人咫尺若天涯，亲情被阻却，让亲人之间呈撕心裂肺、翘首相盼状态。法律与亲情剧烈冲突，伤及感情。

这几年，我一直在思考，法律应当是有温度的，应当体恤人情，假如允许犯罪嫌疑人和亲属见面，又有何妨？

刑事诉讼法除了公正、公平、效率、秩序之外，还有许多价值需要考虑，诸如亲情、人性关怀等。我国刑事诉讼法经过几次修改，已经将一些价值吸收进来并体现在法条中，比如，《刑事诉讼法》第193条规定亲属间有拒绝出庭作证的权利，在很大程度上避免了对亲情的直接伤害；未成年人接受讯问时，应当通知监护人在场陪同；犯罪嫌疑人被拘留、逮捕，应当在24小时内通知其家属。这些规定体现了对亲情的尊重。

刑事诉讼法应当向前再走一步，打开看守所大门，允许犯罪嫌疑人、被告人和其亲属在看守所直接见面。

中国人注重亲情和家庭，家庭是社会的细胞，亲人是情感的依托。法律应宽容对待亲情。如果允许亲属会见，将消除犯罪嫌疑人心里的恐惧、焦虑，使其从容面对诉讼。亲情的慰藉，还可以让犯罪嫌疑人获得心理支持，直面自己的过错。

亲属会见能否引起串供、串证？有这种可能，但同时也可以通过一些机制消除这种可能性。一是随着高科技的运用，现代社会几乎可做到监控全覆盖，侦查人员收集证据的重心已经从言词证据转向客观证据。二是非法证据排除规则的使用，使得以口供为中心的取证模式已经逐渐被摒弃。三是不必过高估计亲属串供、串证能力，即使犯罪嫌疑人有意掩盖真相，他也希望和律师等专业人士合作，而非亲属。四是环顾其他国家，皆允许家属会见，并未发生不良后果。难道外国人多贤淑，独我国民众顽劣？不应把国人想得太坏。

再做一个比较，一个人被依法判决有罪，在接受自由刑惩罚期间，法律尚且允许其家属会见。可是，一个人是“嫌疑人”时却不允许家属会见，这相当于提前对其惩罚。这种前置性惩罚，背离了无罪推定原则。

亲情、爱情、友情对一个人非常重要，尤其在非常时期。亲情能给人以希望，而希望又是接受命运挑战、承受艰难困苦的力量源泉。即使有人最终被判处刑罚，也仅仅是刑法方面的评价，而不能否定其他方面。

尊重和保障犯罪嫌疑人、被告人的人权，内涵很广很深，当然包括情感方面的尊重和维护。尊重犯罪嫌疑人，首先应平视他们，他们和你我一样，有血有肉有情有义。尊重他们，就是尊重自己。

希望有朝一日能够允许家属会见，为亲情打开大门。

小心，虚假诉讼罪来了

几天前，一位记者朋友问我虚假诉讼罪的问题，我一惊，表示关切。他随后解释，不关个人私事，是杂志采访。

虚假诉讼罪，规制的是虚假诉讼行为，是刑法修正案（九）[以下简称刑（九）] 增设的一个罪名。虚假诉讼在现实生活中较常见：出于逃避债务、获得车辆过户、多分财产、扩大商标知名度等目的，行为人到法院打“假官司”，骗得法院的真判决书。这些虚假的诉讼行为，在刑（九）实施后，就可能构成犯罪。

什么是虚假诉讼？体育竞技中有打假球，演艺活动中有假唱，司法活动中也有虚假诉讼。虚假诉讼，就是行为人从法院骗得具有法律效力的判决或调解书。行为人的非法或恶意目的，借助法院的审判得以实现。虚假诉讼在民事诉讼中最为常见，而在行政诉讼、刑事诉讼中比较少见，也难以成功。所以，平日提到虚假诉讼，一般指的是以捏造的事实提起的民事诉讼。刑（九）增设的虚假诉讼罪，其规制范围仅限于民事诉讼。

形形色色的虚假诉讼。虚假诉讼，在全国范围内普遍存在。以北京为例：北京市第一中级人民法院通过对 100 起民事二审改判案件进行抽样分析，发现有超过 20% 的案件存在诉讼欺诈行为。[1]

近几年，虚假诉讼呈上升趋势，这与政策导向有一定联系，比如房产交易税、车辆限购政策等导致“以房抵债”“以车抵债”类虚假诉讼集中出现。某案例：在北京购买汽车，需要摇号获得指标，某甲屡次摇号不中，于是他找到拥有多部汽车的某乙，二人合意后，以假债权纠纷起诉，诉讼中以某乙的车抵债，法院出具调解书，之后某甲根据调解书进行汽车过户。某甲通过虚假诉讼，成功规避汽车限购政策，“曲线救国”购得汽车。

房市多变，某房产律师研究出一套假离婚、假结婚组合方案，在程序上借助虚假诉讼，用最低成本来规避房产交易税，可谓费尽了心思。

商标对于企业而言，蕴藏着经济价值，驰名商标的认定会给企业带来丰厚收益。曾经有一段时间，商标权纠纷诉讼案件激增，涉及诸多知名企业。在重利诱惑下，企业通过串通造假、炮制虚假诉讼获得法院胜诉判决，之后以判决书为主要材料向有关部门申请认定驰名商标。企业为了申请驰名商标，频频制造虚假诉讼。

探寻虚假诉讼成因。虚假诉讼，其原因很多：除前文提到的政策、法规原因外，社会诚信机制缺失、当事人牟取非法利益、个别法官滥用权力等也是原因。

虚假诉讼以法院为欺诈对象，而法院的法官是法律专家，有丰富的审判经验和敏锐的判断力，为什么虚假诉讼还能够得逞？我们可以从民事诉讼制度及证据制度上寻找原因。

---

① 参见《北京一中院副院长称百起案件 1/5 存在诉讼欺诈》，载 http: //news.qq.com/a/20091029/001515.htm。

1. 当事人意思自治原则决定了法院在行使民事审判权时的被动状态。当事人对起诉、提出诉求、答辩、承认、变更、和解、调解等行为，都有自主处分权，在现行民事诉讼法体系下，法官应尊重当事人的意思自治，不干预。所以，法官处于被动的、消极的地位，这就给虚假诉讼者提供了可乘之机。

面对虚假的诉讼，法官火眼金睛发现其假，但是对于当事人对诉讼权利和实体权利做出的处置和决定，法官依然要尊重和维护，即使心存疑虑也要奉法行事。

2. 民事诉讼以发现形式真实为原则，法院在发现实质真实方面难有作为。民事诉讼涉及的是“私人利益”，法院受当事人意思表示的拘束，仅需认定形式上的真实，而不需探求实质真实（即真相）。

法官权力核心是判断权，对证据、事实、性质进行判断。法律专业人士都清楚，民事诉讼打的就是证据，是当事人之间进行的证据大比拼，法官的目光只关注当事人的证据。当事人借助精心炮制的、虚假却形式完备的证据，容易欺骗法官。

3. 民事诉讼的“盖然性优势”的证明标准。民事诉讼的举证责任分配以“谁主张，谁举证”为主，一方当事人举证不能或举证不力，就要承担不利后果。民事诉讼以“盖然性优势”为证明标准，其远远低于刑事诉讼中的“排除合理怀疑”标准。

虚假诉讼，一般都有预谋、有充分准备，当事人事先合谋，以极低成本炮制出假证据或毁灭证据，并且制造出双方当事人证据证明力的悬殊。民事诉讼中，法官通过证据认定事实的过程，就是对各方证据的证明力进行判断，衡量哪一方处于优势地位的过程。在一些虚假诉讼中，法官在认定事实时，即使对证据有怀疑，怀疑证据可能偏离真相，但是苦于没有其他证据，而不得不以盖然性优势标准予以事实认定，造成虚假判决的出台。

如何消减虚假诉讼？虚假诉讼行为，妨害司法秩序，侵害了他人的合法权益，同时损害了司法权威和公正，降低了司法公信力。虚假诉讼罪，将以捏造的事实提起民事诉讼，妨害司法秩序或者严重侵害他人合法权益的行为规定为犯罪。自然人和单位，都可能成为虚假诉讼罪的构成主体。司法工作人员利用职权，与他人共同实施虚假诉讼犯罪的，从重处罚。

刑罚是最严厉的惩罚手段，通过刑罚来规制虚假诉讼，通过刑法的威慑力来震慑潜在的犯罪分子，无疑能够降低虚假诉讼的发生。此外，社会诚信体系的建立，也能减少虚假诉讼。

现在，刑（九）生效，虚假诉讼罪已开始发生效力。不懂法律和通晓法律的人，在提起诉讼前、诉讼中，都应重新审视自己的行为，尊重事实、遵守法律。司法工作人员在审理案件过程中，应以事实为根据，将探寻真相作为一项目标，用火眼金睛甄别虚假诉讼。作为向社会提供法律专业服务的律师同仁，更应认真研读这一刑事法条，规范自己的执业行为，远离刑事法律风险。

天上掉下个保姆姐

前些年惊闻一则新闻：湖南省资兴经济开发区（以下简称开发区）决定给6家明星企业老总各奖励一个保姆上门服务一年（《新京报》2010年3月4日、3月12日）。

呜呼！地球人都知道，找保姆难，难于上青天。为了找保姆，踏破铁鞋数十双，众里寻她千百回，千呼万唤方出来，相见容易相处难，劳燕分飞还复求。找保姆多出于不得已：宝宝无人看管，老人无人照顾，生活不能自理，事业生活难两全。迫切地渴望得到帮助，渴望保姆到来"万难得消解"。所以，我等渴求保姆之人去家政公司时都使用"请"字——请保姆。请保姆之"请"与请大夫、请先生、请灶王爷、请魔法师之"请"内涵一致，怀揣恭敬期盼之情。

开发区之奖励保姆，让人眼前一亮：保姆竟然被政府空降到家！可是，天上掉下个保姆姐，真是天大的喜事吗？

保姆因需求而请。保姆一到，家庭隐私可能会荡然无存。如不是刚需，无论如何也不情愿和陌生人在同一屋檐下共同生活。家务保洁，可请钟点工；吃饭，可去饭店或叫外卖。即使必须请保姆，也尽量选择不住家保姆。现代家庭，请保姆时都有着些许无奈，万不得已才请保姆住在家里朝夕与共。雇主获得生活便利的同时，不得不降低对隐私的要求。

奖励6位明星老总一人一个保姆，老总们是否有此需求？对此，开发区政府是否考察过？报道称，有老总“常年单身在外，生活不方便”，那么，保姆姐到来就方便了？老总愿意吗？需要吗？如果老总确实需要保姆，他完全可以从家政公司请一位，何必等待政府奖励？如果老总本人生活能力、独立能力很强，生活完全能够自理，这政府奖励的保姆又如何处置？能否有偿转让，转给更需要保姆的人？转让保姆的收益，是上缴政府还是中饱私囊？中饱私囊，是否涉嫌犯罪？是贪污还是职务侵占？

保姆雇主，两相情愿。四川人请保姆要求会做川菜，有宝宝的家庭要请有育儿经验的中年保姆，为照顾老爷爷努力请男保姆。即使家政公司也不包办、不摊派、不搞拉郎配，坚持双向选择，不厌其烦地安排雇主、保姆面谈。当雇主和保姆充分了解、意愿一致、相看两不厌，并且将条件、要求、承诺、权利义务等内容一目了然地写在合同中，雇主、保姆和家政公司三方同时签字生效后，保姆才姗姗到岗。

开发区奖励的保姆是由政府招聘来的，“条件是看她们的思想品德和做事能力”。开发区政府选择保姆肯定是优中选优。但是，遴选的优秀保姆是否适合老总的要求？老总和保姆能否相看两不厌？未必。

保姆和老总缺乏相识、相知的过程，被政府包办而匆匆相处，有可能产生一些很现实的问题。比如，某保姆因惧怕动物不去养大型宠物的家庭工作，恰好该老总养了三只藏獒；比如，老总是福建人，保姆只会做川菜；比如，老总有在家摆宴的喜好，保姆却无相关知识技能；比如，老总节假日更需照顾，而保姆要求回家休息……怎么办？

还有一个很重要的法律问题：保姆的劳动权益保障问题。正规的北京家政公司都有规定：保姆每月最少休息四天，如果不休息，雇主则要支付双倍工资。开发区奖励的保姆在劳动权利、劳动关系上，是否保障更高？保姆加班应得的工资，是向政府要，还是老总出？节假日休息，向谁请假？保姆欲辞职，辞职书给政府还是老总？

开发区称“工资由开发区负担。负担每月1000元的工资”。显然，开发区政府没考虑加班费问题。据此，受奖励的企业家也不应支付加班费乃至任何费用。但是，保姆的加班费事先没有约定，保姆的权益可能被侵犯，可能由此产生劳资纠纷。还有，假如保姆在工作期间受工伤，比如擦玻璃时被扎伤，法律规定的雇主责任，由老总承担，还是由开发区政府承担？

在北京聘请保姆时，雇主和家政公司一般都有约定，特定时间内可调换保姆的次数、人数。开发区称“企业家和保姆不合适可以随时调换”。调换后依然不合适，怎么办？能否再次调换？换几次为限？开发区是否准备了足够的“经过三个月培训”“四十岁左右”“思想品德和做事能力”过硬的后备保姆随时到岗？

开发区称“保姆跟政府签协议，给企业家做家政服务，相当于劳务派出，不跟企业家发生金钱关系”。问题是，依据《中华人民共和国劳动合同法》规定，政府不具备劳务派遣的资格，无权进行劳务派出。保姆这个岗位与法律规定的“一般在临时性、辅助性或者替代性的工作岗位上实施劳务派遣”也不相符。同时，接受劳动者的单位要向派遣单位支付派遣费，是老总向政府支付派遣费，而不是反之。

这样说来，开发区派遣保姆的良苦用心，倒有违反劳动法律之嫌。

开发区和保姆签订的“协议”性质是劳动合同，因为劳动合同是劳务派出的前提和依据。据此，保姆和开发区政府之间的法律关系应是劳动者和用人单位的关系。政府应该维护保姆的劳动权利，为其缴纳“五险一金”。这样，保姆不再是保姆，而是开发区政府录用的具有家政服务技能的职工，是开发区政府的一名员工。

奖励保姆为企业家服务一年，就是开发区政府将本单位职工安排到特定的岗位工作一年。如此一理顺，好像说通了。

但是，开发区政府对外宣传时说“奖励保姆提供家政服务”就很不妥了，应当说“指派政府职工上门为企业家提供家政服务”。如此表里如一的说法，受奖励的老总更“感动”，更能体现亲民，彰显鱼水情深，还不会因拿保姆说事儿让人误会。

购买儿童火车票，看身高，还是看年龄？

暑假是家长带着孩子行万里路的季节。

有一年暑假，我带女儿乘高铁，因为补票而折返四节车厢。女儿当时十一岁，我在网上订票时，系统识别出儿童身份信息默认儿童票，便订了半价票。上车后，列车员以其身高超过 1.5 米要求补票，于是我找寻列车长将半价票补成全价票。

补票的根本原因是铁路部门针对儿童乘车，同时适用了年龄和身高两个标准：售票时看年龄，乘车时却看身高。

规章对“儿童”的界定

现行《铁路旅客运输规程》规定：“随同成年人旅行身高 1.2～1.5 米的儿童，享受半价客票、加快票和空调票（简称儿童票）。超过 1.5 米时应买全价票。”

该条款中的“儿童”和法律术语“未成年人”并不兼容。“未成年人”是法律术语，指的是不满十八周岁的公民。“儿童”并非法律术语，其标准也不统一，有的以十二周岁为标准，有的以十四周岁为标准，中国 1992 年批准生效的《国际儿童权利公约》以十八周岁为标准。

“儿童”界定标准不统一，“儿童票”自然不好确定了。“身高1.2～1.5米的儿童”究竟限于不满18周岁儿童，还是限于不满14周岁或不满12周岁的儿童？截至目前，权威部门没有作出正式解释。

“儿童”定义模糊，外加同时适用年龄、身高双重标准，必然导致铁路部门在执行过程中的混乱。

以身高为购票标准是否科学？

个体有差异，高矮胖瘦各不同。定制衣服要量体裁衣，乘坐火车则不必区分个体，不论高矮胖瘦，车票同，权利义务也相同。

列车车厢的人数限定、座位安排以人群平均标准为参考，并打出足够的余量，所以，乘客的身高、体重对火车运载能力影响不大。乘客接受客运服务时都被同等对待，不会因为体型太胖或个儿太高而多花票钱。如果硬要较真儿找点差异，那就是乘客体重与火车运载力有一点点关系，而身高与之无甚关联。不过，在公共交通中，成年人的个体差异一律被忽略，大家一律被公平、平等对待。

儿童是祖国的花朵，儿童票购票标准本应体现出更多的关爱和照顾。但是，《铁路旅客运输规程》却对儿童购票额外增加了一个身高标准：1.2～1.5米的儿童享受半价票，超过1.5米的儿童应购买和成年人一样的全价票。

将儿童以身高为标准进行区别对待，是否有叠床架屋之嫌？儿童发育差异较大，以身高为标准是否科学、是否公平？为什么以身高为标准而不以稍微靠点谱的体重作为标准？难道是因为身高更便于检测？

同样12岁的孩子，有的超过1.5米，有的不足1.5米。让超过1.5米的儿童买全价票，让低于1.5米的儿童买半价票，在儿童尊严维护方面，这是否有身高歧视之嫌？这是否会影响儿童平等意识的形成？是否会影响祖国花朵的未来绽放？

我国的火车车厢内，并没有设置儿童座椅，同一车厢座椅都是一样的，儿童半价票与全价票座椅相同，与成人座椅并无差别。一个座椅，坐得下成年人，当然坐得下儿童。对成年人尚且不区分高矮胖瘦一律平等，对儿童反而进行身高上的区分，这是否明显缺乏对孩子基本的尊重，有“欺负小孩子”之嫌？

儿童票购票标准应体现公平，与时俱进

规章规定的 1.2 ~ 1.5 米的儿童购票标准，已经在原有标准上提高了 10 厘米。2010 年 12 月之前，铁道部适用的《铁路旅客运输规程》中规定的儿童票的儿童身高是 1.1 米至 1.4 米。调整原因是“随着生活水平提高，中国儿童的身高提高了”。

调整得还不到位。现实是中国儿童身高越来越高了。以某小学六年级某班男生为例，该班男生身高全都超过 1.5 米，有的孩子超过 1.8 米。按照现行的儿童票购票标准，这些 12 岁左右的孩子都不能购买儿童票，只能购买全价票。铁路部门，左手给儿童以购票半价优惠，右手却以身高为由收回了一部分儿童的优惠。

制定标准，应遵循科学、公平原则。《铁路旅客运输规程》规定 1.4 米也好，1.5 米也罢，将儿童身高作为标准本身就不公平，其参照体系选择不科学。

历史上因条件所限，给儿童购票乘车时，证明儿童的年龄程序烦琐，只好退而求其次，以身高为标准，售票员、检票员和列车员通过目测作出是否儿童的判断。这既便于铁路部门操作，家长也不必提前

开具数份介绍信来证明。

如今互联网时代，儿童自出生登记时即拥有个人身份信息并可办理居民身份证。铁路部门与公安部门共享身份信息，儿童年龄瞬间可知，完全具备了以年龄作为儿童购票标准的条件。今天，儿童出行已常态化，如果我们还继续沿用身高标准，让售票员、检票员、列车员对着墙上的标尺，一一目测儿童身高来检验，势必效率低，造成人力浪费，显然远远落后于火车提速后的时代节奏。

国外儿童乘坐列车多以年龄为准，在确定儿童运费时，以乘车开始之日的儿童年龄为准。我国儿童乘坐飞机，也是以年龄为准。以年龄作为儿童购票标准，既科学又公平，在操作上只需要购票时一次验证。同时，儿童持票乘车被同等对待，并且与成年人享有同样的权利和尊重，这也利于其身心健康成长。

所以，删除《铁路旅客运输规程》中以身高为儿童票购票标准，修改为与时代相符的以年龄为儿童票购票标准，势在必行。

“禁向孕妇售烟”，多此一举！

生活中，最能体现国人绅士风度的一幕又一幕：路口一孕妇大摇大摆过马路，司机大老远就减速刹车目送其移步对面；地铁里，乘客拼着命咬着牙挤出一条路，请刚上车的孕妇坦然走向早已腾开的一空位，从容坐下。

孕妇挺着大肚子，像托着地球一样自豪。为了小生命，她们忍受各种身体不适，一次次去医院做各种检查，大热天也裹着厚厚的防辐射外套，她们素面朝天远离化妆品，感冒也坚持不吃药唯恐伤及宝宝。十月之间，为了宝宝，孕妈妈们对健康有着足够的注意。

我们自古就有保护孕妇的传统，现代社会管理也处处体现出对孕妇的照顾，比如公交车上的孕妇专席、地铁安检绿色通道。

2009 年 10 月 13 日，广州市人大常委会会议审议了《广州市控制吸烟条例（草案）》（以下简称《草案》）。草案有一条是：向未成年人和呈明显怀孕状况的妇女售烟的，可处 1000 元罚款。

在为其立法动机感动之余，也生出几丝疑问。

这是一条禁止性规范，禁止向“未成年人”和“呈明显怀孕状况的妇女”售烟。未成年人，在法律上是限制民事行为能力或无民事行为能力人，其行为需由其监护人代理。禁止向未成年人售烟，国外和国内其他地区早已有之，系出于对未成年人的健康考虑。

怀孕妇女，不论其怀孕状况是否“明显”，都是完全民事行为能力人，意志自由、行动自由。《草案》限制她们购买、选择烟草，有侵犯权利之嫌，与《中华人民共和国消费者权益保护法》《中华人民共和国合同法》等民事法律所保护的自主选择权、平等交易权相矛盾，还让人产生歧视特定人群的怀疑。

《草案》立法动机可能是好的——为了保护怀孕妇女。可是，它在保护上却明显厚此薄彼，“呈明显怀孕状况的妇女”和“不呈明显怀孕状况的妇女”都是孕妇，为什么后者就得不到保护呢？怀孕前三个月是危险期，尽管从形体上看不出来，在此期间，孕妇面临的风险更多，更需要格外保护，《草案》怎么却将其置之度外呢？显然，《草案》违反了公平原则，没有同等对待同类人群。

广州欲通过《草案》限制售烟者的销售范围来控制孕妇吸烟，从而保护下一代，听上去很不错。但是，买烟和吸烟没有必然联系，广州方面将孕妇买烟等同于孕妇吸烟，显然存在逻辑错误。禁向孕妇售烟，既剥夺了孕妇为自己买烟的权利，也剥夺了孕妇为他人买烟的权利。未来有可能出现如下画面：某厂工会主席孕妇李女士去商店购买招待烟，被拒；孕妇张女士给老父祝寿去买一条中华烟，被拒；开烟摊的孕妇赵女士，去烟草公司批发香烟用以销售，被拒……

徒法不足以自行。禁止向孕妇售烟，由谁来实施？谁来监督？罚则是什么？救济途径又如何？售烟者如违反该条例，由哪个部门罚款？该部门通过什么方式获取售烟者违法证据？是通过在烟草柜台上设电子眼，还是接受群众举报，抑或派线人“钓鱼”？买烟孕妇，其证言非常关键，执法人员如何向孕妇收集证言而不伤及身心？处罚程序是否以听证方式进行以彰显行政执法公正？若出现执法错误，权利人如何寻求救济？向孕妇出售一包烟与出售十条烟若均处罚1000元，是否违反比例原则？

立法应追求良法与美意。《草案》欲为孕妇打造一个利于健康的环境，可谓有美意。但是，立法之目的不是废除或限制自由，而是保障和扩大自由。如果以保护为名而限制孕妇的权利和自由，有悖于法治精神，非良法也。

《草案》有禁止公众场所吸烟的条款，惠及大众（也包括孕妇），这就很好。在目前不具备全面禁烟的条件下，以立法形式来对特定场所禁烟，尽力为不吸烟者打造一个适宜环境，调和吸烟人和不吸烟人的内在矛盾，构建和谐，不失为好办法。《草案》关于禁止向未成年人售烟的条款，也有助于未成年人健康成长。《草案》将孕妇作为规制对象，则大可不必。孕妇虽然在身体行动方面暂时处于弱势，但其权利自由、人格尊严和其他成年人一样，应平等对待。

孕妇吸烟是个人权利，但是，有谁见过，有孕妇为行使这一权利去吸烟的？孕妇买烟也是个人权利，更不应剥夺或限制。买不买烟，关你甚事？

广州制定《草案》规制孕妇，真乃多此一举，自讨没趣！

附注：2010年4月8日《广州市控制吸烟条例》通过。删除了《草案》中关于向孕妇售烟的处罚，不过仍然规定其为禁止行为。

社会篇

横看成岭侧成峰

我的生命，由谁做主

——也谈孕妇跳楼事件

陕西某医院，待产孕妇马某某想剖宫产被拒绝，从五楼跳下，死亡，腹中还有足月待出世的宝宝。

马某某拖着笨拙臃肿的身躯爬上 1.13 米的窗台，纵身跳下楼。留下的一双拖鞋，孤零零地摆放在窗台下。

事件引起社会公众热切关注，有关部门立即介入。各界人士纷纷评说，观点不一而足。该事件还有一个一直被忽略尤其是被女同胞忽略的问题，那就是：**我的生命，由谁做主**？

谁有决定权？

该事件涉及三个法律问题：一是谁有权决定生产方式，是马某某，还是马某某的家属？二是医院抛开孕产妇而让家属进行决定，是否违法？三是马某某委托书的效力问题。

《中华人民共和国侵权责任法》第 55 条规定，医务人员应当向患者说明医疗风险、替代医疗方案等情况，并取得其书面同意；不宜向患者说明的，应当向患者的近亲属说明，并取得其书面同意。

马某某是医疗对象，是医疗后果的承受者，可以等同于“患者”，医务人员应当向马某某说明医疗风险、方案等，并取得马某某的书面同意。选择何种生产方式，是马某某的权利，医务人员应当尊重。

马某某签署一份《委托书》，委托其丈夫“选择和决定签署有关医疗活动的同意书”。但是，代理人不能违背委托人的意志和意愿，马某某作为委托人，根据民事法律的规定，有权随时撤销委托。代理人违背委托人本人意见，或其意见与委托人意见不一致的，第三方当然应以委托人马某某的意见为准。这一点，法理、事理完全一致，换句话更明白：鼻子怎能大过脸！

还有一点应注意，《中华人民共和国侵权责任法》中规定的是近亲属，而非家属。近亲属是个法律名词，含义特定，特指配偶、父母、子女、兄弟姐妹等。

因此在本事件中，马某某神志清醒，行动举止均属于自由状态，其有权且有能力自行决定生产方式。医院应尊重的是马某某的抉择，而非家属，非其他人。

女性的权利

妇女生产是一道“鬼门关”。每年都有数例因孕、产而死亡的女性。即使在医疗技术比较发达的今天，妇女孕、产依然存在生命危险。

这也是女性的伟大之处，女性孕育着全人类，是人类的母亲。

从宪法及各部门法中可以找出诸多关于妇女权利保障的条款，权利意味着自行选择和决定。据此，女性有生或者不生宝宝的自由，有选择未来宝宝生物学父亲的自由，有婚内或婚外生宝宝的自由，有选择生产方式的自由，有哺乳与否的自由，有生一个宝宝或生多个宝宝的自由。

权利不能只停留在口号上，要从纸面上落实到生活中，即使在自己最无助时也要行使属于自己的权利。孕检时发现异常，胎儿可能畸形或者孕妇面临生命危险的，面对“留不留”，选择权属于孕妇本人。其他人的意见，只能供孕妇参考或不予参考。

对于生产，孕妇有权根据身体状况自主选择生产方式，选择自然分娩或剖宫产，选择陪产人（非常重要，要慎重），甚至选择生产时间，这是女性的权利，不可让渡，也不允许他人僭越。

行使权利不仅要有勇气，还要有充分的准备。对于生产方式，孕妇完全可以未雨绸缪，提前计划，不要等到最后一刹那才选择。怀孕期间，除了囤积待产包等物质准备之外，孕妇还要及时掌握身体各项数据，向专业人士学习专业知识，选择好生产医院及责任医生，选定陪产人员，然后初步确定生产方式，再根据身体状况等变化，逐渐细化生产方案，包括未足月生产数套方案和足月生产数套方案。越细越好，尽量涵盖各种可能。生产前夕，再结合医生的综合报告，考虑自己的承受力和实际状况，理性地从诸多选项中选择其一。一句话，在进产房或手术室之前，孕妇尽量把所有事情都搞定。

孕产妇不是病人

怀孕、生产，对女性身体是一大挑战，生理变化、身心痛苦让女性不堪重负。前不久某电视台播出一视频：某人气女明星光鲜照人地拎着婴儿篮走出了医院。那是摆拍，不足信。孕产妇经历的痛苦，都是一样的。家人亲友乃至全社会应该给予孕产妇关心、呵护、照顾。

但是，孕妇、产妇不是病人，不能将其当作病人对待，孕产妇也不能把自己当作病人。

事件中的马某某，希望剖宫产，明确地向医务人员提出请求，明确地向婆婆、丈夫提出请求，但是最终被医院拒绝（这一情节没有争议，已被证实）。医院拒绝的理由是家属不同意。

这一说辞说不通。医生和孕产妇是医疗服务关系，这种专业合作很单纯，孕产妇是一方主体，医务人员是另一方主体，双方通力合作，实现母子平安的共同目标。跳楼事件中，医生应当给马某某专业指导和服务，认真地和马某某协商生产方案，尊重马某某的选择。但是，医院置服务对象马某某于不顾，擅自将家属奉作又一主体继而听从家属的，直接导致了马某某权利和主体资格的丧失。单纯的双方关系被搞成了三角关系。

马某某权利丧失有没有其他原因?

这和长期以来社会对孕产妇的错误定位有关，即忽略孕产妇主体资格，把孕产妇当作病人继而当作客体对待。不仅医生把孕产妇当成病人，孕产妇的家属同样如此，可悲的是，孕产妇本人往往也如此。错误的定位，让女性主动放弃权利，直至把生命的主动权拱手让人。

“生宝宝，是自己的事”

我的同事孟律师怀孕四十周依然工作，某日她整理好手里的工作，向大家宣布去住院，准备次日上午十点剖宫产子，然后她带着大包小包打车去了医院。她很从容：**生宝宝，是我自己的事。**

十几年前，我计算风险概率、检测结果、疼痛指数、恢复周期等各类数据，产前与责任医生进行了充分沟通后，决定剖宫产并在《同意书》上签字后，直接走进手术室。

现实生活中，很多女性朋友怀孕生产，却成了两个家庭甚至三个家庭的事。某县城，小李难产，医生问家属是否剖宫，娘家和婆家意见不一，耽误了时间，胎儿死亡。某地级市，小王难产，医生问家属保大人还是保孩子，公婆要保孩子，丈夫沉默。所幸后来母子平安。半年后，小王起诉离婚。

女性生产，本来是很单纯的事，却因参与的人太多，想法太杂而变得异常复杂。冲突出现时，不同人的不同想法交织在一起，剧烈碰撞，造成生命的悲剧。马某某跳楼事件并不是孤例，我们身边还有很多。究其原因，有传统习惯的沿袭，有家族本位的思维定式，有封建思想残留……但是最重要的原因是女性权利意识的缺乏。

今天，女性朋友首先应当补上权利这一课，牢牢把握生命的主动权，即使处于生命最脆弱时，也不放弃。

法官的微信与检察官的耳麦

这是一个科技改变世界、科技颠覆传统的时代，法律领域也不例外。

《中国青年报》报道：郑州市中级人民法院首开先河，“微信群里进行案件庭审询问”，“按照传统方式需要一天工夫的诉讼过程只用了半小时便进行完了”。

紧接着，《浙江法制报》报道：浙江永康市检察官戴着“包含着耳麦、摄像头和接收装备等的单兵系统设备”坐上公诉席，依靠专网专线，庭审现场画面声音传输到“后方”检察院，“后方”对前方出庭检察官进行指挥支援。

这两则法律版报道的科技新闻惊得传统法律人一激灵：微信也能开庭？戴耳麦、摄像头的是公诉人还是星际警察？两则新闻都是自我感觉良好并渴求点赞的报道。

微信群里能否开庭？恕我传统慢热，许多问题困扰着我：

微信群里开庭，参与人的身份怎么核实？法官如何证明自己是李法官而不是李法警？如何验证微信发言的是张律师而不是张厨师？王律师通过微信表达的意见如何证明出自其本人而非假手他人？

庭审笔录怎么做？要不要核对、签字？怎么核对、签字？

法官微信开庭用个人手机还是用法院的电脑？法官的微信号是私人注册的还是法院配置的？有无备案？如果法官用私人微信号开庭，如何避免其他私人信息干扰？

法官的亲历性如何保障？证人微信上作伪证，法官如何识别？以“听”为主的庭审改成以“看”微信为主，法官“五听”之功岂不自废？

证据如何在微信上出示？真实性如何审查？哪些案件可用微信开庭？标准如何界定？微信开庭和书面审理有什么区别？

微信能否替代法庭的庄严肃穆？有符号象征的法袍、法槌还要不要？以审判为中心能否以微信审判为中心？微信审理追求效率，能否兼顾公正？微信开庭是否远离实质化庭审，使得庭审愈加形式化、游戏化？

司法机关的创新应有场域限制，应当以司法公正为第一目标。司法权的本质是消极的、理性的、中立的，法院、法官自然也应是消极的、理性的、中立的，如果把司法创新当作在自家菜园子里种菜，想种啥就种啥，其结果可能会背离诉讼规律，远离司法公正，种下良谷却收下秕子一把。

永康市公诉人的耳麦、摄像头也富含高科技。

公诉人是检察机关的门面，代表国家在法庭上与辩方和平对抗，为其配置最新款的笔记本电脑，配置高科技的激光笔、多功能案卷箱等，这非常有必要。不过，给公诉人配备耳麦、摄像头是否有必要，需要细思量。

报道说是为了让检察院“后方”全面掌握庭审情况，便于对出庭检察官指挥。听起来很美，以集体力量做后盾，为出庭检察官提供全面的、具体的支持，可还是感觉有些不对劲。

刑事庭审，控辩双方对抗激烈，双方都在努力说服法官作出有利于己方的判决，稍有疏忽便可能影响结果。出庭检察官和出庭辩护人一样，需要全神贯注、随时出击。戴个耳麦、摄像头不仅难看，还大大影响公诉人的注意力，公诉人随时恭候着、接受着“后方”的支援，纵有三头六臂也难免会分神。身在法庭，心在后方，难免顾彼失此。

强大的后援团由哪些人构成？是经验丰富的公诉人还是有行政职务的领导？有无外行在指导内行，反而消减出庭公诉人的力量？如果出庭公诉人需要指导，在检察一体化原则下，后援团成员完全可以亲历法庭共同担当公诉人，肩并肩与公诉人一起战斗，何需借助高科技？

强大的后援团有无进行充分准备？有无提前阅卷掌握全部证据？有无提讯被告人？有无事先接触过证人？有无对案件事实悉数掌握？有无对案件涉及的法律问题有所思考？有无提前准备庭审预案？有无预测过辩方意见？后援团庭前掌握的信息是否和公诉人一样多？庭审准备工作是否和公诉人一样细致？

法庭可以被看作战场，但是比拼的不是人数众多，而是个人综合实力与充分准备的较量，岂不知“一人之辩重于九鼎之宝”？

法庭是公平公正之所，如果允许控方有场外后援团，是否也应当允许辩方同样拥有场外后援团，以实现平等武装？试想未来可能的场景：法庭上，戴耳麦、摄像头的公诉人端坐一边，戴耳麦、摄像头的辩护人端坐另一边，全副武装若科博会，合议庭居中审理，不得不给双方留出汇总各方后援团意见的时间……

还有一问题，庭审纪律一般禁止录像录音等，戴耳麦、摄像头有无违反之嫌？

目前，检察机关推行主任检察官办案责任制，就是谁办案谁负责，谁决定谁负责，责任和处罚相适应。公诉人出庭，遇到突发状况需要灵活果断处理，这是公诉人职责范畴。如果后援团出大招、出滥招，造成不利后果，责任由谁承担？

微信、耳麦、摄像头都是高科技的好东西，司法机关借助高科技实现公平正义，无疑是一件好事。但是，司法有其固有规律，司法是生产正义的场所，如果科技创新背离司法的方向，那创新也只能是哗众取宠、故作玄虚。

司法是理性的，在千变万化、千姿百态的社会中，尤其应保持一份理智和冷静。微信、耳麦、摄像头能否应用在司法中，需要冷静地想一想，想好了再决定。

地铁哺乳与中华文明

重度雾霾与重度感冒，让我生出世界末日之感，人类真是不堪一击。然而，地铁哺乳事件继续发酵，逼得我从病榻上跳起，为那位在地铁车厢内给患病宝宝哺乳的妈妈说几句公道话。

和其他动物相比，人最笨，要用一年多时间才能学会爬、坐、站、走，而学会觅食、生存则需要十几年、几十年。但是人类是高等动物，是有爱有感情有智慧的高等动物，在爱的呵护下，不管出生在严冬还是酷暑，新生儿均被母亲悉心呵护，从婴幼儿到学龄儿直到长大成人。

和其他哺乳动物一样，婴儿出生时自带“口粮”——妈妈的乳汁，这是上天的馈赠。老话儿说“乳汁是母亲的血”，有一定的科学道理。国际卫生组织要求母乳喂养两年，中国卫生部门确定的哺乳期是一年。女性在人类繁衍上的奉献和贡献，一半体现在十月怀胎，一半体现在辛苦哺育。

在出现替代品之前，乳汁意味着生命。后来出现了乳汁的替代品——其他动物妈妈的乳汁：牛乳、羊乳等。别忘了，国人疯狂海淘的奶粉，那也是用牛妈妈的乳汁加工而成的。

清华大学法学院许章润教授讲课时曾言：历史上很长一段时间，女性在中国被当作母亲对待，而在西方被当作性对象。中华传统文化中，讴歌母亲的诗篇比比皆是，孝道故事中母亲同样是主角。孟母三迁、岳母刺字的故事，折射出母亲在塑造民族性格、中华精神方面所起的作用。中学课文《大堰河，我的保姆》曾让年少的我落泪，乳娘的乳汁传递着浓浓母爱，乳汁超越血缘结下的母子亲情同样感天动地。人类在不同的时代勾勒着不同的母亲图像，但是，经典图像折射出来的母亲品格都是一样的：温和、慈祥、无私、善良、宽厚、勤劳、节俭。

新世纪新时代，女性的自我意识更加成熟，社会角色逐渐丰富，母亲图像也丰富起来：职场妈妈、全职妈妈、时尚妈妈、单亲妈妈……新时代母亲与中华传统母亲形象有了很大的不同。新一代妈妈不再囿于小家庭，而是驰骋于社会大世界，身兼数职，要在“我”与“孩子”、“家庭”与“职场”之间探寻最佳平衡点。

新时代妈妈视野更开阔，人生体验更丰富，对子女的引导、教育也更全面。母亲的素质，决定着未来一代人的素质。这一代妈妈承载着巨大的责任，相比传统妈妈担子更重，也需要具备更多的智慧，从电视剧《虎妈猫爸》《二胎时代》可以看到新一代妈妈的努力。

但是，永远不变的是母爱的实质内核——无私与伟大。

母爱是社会中最温暖、最触及内心的爱。每个人几乎都能从点滴生活中感受到现实生活中的母爱，或源自家人，或源自社会。为了孩子，母亲可以不怕苦累，可以隐忍一生；为了孩子，母亲可以捐出器官，付出生命；为了孩子，母亲可以放下骄傲借钱攒学费；为了孩子，母亲可以放弃事业打零工全职陪读。

为了孩子，在地铁里哺乳，又算什么？

怀里生病的婴儿嗷嗷待哺，所有的善良母亲都会放下尴尬，抛开心结，坚定地选择给孩子哺乳，即使身处公共场所没有独立空间，即使没有遮挡物不得不暴露身体，即使没有劳什子哺乳巾，即使阴暗处藏着不怀好意的偷拍者。

此时，幼小的孩子最需要母亲。此时的母亲，为了孩子，一切都可以放下。

这就是母爱。

有画家说，最圣洁的图画，莫过于母亲哺育婴儿的情景。

说到这里，不禁怀疑：那位在地铁里拍哺乳照片并发到网上的，以及那位说出“公共场所注意举止，不要裸露性器官”的，难道真的没有在母亲温暖的怀抱里安静地吸吮过乳房里甜甜的乳汁？

母亲的乳房是婴儿的生命源泉，是人类的生命之源，怎么在他们眼里偏偏成为“性器官”了？其内心之阴暗不小心曝光于天下。

地铁哺乳事件发生后，哺乳妈妈及家人通过媒体要求“北京往事网站”官微和最初发布照片的原微博博主道歉。

其实，该事件不仅仅属道德范畴问题。如果进行法律分析，发布和传播照片的个人和官微已经侵犯了当事人的隐私权和名誉权，他们对他人身体隐私部位拍照并发布，并且恶意进行评价、诋毁他人人格名誉。其所公布的照片能清晰识别当事人，对当事人生活及精神造成负面影响，其行为已经构成侵权。对于这位哺乳妈妈而言，完全可以通过法律途径主张权利、进行维权。

我们也不得不面对现实：地铁里、飞机上、医院里等很多公共场所没有专门哺乳室，妈妈们甚至找不到公共卫生间去哺乳，只能无奈地在公共场所当众哺乳。

硬件的投入尚需时日，而当下，在面对妈妈哺乳时，周围路人能不能心怀理解，选择离开、转身、遮挡等，以减轻哺乳妈妈的尴尬，同时遵循“非礼勿视”的古训？在公共场所遇到哺乳行为，路人能否以一颗平常心面对，心怀美好且心怀敬意并默默地送去诚挚祝福？

这次事件之所以引争议、惹众怒，是因为“性器官”之说伤害了善良、仁慈的人，这也说明传统中国文化对母亲的敬重依然存在，而且在引领道德风尚上发挥着作用。

《坛经》说，风也没动，幡也没动，是你的心在动。相信那些拍照上传、恶意评论的人，在他们为人父、为人母之后，再遇到类似场景，会有不同的感触。

能不能拍卖屠呦呦教授的信？

一夜间，所有人都记住了诺贝尔奖获得者屠呦呦教授，满怀自豪地为她刷屏。紧跟着，各大媒体上充满了从屠教授亲友同事那里深挖来的各类消息，有关屠教授的旧闻重新被翻炒……

荒腔走板、借机牟利的也来了。消费名人是时尚、是潮流，名人的旧居成了朝拜圣地，名人的物品成了收藏珍品，就连与青蒿同族的茼蒿、蒿子秆也借着名人名气价格飞涨。

更劲爆的是，某网站赫然将屠教授的三封信件进行拍卖。该网站将信件拍照后全部公开，每封信已拍到万元，同时拍卖的还有署名“屠呦呦”的题词，而且挂签“卖家保真”。

据媒体报道，三封信是屠教授写给已故药理学家宋振玉先生的，内容涉及青蒿素研究。该卖家专门从事名人信章收藏，几年前在宋振玉先生故去后，将其信函手稿等全部收购，屠教授获奖后，该卖家发现商机随即公开拍卖。

屠教授的信件能否拍卖？有无侵权？

凡事皆有度，法律给自由限定了框架。网站拍卖屠教授的书信，就涉及侵权问题。从法律角度进行分析，公开拍卖信件，涉及所有权、隐私权、著作权问题，还涉及继承权问题。几项权利交织在一起，归属不一，需要理一理。

先谈信件的所有权问题

信件，不管是名人信件还是非名人信件，都属私人信件，是特定私人之间以文字形式进行的沟通和交流。

信件是特殊形式的作品，其承载的著作权与作品载体的所有权是相互分离的。三封信如果确是屠教授写给宋先生的，那么宋先生享有所有权，可以对信件行使占有、使用、处分、收益等权利，宋先生去世后，其继承人承继此权利。

但是，信件属于文字作品，其著作权属于屠教授。著作权兼具人格权和财产权性质，包括发表权、署名权、复制权、发行权、翻译权等。同一信件上，如果所有权和著作权冲突时，具有人格权益内容的著作权优先。

网站及卖家未经屠教授同意，擅自以公开拍卖方式转让信件所有权，侵犯了屠教授的著作权。

再谈隐私权问题

私人信件本质上是个人间基于相互信任进行的私密通信。通信自由和通信秘密受宪法保护。私人信件，不论信件内容是否涉及个人隐私，都不影响信件的性质。被拍卖的屠教授的三封信件，虽然内容只涉及青蒿素的研究，并没有涉及个人隐私，但是，这三封信的性质依然属私人信件，其内容依然受法律保护。公开拍卖信件本身就有侵犯隐私权之嫌。

信件拍卖一事曝光后，屠教授方知此事并表示“坚决不同意”。未经作者同意在网站上公开信件内容，侵犯了作者的隐私权。如果信件中提及第三人，如未经第三人同意便公开信件内容，同时也侵犯了第三人的隐私权。

还要谈谈公序良俗

拍卖，就是以公开竞价的方式，将特定的物品或财产权利转让给最高应价者的买卖方式。拍卖第一步就是公开物品，网站拍卖是向公众公开拍卖物品。

私人信件，是私人之间基于信任而进行的私密沟通，本身就包含极高的私密性，这种私密性受法律保护，可对抗任何第三方。拍卖的公开性与信件的私密性，二者存在本质上的冲突。

公开拍卖他人私密信件，其行为不仅违法，还有违公序良俗。以道德视角考量，偷窥他人信件素来被认为不道德，公开他人信件的性质更严重，为牟利公开拍卖则跌破了道德底线。

公序良俗存在于人们日常的道德评价中，而它恰恰能够折射出社会的正义和良心。媒体报道三封信事件后，许多人包括屠教授都很惊讶："写给别人的信怎么能被公开拍卖呢？！"这也是公众对三封信事件的道德判断。

其实，拍卖屠呦呦信件，并不是第一起名人信件被拍卖事件。几年前，钱钟书先生的信件就被某拍卖行公开拍卖，当时一百零二岁的杨绛先生"很受伤害，极为震惊"，无奈中为权利而斗争起诉到法院。杨绛先生说："我不明白，完全是朋友之间的私人书信，本是最为私密的个人交往，怎么可以公开拍卖？个人隐私、人与人之间的信赖、多年的感情，都可以成为商品去交易吗？年逾百岁的我，思想上完全无法接受。”

今天，受伤害的是八十五岁的屠教授。即使通过法律途径维权成功，屠教授内心被撕裂的伤害又如何能消弭？法律的救济途径和手段，无法拂去精神上的痛楚。

三封信件在网络上传播，价格飙升，也许，我们在探讨是否侵权以及如何维权时，更需要叩问内心：在消费名人的盛宴中，你我有无参与？人类在追名逐利的赛场上，是否丢掉了灵魂？

养虎成患，责任谁担？

八达岭野生动物园老虎袭人事件，引发各方关注，尤其是老虎袭击人的视频公开后，让人不寒而栗。养虎竟然成患，那么，责任由谁担？

动物园有保障游客安全的义务

保障游客的安全是动物园的义务，该义务既是法律规定的，又是合同约定的。作为经营者、管理者，动物园接受游客购票，允许其入园观赏游玩，双方之间形成的是合同关系。依据合同约定，动物园有义务保障游客人身及财产的安全，保障区域当然包括允许游客进入的野生动物散放区域。

野生动物和饲养动物的活动范围不同，危险性不同。关在笼子里的老虎和自由行走的老虎，其攻击性和对外界的危险性是不同的，因此，动物园在风险防控上也应有不同的标准和措施。前者能够被饲养人完全控制和掌握，对游客的危险性基本消除；后者不被人控制和掌握，危险性依然存在。

动物园可以选择不同的安全防范方法来控制动物的危险性，保障游客安全。动物园可以直接控制动物本身，比如将老虎关到笼子里，将狮子养在洞穴里。此外，动物园还可以从“武装”游客方面入手，比如给游客“盔甲”以抵制外来可能的袭击者，比如请游客乘坐完全封闭的火车、汽车参观，比如许可游客驾驶车辆游园并且要求关闭车门窗。

谁之过错

从报道和视频内容可以看到，动物园通过广播、张贴告示、门票等方式对游园危险性给予了提示和告知，配备巡逻车对违规游客进行了及时制止。在事件发生后，救援车辆及人员及时赶到，驱赶老虎、救助伤者。由此可见，动物园在很大程度上履行了安全义务。

事件之所以发生，是因为女游客擅自下车，被老虎突然袭击叼走，另一女游客下车相救，再次被老虎伤害。对于野生动物的危险性，成年游客应当有足够的认知，同时也应当有足够的警惕并采取必要的防范措施，遵守动物园的游人规则，避免危险行为和举动——打开车门窗，擅自给野生动物投喂食物等。

事件中，女游客在老虎自由活动的危险区域擅自下车，将自身置于危险之地，其本身存在过错，对于损害后果应当承担责任。

责任承担

《中华人民共和国侵权责任法》第81条规定，动物园的动物造成他人损害的，动物园应当承担侵权责任，但能够证明尽到管理职责的，不承担责任。

本事件中，根据新闻报道，可以初步判断，动物园在很大程度上履行了安全保障义务。但是，还需要进一步了解：动物园是否在合理限度范围内尽到了充分的、必要的管理职责？这应当由动物园进一步提供证据予以证明，如果尽到了管理职责，则不承担责任。如果动物园在安全管理上存在瑕疵或漏洞，与本事件后果的发生有一定的因果关系，则应承担一部分责任。有关部门已经责令动物园停业整顿，并调查事件原因。这种事件发生后，受损害一方和动物园就事件可以协商处理，如果协商不成，受损害一方也可以向法院起诉。

他山之石

国外很多国家在多年前就建立了野生动物园并允许游客参观，积累了丰富的经验。在管理上，各国各地区的野生动物园，无不把保障游客安全作为首要任务，游客一进动物园，立即感受到戒备森严的气氛：到处贴满醒目标志，播放语音提醒，禁止开窗，禁止停车，等等，甚至有全副武装的“森林警察”。

相比而言，我国野生动物园起步时间较晚，近几年野生动物园伤人事件常有发生，在安全管理上仍有提升空间。

对于游客，在和野生动物近距离接触时，一定要有足够的警惕，不可掉以轻心，不要擅入虎穴，也不要把老虎当作家猫。

让俺也瞧瞧那个视频直播网站

媒体报道了一家叫“俺瞧瞧”的网站，该网站提供饭店、景区、学校等场所实时视频。《法制晚报》编辑邀请我对该网站行为进行法律分析。

我打开链接一看，着实吓了一跳——世界尽收眼底，全球实时视频大汇集：饭店里吃相各异的客人、幼儿园打闹着的小朋友、景区往来的游客、诊所候诊的病人、咖啡厅里玩浪漫的情侣……

吓死宝宝了！

全世界都在看你，而你却在抠鼻孔。

其实，五年前我就有过浏览网络实时视频的体验，当时我女儿所在的幼儿园在教室安装了摄像头，每天上午两个小时将实时视频传播到幼儿园网站，家长可以通过视频了解孩子在园情况。当时我有心质疑园方，但内心对视频的期待超过了质疑，便作罢。

场所网络实时视频直播，其操作程序分两步：一是商家安装摄像头录制；二是上传网站直播。此行为涉及《民法通则》《侵权责任法》规定的肖像权、隐私权等人格权保护问题。肖像权是一个人对自己的肖像享有的再现、使用并排斥他人侵害的权利。隐私权保护的是一个人的私生活，是一个人享有的私人生活安宁以及其个人信息不被他人非法侵扰、知悉、收集、利用和公开的权利。

出于公众安全、社会秩序管理需要，治安、教育、城管等行政管理部门要求餐厅、超市、教育机构、景区等企事业单位安装监控摄像头，甚至要求达到“监控无死角”。这里面其实存在价值冲突，即个人权利（自由）和社会秩序（安全）之间的冲突。在二者排序上，理性抉择应置秩序于自由之上，否则，秩序不在，自由焉附？

但是，在秩序与自由之间应当确立一个平衡点，即在保障社会秩序的同时，也要尊重和保护个人人格尊严。这个平衡点可以按如下方法寻找：一是限制监控的使用范围，比如在公共区域安装摄像头，但是洗手间、浴池、更衣室禁止；在饭店、医院、街道安装摄像头，但是私人住宅禁止。二是限制监控的传播范围，对于触碰他人隐私的相关人员，包括行政管理人员、公共企事业单位及其人员，明确其保密义务。这样方能发挥视频监控的积极效用，而不会成为侵犯个人权利的利刃。

“俺瞧瞧”网站将其他网站中的直播视频和摄像头视频汇集在一起，提供全球各地的实时直播画面。“俺瞧瞧”声称自己是视频分享平台，不是视频录制者，不是视频上传者，自认为不需承担什么责任。乍一听有一定道理，互联网的核心精神就是分享，“我为人人，人人为我”，正是这种精神促进人类文明迈上新台阶。但是，与分享精神相依相伴的还有责任，即人类有责任合理利用互联网，在分享科技、分享道德、分享真善美的同时还应摒弃糟粕。如果以分享为名传播有违法、侵权之嫌的内容，实际上扩大了侵害，加剧了损害程度。

对于“俺瞧瞧”网站是否担责，真有必要细细瞧一瞧，慢慢捋一捋。

视频录制者的责任。以视频中出现的某餐厅为例，消费者吃饭场景被公开，消费者一般不知道头上有监控摄像头，如果知道，也不允许商家将个人吃相上传网络。

作为商家，在录制视频的同时应承担着相应的保密义务，应当保守他人秘密和私人信息，保障其生活的安宁。除基于国家安全、公共利益需要，公安、司法机关依据法定程序调取视频外，商家及其工作人员不得使用、泄露。

网站的责任。商家出于宣传、营销或其他动机擅自将视频直播上传到网站，作为网络服务提供者，网站应当对上传内容进行必要的审查，作出是否侵权的基本判断。

对于幼儿园、餐厅等实时直播画面，其内容明显侵权，且侵权时间长，侵权范围广，网站只需进行初步审查，用一般判断标准就能判断出侵权存在，理应采取删除、屏蔽等必要措施。《中华人民共和国侵权责任法》规定，网络服务者知道网络用户利用其网络服务侵害他人民事权益，未采取必要措施的，与上传者承担连带责任。

“俺瞧瞧”网站汇集直播视频，将侵权内容的视频集中转载、再次转载，扩大了损害后果，当然应承担责任。同时，该网站将暴露他人隐私作为运营手段，利用人们的窥视欲、好奇心吸引用户增加点击量，获得庞大用户群继而实现商业目的，这种以出卖他人人格权作为营销手段的行为已经背离了合法有序、公平竞争的现代经营理念，扰乱了正常的市场秩序。

需要思考的一个问题。此事件还涉及一个问题，就是“我不知道我的权益受损”。与传统侵权行为不同，网络环境信息庞杂，被侵权人往往不知道个人权利被侵犯，启动民事维权程序也就无从谈起。怎么办？

对于网络侵权行为，如果依然沿用传统维权模式和路径很难实现救济，并且维权成本也很高。所以，可以考虑通过行政干预方式来控制。针对此类案件，网监机构联合工商等部门，可以建立接受公众举报平台，公开接受侵权举报，核实后直接采取行政处罚：关闭网站，处罚责任人，吊销其运营资格，等等，用快捷高效、强有力的行政处罚手段作为保障个人民事权益的辅助手段。

网络科技迅猛发展，让人逐渐认识到这是一个没有隐私的时代，人们更渴望拥有一片安宁自由的天空。互联网是匹未驯服的野马，但是我们相信人类有智慧有能力让这匹野马成为友善的朋友。对于日益严重的网络侵权行为，我们可以建构民事救济、行政干预、刑事兜底的立体救济体系，用“鸡尾酒疗法”综合治疗，通过科学制度和程序来规范、引导这匹“互联网之马”。

别扯那么远，言归正传说裤子!

律师吴良述的裤子被扯破了，是不是?

律师吴良述的裤子是在青秀区法院被法警扯破的，是不是?

律师吴良述的裤子不是吴律师委托授权、许可、默许他人扯破的，是不是?

事实无甚争议，基本能确定：律师吴良述的裤子在青秀法院被几名法警扯破，他穿着破裤子从法院走出来。

上述事实，一石激起千层浪，此起彼伏，汹涌澎湃。

青秀法院称事后法警给吴律师一条新裤子换，吴律师拒绝，偏要破裤子露腿过闹市。

某现任法官说，法院立案接收材料不打收据，你律师要劳什子回执就是扰乱法院秩序。

上海一位前律师现法官说，律师要多为法院着想，立案不成你可以想别的办法嘛。

某检察官说，法官、律师都有责任，你们要各自检讨。

还有人说，都是裤子惹的祸，裤子质量不好，禁不住扯。

有喜欢提升高度的人说，这场辩论焦点：一是法院应否开收据；二是律师能否录音。

有朝阳群众叹，法官和律师都是苦命人，掐什么掐。

犹如夏夜暴雨来临前的荷塘，蛙声一片片。

吴律师瞬间成为网红，被各路大咖、大神竞相谈论。

众说纷纭，不谈吴律师裤子被扯坏，却谈什么立案标准、立案制度、收据开不开等高大上的专业问题、意识形态、理念理想，跑题跑得太遥远了。

各路法律人尽享盛宴时，又有谁想过吴律师的内心感受？事件的受害人吴律师，他受到的伤害有多大？

先说，未经他人允许，用暴力扯坏他人的裤子对不对？未经允许，擅自触碰他人身体及衣服，对不对？法律上允许吗？道德上允许吗？情理上合适吗？

扯别人的裤子并且扯坏，这叫啥？野蛮、粗野、丛林行径……最委婉的讲法，这是不文明行为。

文明又是啥？说白了就是君子动口不动手。在文明社会，在作为正义最后一道防线堡垒的法院内，穿着警服动手扯人家裤子，对吗？你们几个法警联手一起扯破别人的裤子，对不对？

还有人聚焦吴律师裤子的质量，埋怨吴律师裤子不禁扯。你考虑到裤子的感受了吗？裤子很委屈：“我是用来穿的，不是被三个大力士撕扯的！”

人是高级动物，人有羞耻心，人有尊严。

“换位思考”“将心比心”“感同身受”“同理心”这些都是教育人们用什么视角看待别人的遭遇的词汇。

用什么视角？同一个世界，同属人类的视角。如何看待吴律师的遭遇？要用一个有血有肉、有思想、有情感的普通人的视角，平视这个事件。

不管你是法官、检察官、法警、律师、官员，还是商贾、演艺明星、职场大咖、贩夫走卒，如果你的裤子被他人撕扯坏并且发生在公共场所，你的心里有何感受？是屈辱，是尊严被践踏，是内心最伤的痛！

吴律师受到了伤害，其人格尊严受到践踏。

善恶是非都有标准，这个标准就在每个人的良知中。将心比心、推己及人，己所不欲勿施于人，不妨代入感再强一些，把自己带到情境中，设身处地品味一下内心感受，再做评价。

指点江山也好，看客围观也罢，不要跑题太远，云里雾里兜着绕着漂着，却忘了出发地。

再问一遍：法警扯破吴律师的裤子，对不对？

幼儿园小朋友回答：不对。

怎么办？

请法律人举手回答。

约架，约不约？

这几天，“约架”又热。威海小伙网上言语不和，网下拳头相向。《法制晚报》邀请我从法律角度对约架、网“战”做一解读。的确，对于“约架”，我们应该有更多的思考。

约架，属网络热词，与众多网络词汇一样，其内涵不明确、外延不统一。约架，究竟是相约去吵架（辩论），还是相约打架（暴力殴斗），有时连双方参与主体在理解上都不一致，一方奔着辩论前往，另一方却不由分说直接武力相向。

北京朝阳公园正门被网友誉为“约架胜地”，这里交通便利，风景优美，视野开阔，易攻易守，来去自如，方便围观。在这里，曾经发生过一起著名的约架，一方当事人带着普法目的而至，另一方却带来几颗生鸡蛋……生鸡蛋开花后，二人被带到派出所。

由此可见，在浩如烟海的汉语中，网络界应首先规范“约架”的词义、概念、内涵、外延并昭告天下。在规范“约架”概念之前，约架双方务必提前界定双方“会晤”的内容，以便双方有时间准备生鸡蛋，实现“平等武装”。

约架，其实也并非一个新词。英雄帖、下战书，两军对垒的骂战，都可以归到约架范畴。鼎鼎大名的华山论剑，各路武林豪杰手持兵器直奔华山，说是论剑，可地球人都知道，此时此华山，既不谈宝剑的制作工艺与保养维护，也不追忆干将莫邪的丰功伟绩。“论剑”，就是比武，持剑决输赢，拼出一个天下老大、武林霸主。通俗讲，在我们传统记忆中，约架就是相约打架的意思。

在“互联网 +”的背景下，网络上的约架，其实也没啥实质创新。网络上网友意见不合，和街头路人斗嘴无异，路人斗嘴急了大巴掌抡起来扭打一团，网络上意见不合、气急败坏，大巴掌够不着干着急，咋办？约时间约地点见面，抡巴掌扔鸡蛋，撒泼斗殴混战一团。

约架，从网上的言语不合发展到线下抡巴掌定输赢，其实质与街头互殴并无二致，只是将斗嘴这一环节放到网络上演罢了。网络发挥的作用，和飞鸽传书中的飞鸽，和下战书的竹简，是一样的。

约架，法律管不管？

法律是由国家制定的有普遍约束力的行为规范的总称。它规定了哪些行为可以做，哪些行为不能做。但是，法律不可能面面俱到，将人类一切行为，诸如吃、住、行、喝水、买菜、约架、扔鸡蛋等一一列举，事无巨细地都囊括其中。法律作为行为规范，规定的是高度抽象的权利边界。

约架，有两个阶段：网上约时间地点；线下见面。如果约架双方约的是面谈辩论、坐以论道，既没有侵犯他人合法利益，也没有扰乱社会秩序，当属自由范畴。如果约架诉诸暴力，则有可能侵犯他人身体健康权，有可能扰乱正常秩序，其行为则可能属民事侵权，也有可能涉嫌犯罪。

我们大体梳理一下可对网骂、约架等行为进行约束的法律法规，给网友提个醒。在我国，《全国人大常委会关于维护互联网安全的决定》《中华人民共和国侵权责任法》《关于办理利用信息网络实施诽谤等刑事案件适用法律若干问题的解释》《关于审理利用信息网络侵害人身权益民事纠纷案件适用法律若干问题的规定》等法律、司法解释，界定了网络侵权、犯罪的内容。网络侵权行为与传统侵权行为在本质上是相同的，都是行为人由于过错侵害他人的财产或人身权利或扰乱社会秩序，依法应当承担责任的行为。所以，我国既有的《民法通则》《刑法》《民事诉讼法》以及相关司法解释等对于网络侵权案件当然也适用。

文明社会下，网友识文断字，还会多种文字输入法，在网络间表达意见、辩论、反驳，都是彰显个人权利。但是，约架是丛林法则的延续，是以暴力解决问题的方式。网友因意见不合，便语言暴力，用污言秽语污染网络环境，进一步发展为由语言暴力向躯体暴力升级，先堂而皇之地挂一个冠冕堂皇的约架理由，引起网友的围观、吸引眼球，然后在众人关注下亮一亮肉胳膊、扔几颗生鸡蛋，最后不忘摆出一副华山论剑夺冠后的得意。

约架，往往伴随着博眼球、求关注，透露着置身于聚光灯下的渴望。因为有此项功能，约架有时也被营销高手巧妙运用。

对于约架，香港知名媒体人杨锦麟言："没经过'文革'派性纠缠文攻武卫经历的人，可能觉得这种约架、互殴很过瘾很新鲜，但这对于中国而言，绝不是好兆头，也不应该让这样的街头约架，进而相互攻击成为惯性，比起'文革'，这多了两个道具：一个是手机，一个是摄像机，任其无限制发展，我深深觉得不安！"

我也觉得不安！

再谈道歉

在灾后重建家园，喜迎奥运的绿色、红色背景下，一段时间内大事频频：瓮安事件、杨佳上海袭警、北京会晤达赖代表、律师越位辩护、浒苔突袭青岛……7月，诸多事件“挤成一堆”，争相出现在素来以深度报道著称的《南方周末》有限的版面上。

我最后将目光落在《南方周末》的同门兄弟《新京报》的头版上（2008年7月11日）。有一张图片在头版中央处占据了四分之一的版面，图片上一身着蓝色制服的男子在向周围十几人鞠躬，将近九十度的鞠躬，从图片上的电子屏、标语能够看出这是火车站。图片配有标题《列车故障，副站长道歉》，文字内容是：“昨晚，天津至北京D544次列车出现空调故障并晚点，北京站一王姓副站长向到站旅客三鞠躬致歉，退还旅客部分车费并提供晚餐，得到旅客理解，此事得以妥善解决。”图片报道，没有给出更详细的信息。

不过，已经很震撼了。与此同时，北大教授也在为房价打赌向深圳市民道歉。道歉成了热词。

鞠躬致歉、退还车费、提供晚餐。退还部分车费，源于客运合同的不完全履行，承担法律责任；提供晚餐，抚慰旅客精神上的损害；鞠躬致歉，从情理上取得他方谅解。王副站长的三鞠躬，消解了客运矛盾，为铁路客运的和谐之旅谱了一曲咏叹调，为铁路部门的形象重塑铺下一块基石。

道歉的形式最常见的是说声对不起。幼儿园的小朋友都要学会礼貌用语：你好、谢谢、对不起、没关系、再见。礼貌用语中排第三的“对不起”，在地铁里出现频率最高，尤其是在上下班高峰。车厢内，被一高跟鞋的尖细后跟狠狠地踩在脚背上，疼得直想掉眼泪，可是高跟鞋主人一声真切的“对不起”，愣是把眼泪活活地逼了回去，咧着嘴回敬“没关系”，干戈成了玉帛。地铁里的口角纷争殴斗数量，被“对不起”三字斩杀到最底线，让诸多的上班族依然保持着首选地铁的信心和决心。

道歉的时机都在事件发生之后。时机选择得好，效果也好。主动道歉与被动道歉，效果也不一样。假设火车故障晚点，造成旅客损失，旅客投诉不成，诉诸法律，法院判决铁路部门赔偿损失，登报致歉，既被动，还给人硬脖梗子的形象。如果主动道歉，则将矛盾解决在萌芽中，节约了成本，平复了情绪，于人、于己、于社会都有利。

真诚的道歉能安抚民心，消除不安情绪。贵州省委书记石宗源因瓮安事件向群众三次道歉：“我们党委和政府的工作没有做好，瓮安不安，群众没有安全感，党委政府有责任，我向你们表示歉意。”在下午和晚上接连召开的当地人大代表、政协委员和群众座谈会上，石宗源又两次起立鞠躬，向瓮安的父老乡亲道歉。

道歉是一种胸怀，一种敢于承担责任的气度。我国道歉文化底蕴薄浅，人好面子，羞于认错。旧式大家庭，长辈不向小辈道歉，即使对错误心知肚明。被民主意识和平等观念滋养了多年的现代家庭，父母对孩子道歉也是不自然、不情愿，甚至明知是错也死撑，胸怀总是小于面子。

法治社会，道歉应成为常态并习惯，有助于社会和谐。希望王副站长致歉的情景，能够频频出现在我们日常生活中。

春秋航空，别让黑名单抹黑了自己

2012 年 4 月 30 日，春秋航空公司航班 9C8511 晚点，旅客李女士等人要求赔偿，春秋航空赔偿部分旅客每人 200 元。事后，获赔旅客被列入春秋航空的“暂无能力服务旅客名单”——俗称黑名单。

先问原因——纠纷出现，先查清事实，而后确定责任，解决纠纷，恢复秩序。此次事件，起因简单，事实清楚：春秋航空的飞机晚点。

再问过错——《中华人民共和国合同法》第 291 条规定，承运人应当在约定期间或者合理期间内将旅客、货物安全运输到约定地点。航空公司和旅客之间的关系基于客运合同而形成合同法律关系。《中华人民共和国合同法》第 60 条第 1 款规定：“当事人应当按照约定全面履行自己的义务。”

此次航班，所有旅客都已支付了机票票款，履行了己方义务。航空公司本应按照双方约定的时间将旅客安全运输到约定地点，这是合同义务。但是，春秋航空飞机晚点，没有在约定期间履行合同，其行为已经构成违约。

责任如何分——《中华人民共和国合同法》第 107 条规定：“当事人一方不履行合同义务或者履行合同义务不符合约定的，应当承担继续履行、采取补救措施或者赔偿损失等违约责任。”

春秋航空违约，作为合同另一方当事人的旅客，提出赔偿经济损失的要求，之后春秋航空赔偿了部分旅客的经济损失，继续履行了合同，在晚点八小时后将旅客送往目的地。另一部分没有获得赔偿的旅客，也可以根据意思自治原则继续主张这一求偿权。

事已至此，纠纷冲突已经合理解决，运输合同法律关系也告一段落。

继发纠纷，如何定性——事后，春秋航空将获赔旅客加入黑名单，拒绝未来向他们提供服务，其理由是“为了避免因个别旅客‘过度维权’造成航班连环延误的现象发生”。在这里，春秋航空首先承认李女士等旅客的行为是“维权”，同时称之“过度”。

李女士等人维权是否超越必要限度？根据春秋航空以及旅客事后的陈述，李女士等人在维权行为中没有暴力、威胁、恐吓，没有任何过激行为，没有扰乱、影响正常秩序。

依据法律和客运合同，旅客有权要求提供运输服务的航空公司继续履行合同和赔偿损失。这是恰当合理的，是法律允许的。春秋航空当时完全认可了旅客的诉求。

事后，春秋将这些帮助自己提高运输水准、提高服务水平的维权旅客列入黑名单，明显有“鼠肚鸡肠”“秋后算账”之意味，也暴露了春秋航空处理纠纷的能力差、效率低，其平等履行合同的法律意识淡漠。

《中华人民共和国合同法》第289条规定：“从事公共运输的承运人不得拒绝旅客、托运人通常、合理的运输要求。”据此，春秋航空不能拒绝李女士等旅客再次搭乘其航班的要求。

从事公共运输的企业、个体户，不能看人下菜碟，根据自己的喜好开展承运活动。试想如果承运企业自己界定运输服务对象，或依据年龄性别，或依据职业收入，或依据健康籍贯，或依据己方好恶，岂不扰乱了整个运输秩序和社会秩序？

航空公司不是私家飞机，它是向社会提供公共运输服务的企业，它为每一个旅客提供的每一次运输服务，都是履行一个具体的、界定双方权利义务的合同，契约精神应贯穿整个运输过程、运输服务当中。即使产生合同纠纷，亦应按照合同厘清是非，承担违约责任。航空公司和旅客，一方是企业法人，一方是自然人，力量存在悬殊，自然人一方往往处于劣势、弱势位置。但是，双方的法律地位是平等的，应当平等地遵守合同法，平等地履行合同义务，平等地协商对话。

心有多大，市场就有多大。春秋航空将维权旅客列入黑名单的同时，也抹黑了自己千辛万苦树立的亲民、接地气的民企形象。

校园暴力何时休？

有一年两会期间，有一个议题引发代表、委员热烈讨论，那就是“如何遏制校园暴力”。全国政协委员巩汉林感叹，儿时因瘦弱常被人欺负，每天上学都想着走哪条路更安全。教育部部长袁贵仁回应，要通过修法、释法，让恶意造成重大伤害的欺凌者，受到纪律、法规、法律的惩治。

校园暴力，是一种习惯叫法，多指发生在不同场所的有学生参加的暴力、欺凌行为。校园暴力是一个老话题，广泛存在于大中小城市和乡镇农村，最近几年愈演愈烈，暴行手段愈加卑劣，恶性案件层出不穷。

社会对校园暴力的谴责态度是一致的，遏制校园暴力是社会公众共同的要求。多年来，教育、司法、妇女儿童保护、宣传等机构组织，致力于校园暴力防控。为遏制校园暴力、引导青少年健康成长，广大老师、家长以及社会各界人士做了很多努力。可是，校园暴力为什么依然愈演愈烈、逐年升级呢？

驱不散的暴戾之气

2014 年 5 月，北京市朝阳区奶西村，十七岁的杨某与三名十四岁的辍学少年，持凶器围殴一男生，同时用手机录制施暴视频上传网络。警方介入，同年 12 月，法院以寻衅滋事罪对杨某判刑，其他施暴者因未达到刑事责任年龄未被追究刑事责任。

2015 年 6 月，浙江庆元县，四名中学生将一名八岁男生关在密闭房间内捆绑殴打，用烟头烫，同时录制施暴视频上传网络。警方介入，因四名施暴者不满 14 周岁，未追究刑事责任。

2015 年 6 月，江西省永新地区，九名女中学生群殴一名女生，让该女生跪地，对其拳打脚踢拽头发扇耳光。视频传至网上，媒体关注，警方介入，只有一名满 16 周岁的施暴者以寻衅滋事罪被采取强制措施。

2016 年 3 月，湖南耒阳市，十名女中学生围殴一女生，迫其跪地并扒光其上衣。视频流传网上，警方介入调查，一人被刑拘。

类似暴力事件，层出不穷。

媒体曝光的校园暴力案件，都沿袭如下规律：暴力视频出现——网民关注——评论转发——媒体深度调查——当地警方介入——当地教委高度重视——批评教育——家长赔偿——事件结束。多数施暴者因未达到刑事责任年龄而未被判刑。

不能否认，浮出水面的校园暴力事件仅仅是冰山一角。更多的校园欺凌没有被录制视频，没有被上传网络，甚至没有被发现。

分析近几年的校园暴力事件，呈现新特点：一是多发生在中小学生之间，也有一些辍学少年加入其中，既有男生之间的欺凌，也有女生之间的欺凌，并且女生欺凌事件逐年增多；二是地点多发生在校外，随着各中小学校园管理的日渐完善，多数学校配备摄像头，有专职保安，这就使得校园内暴力行为难以进行；三是暴力手段愈加残忍，常表现为以多欺少，以强欺弱，对被欺凌者捆绑、殴打，使用凶器、用香烟烫等恶劣手段，不计后果；四是施暴者同时对被欺凌者进行人格凌辱，迫其跪地、自掴耳光、学动物爬，强行脱光被欺凌女生衣服将其暴露在异性面前等；五是施暴动机复杂，不再像过去以索钱为目的，而更多的是无故欺凌或者因琐事升级实施暴力报复、寻求心理满足；六是部分施暴者人格扭曲，悖离道德，将施暴场面拍摄视频并上传网络，传播暴行。

校园欺凌者多是未成年人，虽说这个年龄段孩子的人生观、世界观尚未定型，但基本的是非观念、对错标准理应形成，这种令人发指的恶劣行径跌破道德底线。

校园暴力对被欺凌者而言，伤害巨大。被欺凌者不仅身体健康受到侵害，心理和精神上的伤害更严重。未成年人尚不具备心理自我修复能力，被欺凌后很长一段时间内无法摆脱恐惧、仇恨、焦虑，其心理、人格形成都会受到影响，甚至影响其一生。

校园欺凌，对于其他同学也是一种伤害。暴力行为，传递了一种恃强凌弱、弱肉强食的信号，传递着以暴力解决问题的方式。未成年人是未来社会的建设者，担当着建设公民社会、民主法治国家的重任，在暴戾之气中成长的孩子，又怎能形成健康人格、民主精神、公民意识，理性文明、和平解决纷争的能力又何以养成？

综观媒体报道案例，除个别达到刑事责任年龄的施暴者被处以刑罚外，最终处理结果都是以赔偿、道歉、教育为主。施暴者没有受到应得的惩罚，被施暴者的权利没有得到救济，被破坏的社会秩序没有得到修复。不痛不痒的训诫、责令严加教育，既没给施暴者对症下药促其改过自新，对潜在的效仿者也未能以儆效尤。于是，校园暴力愈演愈烈。

美国的校园欺凌案

2015年5月，发生在美国洛杉矶的中国留学生欺凌案备受世界关注，十二名中国留学生绑架、殴打、欺凌一同胞女留学生长达五个多小时，扒光其衣服、用烟头烫乳头、强迫其吃沙子、剃掉头发逼她吃掉等。2016年2月17日，洛杉矶波莫那高等法院以绑架、攻击、严重人身伤害罪名，分别判决其中三名中国留学生13年、10年和6年徒刑。

此案，十二名留学生本来面临六项重罪起诉，最高刑终身监禁，先行判决的这三名留学生，因与检方达成认罪减刑协议，检方撤销了可能判处终身监禁的重罪指控。这是美国司法中的辩诉交易制度，辩方与控方进行"交易"，即被指控人选择数个指控罪名中较轻的罪名认罪，控方放弃对重罪的指控，双方达成协议后，法院不再通过陪审团进行法庭审理，而是直接对交易协议予以认可。这三名留学生如果不选择辩诉交易，被控重罪后则面临终身监禁。其他九名留学生也在诉讼中，几个没有动手，只是开车、放风或看热闹的，也将被起诉，涉案未成年人也有可能与成年人一样受到处罚。

消息传到国内，很多人大吃一惊，普遍认为量刑过重，认为由学校家长训诫教育即可。

同一事件，两国认识如此悬殊，其实，这不仅仅是量刑轻重的问题，而是中美法律对人身自由、对权利的尊重和保护的态度不同。

这个案件，美国媒体评论：该案性质之恶劣，手段之残忍，涉案人数之多，所犯罪行性质之严重，在美国刑事案件中实属罕见。而国内公众同样惊愕：熊孩子打打架竟然要判重罪？咱们司空见惯的行为，在美国竟然“实属罕见”？

美国及其他西方国家对暴力零容忍，对实施暴力欺凌的犯罪判刑很重，美国法律将打人、吐口水、推搡甚至精神贬低等行为都定性为暴行，如后果严重并且有前科，即便未满 18 周岁，也可当作成年人刑事案件审理。相比之下，我国法律对多数暴行是不追究的，对他人施以暴力，只要没有打伤、不涉及医药费，就不会承担法律责任，我国社会对暴行是极其纵容的。

中美两国司法、法律、文化存在巨大差异，美国社会治安也存在严重的问题，比如枪支泛滥引发恶性伤亡事件，但是在遏制校园暴力方面，我们可以通过美国视角来审视我国法律，找寻根治校园暴力的药方。

修订刑法，从根本上遏制暴行

校园不是真空，是社会的缩影，遏制校园暴力如果单凭教育、劝导，甚至阻却隔断学生和社会的接触，效果甚微。

我国刑法规定了故意伤害罪，构成此罪需达到轻伤以上标准。根据犯罪结果决定行为性质，未达到轻伤标准的，不追究刑事责任。轻伤是依据《人体损伤程度鉴定标准》做出的鉴定，如，颅骨骨折构成轻伤，面部创口或者瘢痕长度累计 6.0cm 以上才构成轻伤。这种归罪方法，只能处罚社会中的一部分暴力犯罪，而对所占比重更大的产生轻伤以下后果的暴力行为却无可奈何。

司法实务中，有很多动机卑劣、手段残忍、情节恶劣的伤害行为，因为鉴定未达到轻伤，而不被追究刑事责任。轻伤鉴定标准就像一个过滤网，将大量暴力行为排除在刑罚之外，这些行为只能由治安管理处罚法进行处罚。但是治安管理处罚法是行政处罚，处罚轻微，以教育为主，无形中放纵了行凶者。在现行法律架构下，刑法面对暴力行为很软弱，暴力甚至成了一种被容忍的恶。

刑法是规定犯罪及其刑罚的法律，其制裁手段最严厉，也是保护法益的最后手段。当下，遏制校园暴力，应从修订现行刑法入手，通过刑罚的威慑力来遏制暴行发生。

一、刑法应增设暴行罪

暴行罪是对暴力行为进行定罪处罚，处罚的是行为。暴行罪不要求犯罪结果，不要求危害程度，只要对他人实施暴行就构成犯罪，拳打脚踢推拉拽、向他人身上吐口水、投沙粒、用强光照射、在被害人身边敲锣打鼓……都属于暴行，都可以构成暴行罪。

在对暴力行为进行规制上，以暴行罪作为基本罪名，把故意伤害罪作为暴行罪的结果加重犯，再将故意伤害致人重伤（死亡）作为故意伤害罪的结果加重犯，从而构成了处罚暴行的完整的制裁体系。

将暴力行为纳入刑法调整范围内，用刑法来惩罚、制裁行为人，遏制暴行发生，对潜在行凶者也是一种威慑，也能祛除社会上的暴戾之气，净化社会风气。

张明楷教授在课堂上曾讲过一个日本案例：一人向另一人脸上吐烟雾，被以暴行罪判刑。瑞士、意大利、日本、韩国、美国等国家均规定了暴行罪，将侵害人身权利的行为都囊括到暴行罪中进行规制。

刑法的评价、指引、教育、威慑功能就在于此，它为社会确定了行为底线，突破底线就要处罚。

二、修改刑事责任年龄

我国现行刑法规定，已满16周岁的人犯罪，应当负刑事责任。已满14周岁不满16周岁的人，犯故意杀人、故意伤害致人重伤或者死亡等八类罪的，应当负刑事责任。不满14周岁的人，不负刑事责任。

我国现行的刑事责任年龄最早是1979年刑法确定的，迄今已近四十年。刑事责任年龄，是根据地理、气候条件，政治、经济、文化的发展水平，以及少年儿童接受教育的条件等诸多因素确定的。

几十年中，我国发生了翻天覆地的变化，经济的迅猛发展为儿童健康生长提供了物质基础和保障，义务教育政策使得适龄儿童普遍接受教育，儿童、青少年身心发育大大提前。14周岁、16周岁的责任年龄，已经与青少年实际身心发育水准不一致，有必要适当降低刑事责任年龄。

近些年发生的恶性校园暴力案件，多呈低龄化、团伙化特点，手段残忍、危害严重，但多因未达到刑事责任年龄而不被处罚。湖南邵东县杀害女教师的3名未成年人，因为未满14周岁而不负刑事责任。

刑事责任年龄如果确定不合理，会使得一部分案件不被处罚，其后果：一是无法防止行为人再犯，继续危害社会；二是被害人权益救济落空；三是激发犯罪效仿者，给社会造成更大的危害。

不同国家对刑事责任年龄规定也不同，英国规定10周岁承担刑事责任，美国有的州规定8周岁承担刑事责任，而意大利、德国规定14周岁承担刑事责任，冰岛、芬兰规定的是15周岁，荷兰规定的是16周岁。

各国情况不同，我国也应考虑我国的国情。修订刑事责任年龄，关系到国家刑事政策，是一个复杂的研究课题，首先要广泛收集中国儿童、青少年成长的各项数据，之后由医疗、保健、心理、社会、教育等机构对数据进行分析，与成人各项数据进行比对，在此基础上计算出儿童、青少年各个年龄段的平均认知能力、控制能力、应激反应力等。有了这些基本数据为基础，再启动修法程序，结合刑事政策，重新确定刑事责任年龄。

有位教育家说过：大人是原件，孩子是复印件，孩子的问题都源自大人。社会暴行的泛滥，必然波及校园。校园里的孩子，是未来社会的建设者，如果他们在暴力、恐惧、凌虐环境下成长，那么未来社会如何能安宁祥和？祛除暴戾之气，只能以刑法为主要武器，对暴行零容忍，惩处施暴者，才能保障每一个人的人身权利。

面对侵权的几种表达方式

权利被侵犯，人们会以某种方式将内心不满表达出来：言辞痛斥，暴力相向，提起诉讼，找媒体求关注……用什么方式表达，不同的人有不同的选择。

英国人面对侵权，其表达方式很有意思，善用行为艺术。某日，伦敦希思罗机场5号航站楼刚运营就遇到麻烦了，所有行李不能提取，旅客不停地抱怨。接着，在机场候机大厅内，大约300人保持安静，躺在地上用人体组成英文字母“STOP”进行抗议。[①]

有个五岁的英国小男孩，在肯辛顿公园站着，两只手各托着一个哈根达斯冰淇淋盒，分别写着“3.6英镑”和“3.7英镑”，脖子上挂着一个牌子画着一个大大的“？”小男孩用这种方式表达不满，责问为什么不提前告诉他涨价，害得他拿着3.6英镑买不到哈根达斯。店方经理出现，向男孩道歉，并赠送毛熊玩具作为补偿。

美国人面对权益受损，喜欢选择的方式是打官司。一八旬老太在麦当劳喝热饮被烫伤，立即打电话叫来律师，随后起诉，最终获得巨额赔偿。尽管被烫事件发生后，店方立即向老太表达了深切的歉意和

---

① 参见《北京青年报》2008年4月10日。

愿意赔偿的诚意，但老太依旧不依不饶。此案例成为经典案例并传至我国，让同胞瞠目结舌。有一本书《告那家伙》，说的就是爱打官司的美国人对诉讼的崇尚和热衷。

中国人厌讼。历朝历代地方官员追求的目标是息讼、无讼，这也是考核官员政绩的重要参数。历史上的讼师，即律师先祖，被看作社会的危险分子、不和谐因素，被称为“讼棍”。

与厌诉相对应，中国人推崇“和为贵”“和气生财”“和平”“和谐”。“和合”一词是中国文化的高度概括，苏州寒山寺供奉的和合仙，香火旺盛。美籍华人学者孙隆基在《中国人的人格发展》一文中指出：“中国文化的一个至为基本的原理就是‘和合性’，因此，总是认为合是好的，分是不好的。”

在和合文化中浸淫得久了，中国人养成了安命不争的性格，遇到冲突，多息事宁人，用吃亏是福、和为贵来寻求心理平衡。

在遭遇侵权默念“吃亏是福”“儿子打爸爸”仍难获平衡时，便甩出一句狠话给对方“你等着，我去衙门告你”，便没了下文。再发展一步，诸如委托律师发表声明“……我将保留对某某起诉的权利”，起诉成了一种宣示，宣示后，有进一步行动的也不多。

面对侵权，要不要隐忍，保持沉默？

面对侵权，沉默不是金也不是银，连废铜烂铁都不是。说出不满尚无所改观，遑论不言！龙应台对中国人的忍让不争发表过看法，她说：摊贩占据着你家的骑楼，在那儿烧火洗锅，使走廊垢上一层厚厚的油污，腐臭的菜叶塞在墙角。半夜里，吃客喝酒猜拳作乐，吵得鸡犬不宁。此时，在一个法治上轨道的国家里，人是有权利生气的。受折磨的你首先应该双手叉腰，很愤怒地对摊贩说：“请你滚蛋！”

文化在变，人也在变。我国自改革开放以来，人们的价值观念中融入了与自由市场相关的因素，它让和合性文化的底色上出现了几分对抗色彩。人们的自我意识和权利意识逐渐增强，维权带来的直接效益进一步增强了人们维权的信心和决心。于是，打假明星王海一度成为英雄。

“每人都是社会的一员，每人都可能受到侵权”，这是基本假设。法律的建构也遵循这一假设。通过维护权利，纸上的法律成为活生生的现实存在，秩序得以调整，法律的目标得以实现。遇到侵权，首先要表达出来，然后才是寻求权利救济。表达不满是维权的首要要件，它能为侵权人和潜在的侵权人敲响警钟，还能提醒其他权利人注意防范。

至于表达的方式，在不使矛盾冲突升级的情况下，可以充分发挥智慧。行为艺术，很美很夸张；打上一架，痛并快乐着；到法院告那家伙，把争端巧妙地转给第三方，表达与救济合二为一了……林林总总，只要表达得充分恰当，于己于人，都比憋闷着好。

技能篇

路漫漫其修远兮

把枪口抬高一厘米

有篇文章激起了全社会尤其法律界人士的热议，可谓一石激起千层浪。这篇文章就是最高人民法院副院长沈德咏大法官的《我们应当如何防范冤假错案》。

文章对冤假错案的原因、防范做了翔实的论述，作者精深的法律素养与求真务实的态度在字里行间自然流露。“宁可错放，也不能错判”“错放一个真正的罪犯，天塌不下来，错判一个无辜的公民，特别是错杀了一个人，天就塌下来了”。字字珠玑，无罪推定、疑罪从无的现代刑事诉讼基本原则跃然纸上。

现代刑事诉讼制度含有两个假设：无辜者假设和涉讼人假设。

无辜者假设指的是在被依法证实有罪之前，应视为无罪。现代刑事诉讼制度要防止错误地惩罚无辜者，基于保障人权的考量，普遍采纳无罪推定的原则。涉讼人假设，指的是社会所有成员都有可能被牵涉到刑事诉讼中成为犯罪嫌疑人。“请不要以为你是一位行为端正的好父亲、好丈夫、好公民，就一辈子不会和当地的法官打交道。实际上，即使是最诚实最受敬重的人，也有可能成为司法部门的受害人。”（《错案》一书开篇语）。刑事诉讼制度维护犯罪嫌疑人、被告人的合法权益，就是为整个社会成员提供安全保障。因为一旦涉入诉讼，每个人都可以通过诉讼权利来保护自己。正因为如此，在进行制度设计时，要以权利为本位，限制公权力，从而保障每一个潜在涉讼人的合法利益。

沈院长的文章也阐述了这个道理：宁可将一个真正的罪犯放回社会，也不能让一个无辜者身陷囹圄，让所有的无辜者都战战兢兢心怀恐惧地生活。因为，免于恐惧也是一种自由。

文章提到杭州叔侄案，因当时法官留命才使得叔侄两人今日洗冤昭雪，文章认为法官做法“功大于过”。如果法官判决叔侄死刑，那么“一切都没了”。今天认定这是一起错案，法院应当赔偿、补偿、道歉，法官也应受到相应的职业处罚，这是必须的。但是，对法官当时的行为进行评价，应当客观、理性。法官不是神，其判断力无法超出客观规律，甚至其判断的独立性可能受到各方面的干扰，在这种复杂状况下，法官在没有十分把握办成铁案的情况下，留了一个回旋余地，而这个余地就是两条人命。正是这个回旋恰恰给叔侄二人留下一个翻案的可能。所以，评价法官的做法，用“功大于过”很恰当，在当下法治状况下值得肯定。

由此想起了这个故事——把枪口抬高一厘米：

1991 年 9 月，举世瞩目的“柏林墙守卫案”开庭了。接受审判的是四个年轻人——他们曾经是前东德柏林墙的守卫人员。两年前的一个冬夜，20 岁的克利斯和他的朋友高定，一起偷偷爬上柏林墙准备逃往西德。枪响，一颗子弹由克利斯的前胸穿入，高定的脚踝也被另一颗子弹击中，克利斯很快就断了气。射杀他的东德卫兵，叫英格·亨里奇。

英格·亨里奇也没想到，柏林墙被推倒之后，自己最终会因为杀人罪而接受审判。柏林法庭最终的判决是：判处开枪射杀克利斯的卫兵英格·亨里奇三年半徒刑，不予假释。

英格·亨里奇的律师辩称：“他仅仅是执行命令的人，根本没有选择的权利，罪不在己。”法官当庭指出：“东德命令你杀人，可是你明明知道这些逃亡者是无辜的，明知无辜而杀他，就是有罪。作为警察，不执行上级命令是有罪的，但是打不准是无罪的。作为一个心智健全的人，此时此刻，你有把枪口抬高一厘米的选择，这是你应主动承担的良心义务。”

我们知道，这个世界有法律、法规、命令。我们同样知道，这个世界还有良知。在某种特定的情形下，当法规、命令与良知发生冲突的时候，就应该选择并坚守良知，因为这是人类最高的行为准则。

法应容情

薄熙来案开庭，微博转播，众人围观，议论纷纷，见解感受，各有不同。

妻子作证，冲击猛烈，直击人心。于是乎，全民热议，街头巷尾，展开了“学术探讨”。

中国社会推崇大义灭亲。春秋时期，忠臣石碏杀死其子石厚的故事被记载在《左传·隐公四年》：卫国退休高官石碏正义凛然，为了社稷安康，将任职高官的儿子石厚连同无道昏君一并杀掉，用实际行动创造了一个光灿灿的成语——“大义灭亲”。

古人讲究义，“舍生取义”“君子喻以义”“引喻失义”。据说“义”最早是由孔子提出的。忠义、孝义、道义、信义、侠义等，总能在国人的性格中或多或少有所体现。梁山好汉燕青出身奴仆却排位天罡序列，盖因其“忠义”。敢担当、讲义气的是好汉，践行孝义、忠义的是榜样楷模，讲道义、讲信义是做事信条，见利忘义、背信弃义被人唾弃和不齿。将“义”发挥到极致的，除“舍生取义”外，就是“大义灭亲”了。

那么，有没有和“义”相当的其他价值观？

义之外，还有礼、廉、耻。义之外，还有理和情。义，并不是必然高于其他价值的唯一选择。

孔子讲过一个故事："叶公语孔子曰：'吾党有直躬者，其父攘羊，而子证之。'孔子曰：'吾党之直者异于是：父为子隐，子为父隐。直在其中矣。'"孔子认为不违亲情、发乎自然为直。看来，提出并倡导"义"的孔子是不同意"大义灭亲"的。"亲亲得相隐匿"，才不违天义人伦。

在我国古代，亲属之间不承担互相揭发其罪的义务。汉宣帝曾下诏曰："父子之亲，夫妇之道，天性也，虽有祸患尤蒙死而存之，诚爱结于心，仁厚之至也，岂能违之哉。"瞿同祖总结道："中国的立法既大受儒家的影响，政治上又标榜以孝治天下，宁可为孝而屈法，所以历史的法律都承认亲属相容隐的原则。"

历史上统治阶级的此种价值选择，并非全出于宅心仁厚，更多出于社会管理需要，按照中国传统的观点，亲属关系的和谐稳定是整个社会和谐稳定的基础，维护亲属关系、维系亲属之间的亲情，成了统治阶级在权衡之后的价值选择。

西方一些国家在刑事诉讼中对配偶姻亲、血亲关系的保护非常周到。在德国，被指控人的订婚人、配偶以及已离婚的前配偶、直系血亲姻亲、三代内亲属、二代内姻亲，都有拒绝作证的权利。他们不谈亲情，反倒认为亲属间存在"特权关系"——如果自己的作证造成亲属面临被追责的危险，则有权拒绝作证。其出发点是保护特定关系人之间的"信任关系"，亲属之间的信任是联系家庭的重要纽带，诉讼制度要保护这种信任。

西方国家刑事法律中规定的拒绝作证特权，伴随着文化交流流传到我国法学界，法学弟子惊讶之余，发现西方的亲属拒绝作证特权与中国古代的亲属相容隐，可谓殊途同归，都是通过设置权利（特权）来防止司法程序对亲属关系的破坏的。

2018年《刑事诉讼法》第193条第1款规定："经人民法院通知，证人没有正当理由不出庭作证的，人民法院可以强制其到庭，但是被告人的配偶、父母、子女除外。"此条规定的是有特定亲属关系的证人有免于被强制出庭的权利。但是2018年《刑事诉讼法》第62条第1款同时规定："凡是知道案件情况的人，都有作证的义务。"所以，第193条并没有免除亲属间作证的义务，只是规定在庭审阶段亲属证人可以免于被强制到庭作证。

据此，被告人的配偶、父母、子女，若知晓案件情况，则与其他证人同样负有法定的作证义务。其证言既可能成为辩方证据，也可能成为控方证据。

2018年《刑事诉讼法》第193条规定的亲属证人免于出庭作证，只是避免了在法庭上亲人之间直面相对。法庭上被告人接受审判面临刑罚，此时如果亲人作为控方证人站在对立面，感情上当然无法接受。

即使亲属证人不到庭，在法庭上，亲情依然可能被司法机器撕裂，公诉人可以通过宣读亲属证人的证言或播放作证视频，作为控方证据指控犯罪。证人虽不到庭，但是效果相同，只不过在惨烈画面前打了一块马赛克而已。你见，或者你不见，他就在那里，不远不近；你听，或者你不听，他也在那里，不多不少。任亲情灰飞烟灭，凭信任支离破碎，无可奈何地上演"大义灭亲"和"舍生取义"。

几年前，某歌星夫妇因涉毒，妻子被追诉，法庭上妻子听到歌星丈夫的证词后，满脸惊恐地说："他说的不是真的。"许多观众从当晚电视新闻中，目睹了这一幕。

几年之后，薄熙来案中，妻子在法庭上以控方证人身份通过视频形式指控丈夫的情景又一次出现。亲情、人伦、爱情以及人们心底对最亲近之人的信赖都受到了质疑。这种破坏的冲击力通过微博传递给社会大众，相信每一个善良的人，目睹此景时感觉都很糟糕、沉重。

探求真实、彰显正义、实现公正司法，在通过正当程序寻找客观真实的路径中，能不能将亲情绕开，避免人类不愿遭遇的尴尬和痛楚？

赋予亲属间免于作证的特权，给亲属选择的空间，让亲属自行选择“大义灭亲”抑或“亲亲相隐”。在不牺牲正义的前提下，在正当程序的架构下，保护亲属之间的信任和亲情。2018 年《刑事诉讼法》第 193 条是已落地的第一只靴子，希望另一只靴子的落下，就在不远的将来。

辩护策略漫谈①

谈到“策略”，我们还会想到“谋略”“计谋”，另外，还可用一个字来代替——“术”。这些词，指的是大智慧、大战略，而不是小花招、小伎俩。“术”，是人类高级智力活动，折射出人类智慧的光芒。

孙子兵法与刑事辩护

在一场中德刑事律师论坛上，德方律师 Dr.Annika Dieβner 在她的报告中数次提到《孙子兵法》并将之巧妙地运用到辩护策略中，堪称完美，对我们中国同行很有启发。

《孙子兵法》和《三十六计》都是兵书，记载作战之术，其作用早已不限于战场上的应用，而成为中华历史文化的一部分，融入了人们的生活。有的兵法凝结为成语，老幼皆知，如知己知彼、声东击西、欲擒故纵、以逸待劳等；有的成为性格塑造指引，如《孙子兵法》中的“将者，智、信、仁、勇、严”，很多管理者、团队负责人喜欢将之作为座右铭。我们祖先很早就认识到智慧的作用，即使在冷兵器时

---

① 2017 年 7 月，为期六天的中德刑事律师论坛在赤峰举办，其中一场论题是刑辩策略，本文系根据作者发言内容修改而成。

代的战场，也不能仅靠蛮力肉搏，更要讲战略战术。

法庭如战场，有没有一本让刑事律师在法庭上立于不败之地，成为常胜将军的战术之书呢？

没有，未来也不可能有。

人有千面，案件有万种。刑事律师接触的案件各不同，接触的当事人各不同。律师“对症下药”，提供个性化专业服务。如果机械地照搬他人策略，有可能东施效颦、弄巧成拙。中国俗语“一把钥匙开一把锁”，在具体案件中，律师需要针对不同案情，针对性格不同的当事人，调动自己全部智慧，具体案件具体分析，有针对性地制订、实施辩护方案，才能做到最好的辩护。

目标与策略

我们如果脱离了案例空谈策略，就是纸上谈兵。策略运用于无形，体现在律师和当事人的具体行动上，尤其在细节上。辩护方案犹如建筑设计图，有整体结构，有外观形象，还需要诸多细节上的精心设计，每一个细节都要以实现辩护方案为目标。

举个例子，开庭前律师要和被告人探讨出庭穿什么衣服，用衣服传达特定的信号。选择正式服装体现对法庭的尊重，体现内心的重视，表达礼貌，而休闲服装则不能传递这些信息。这就是细节处理。

辩护策略，要随时随势而变，要随机应变。在法庭交叉询问中，有时公诉人对辩方证人发问，步步紧逼，证人难以招架。此时律师不能坐视不管，要找寻公诉人发问之漏洞，看其有无违反庭审规则，有无诱导发问，有无威胁语言。如有，辩护人要果断出击，申请法庭制止，这叫“攻其不备”“反守为攻”。

和解与博弈

中国刑事诉讼呈线性结构，辩护律师在各阶段辩护任务不同，重心不同，辩护目标与策略也不同。

庭前阶段，一些案件（轻伤案、过失类犯罪案）存在和解的基础，选择和解不失为一种方法。达成刑事和解，能够影响量刑，也可能在庭前获得自诉人谅解，使其放弃起诉，从而终结刑事程序。

刑事和解，源自“和为贵”的传统理念影响，有深厚的人文基础，是恢复秩序、重构和谐的重要方法。律师参与和解，在各方当事人之间构建缓冲带和隔离阀，通过斡旋促成当事人形成合意，避免双方当事人直接因见面而引发冲突升级。

参与刑事和解，首先，要先知晓己方当事人的底线，然后和对方当事人及其律师谈判，通过讨价还价确定一个各方均能接受的意见。其次，律师要灵活运用谈判技巧，合理运用博弈手段，保持一种弹性状态：和，则各方受益；不和，也不要增加不满。

运筹帷幄与庭审对抗

审判阶段，控辩审三方同聚法庭，集中、公开地严格按照程序来核实证据，认定事实，确定罪与非罪及刑罚。这是一场控辩双方的激烈对抗，双方各自阐述意见，竞相说服法官。

随着法治理念的深入，法律人对庭审的认识也在悄然发生变化。庭审不再剑拔弩张，而类似举办一场专题会议，诉讼各方依据庭审程序和规则，一起寻找案件真相，探求最佳的法律答案。庭审参与者理性地、心平气和地阐述各自意见和看法，努力探寻正义的结果。

律师收到检察机关的起诉书后，要借用控方视角和思维来审视证据，预测控方观点，然后再准备辩护方案，这样才能有的放矢，进行精准性防御，这叫“知彼知己，百战不殆”。

孙子兵法中还有一句：“知天知地，胜乃不穷。”如果掌握事物发展规律，洞悉世间万象，能够读懂不同诉讼参与人的心理，熟悉他们不同的思维，超然跳出案件再审视案件，则胜算把握更大。

“凡事预则立”，辩护律师庭前要进行细致的准备工作。法庭上，律师和被告人的配合很重要，要有默契，形成合力，共同完成辩护任务。这就需要律师在庭审前数次会见被告人，沟通交流，彼此熟悉、了解，从陌生人变成熟悉的人。

庭审前，辩护律师要和被告人一起研究辩护预案，预测控方的观点并提前防御。首先要确定辩护方向：是做无罪辩护还是罪轻辩护。有时当事人会纠结于无罪辩护还是罪轻辩护。这时候，辩护律师可以通过辩护分工来解决这个难题，即，当事人做罪轻辩护，而辩护律师为其做无罪辩护。当然，这种分工是由我国刑事诉讼法未区分定罪程序和量刑程序导致的，律师也是无奈之举。因为这种分工，在法院最终判决有罪时，被告人的认罪态度可以成为从轻处罚的一个情节。

刑事律师是需要智慧的专业群体。在个案中，刑事律师要运筹帷幄，制订全面细致的辩护方案，审时度势，灵活巧妙地运用辩护策略。当然，只有具备深厚的法学理论功底、丰富的职业经验和高超的辩护技巧，才能灵活运用策略，展示出辩护的艺术魅力。

证据的作用

——从电影《无人区》谈起

电影《无人区》姗姗来迟，这部影片的主人公是一位刑辩律师。以往国产电影、电视剧中偶有律师，却常常是借律师叙述情感故事或者讲述离奇案件，律师起到的作用都是铺垫、帮衬式的。《无人区》则以刑辩律师的全视角，通过对比丛林社会与法治社会的行为法则，揭示了正义、人性、生命价值。

影片中有一段庭审场景，法庭上，主人公潘肖律师提交了一份证据——有被害人签字的饭店记账单，上面有买酒内容，潘肖律师据此提出辩护观点——被害人死亡系饮酒所致，与被告人无关。于是，无罪辩护成功，黑老大逃脱法律责任。虽说潘肖提交的证据被法庭采信，其辩护观点也被法庭认可，其实潘肖偷换概念，故意设计的"买酒=喝酒"逻辑关系却是不周延的：记账单记载着买酒，但是买酒不等于饮酒，买酒和死亡不存在直接关系，这一证据与案件没有关联性，不能作为定案根据。

影片中的故事是虚构的，不必较真。在我们现实司法中，证据在认定事实方面起着决定性作用，这就是证据裁判原则。仍以刑事诉讼为例，刑案发生，公安机关收集证据初步确定事实，检察院审查证据进一步确定事实，法院开庭审理，控辩双方围绕事实进行举证、质证，最终法庭对证据作出判断，据此认定事实。刑事诉讼以证据为中心展开，其目的无外乎查清事实、还原真相。因此，证据肩负着复原事实真相的任务。

真相是什么？这是人类社会的千古之问。为了寻找真相，人们求天问地占卜拜神灵，观天象、请神兽、探地府，想尽了办法。窦娥六月飞雪求清白，包公阴阳穿越寻证人，真相难求，留下许多千古之谜。探求真相的精神沿袭至今，重庆老太为自证清白，诅咒“全家死绝”[①]，堪称毒誓古风犹存。高科技在发现真相方面发挥作用，十岁女孩残害幼童，监控录像再现案发经过，迷雾顿消[②]。南京彭宇撞人之谜法院后来又有新说法，据称找到了现场录像。

如今证据裁判原则早已被人们接受，根据证据来认定事实、还原真相。那些借助神灵诅咒、用独角兽抉择的诸多反理性的神裁法已被抛弃。人们的证据意识越来越强，这在电影《无人区》中就有体现：潘肖律师逃出魔掌时，特意带走鹰笼留作证据，民警提取证据时故意遗漏关键证据。生活中，人们逐渐学会通过收集、固定证据来防范风险和维护权利。“口说无凭，立字为据”留下书证，借助录音笔、隐形偷拍器保留电子证据，城市公共场所监控录像全覆盖、移动云同步共享、GPS 定位轨迹，等等。电子数据忠实地记载事实，人们无意中也被记载在电子证据中。

证据和真相之间，还需要借助人的主观作用来判断。前不久，外国小伙儿和北京大妈街头起纠纷，网络上先有图为证说是大妈讹诈，在网友谴责大妈的词汇铺天盖地卷来时，又有一段大妈被撞的完整视

---

① 2013 年 11 月 24 日《成都商报》。

② 2013 年 12 月 6 日新华网 http://www.xinhuanet.com/local/2015-06/04/c_1115507282.htm。

频传播开来，网友瞬间逆转，借着酝酿好的情绪把准备好的谴责用语统统甩给了外国小伙儿。一个事儿，却出来两个版本。后来公安机关根据现场勘查、监控录像、目击证人证言、鉴定意见等证据，作出了系撞伤而非讹诈的事实认定[①]。

"眼见为实，耳听为虚"这一古老的事实认定标准，已经远远不能适应纷繁复杂的社会万象。在时光不能倒流的客观规律限制下，为了解纷止争、平息矛盾，证据被赋予还原真相的重任。证据法通过一系列规则和标准来发现真相。证据法是求真之道，什么材料能成为证据，证据证明力是大是小，非法证据如何排除，证明责任和证明标准如何划分，电子证据、DNA 鉴定、测谎鉴定等如何运用……这些，法律人士应当全部掌握和灵活运用，普通大众也应略知一二。

电影《无人区》还为现实法律做了一个注脚：证据在还原真相方面的作用，并不是万能的。随着科学技术在司法领域的广泛应用和对各种证据的特性和规律的认识，相信人们会越来越接近真相。

---

① 2013 年 12 月 7 日《京华时报》。

不靠谱的证人

老律师在台上授课，近千名律师在台下认真倾听。

一身材修长的白衣女子款款上台，将两瓶饮料放置讲桌上，转身下台走进观众席。作为会务负责人的我坐在一排把边位置，立刻起身找该女子准备当面致谢。

找了一圈，最后在门外发现一白衣女子，上前道谢。她一脸疑惑不知所云。我坚信自己的眼睛，执意道谢。僵局最后被打破，因为我看到此白衣女子脚上穿一双黑色平底鞋。我不得不承认自己辨认错误，刚才送饮料的女子登主席台台阶时白色高跟鞋嘎嘎响，我印象很深。

在这一“疑案”中，作为“目击证人”的我败下阵来。

职业原因，此事使我联想到证人作证问题。

证人知悉案件事实、亲历案发过程，甚至与犯罪嫌疑人有时空上的交集，因此在诉讼中被寄予厚望。古往今来，世界各国在探索真相、寻找真凶的艰难进程中，不论是包青天、狄仁杰，还是福尔摩斯、波罗，都将积极寻找目击证人作为首要任务。

然而，证人作证的错误率有多少？现实中因证人错误导致的冤错案件又有多少？

有一个数字可以参考，美国前检察总长吉姆·佩特罗在《冤案何以发生》中写道："美国20世纪80年代末和90年代，通过DNA成功洗冤的案件逐渐揭示出75%以上的错误定罪是部分或者完全基于目击证人的错误证词。"这个惊人数字，让我们不得不重新审视证人。

人们对证人故意作伪证有着足够的警惕，刑法专门规定了伪证罪。然而，对于证人在非故意状态下发生的错误却缺乏应有的警惕，并且普遍存在"一个诚实的人所做的证言一定是正确的"错误认识。

其实，人类的感知能力、记忆能力、表达能力、辨识能力等存在天然的缺陷，即使一个诚实善良的证人所做的证言或指认，也会出现错误，可能造成事实认定的错误。

内心对外界事物的关注点不同，获取的信息也不同。本文开头所述实例，在白衣女子上台时，有一部分律师正在专心听课，对该女子根本没有理会，事后也无法描述。作为培训组织者，我随时关注全场状况，该女子突然上台立刻引起我注意。我观察一个陌生女子习惯看其服饰、脸型、发型，我无意识地获取、收集这些信息，之后寻找、辨认白衣女子也依据这些信息。

大脑感知、储备信息的同时，自动启动加工模式，即一边输入一边加工。这样，大脑储存的信息同时被加工破坏掉。很多案件中，证人陈述依据的是污染后的记忆，其却丝毫没有察觉。

大脑会遗忘，这也会影响作证。科学数据表明，人在20分钟内会遗忘42%，8个小时会遗忘64%。法谚"时间是最好的辩护人"揭示的就是这个道理。刑事诉讼中，证人进行辨认或陈述都是在案发之后，原有记忆已有残缺，只能借助衰减或模糊的信息，重新按照一定的逻辑，通过"脑补"重组，其陈述的真实性必然打折扣。

性格、健康、情绪等对证人也会产生一定影响。以辨认为例，一个健康自信的证人，在辨认时往往积极筛选辨认对象，态度坚定地说出个人指向。而一名胆小怯懦的证人，在辨认时举棋不定，语言中高频出现“好像”“可能”等不确定词汇，而且很容易接受他人暗示。

直觉假象也是影响证人作证的因素。例如，人们一般认为，暴力犯罪的目击证人比非暴力犯罪的目击证人对案件的细节记忆得更加清楚，但是科学研究证明，压力下人们对长相和事件的记忆能力并没有提升，甚至会削弱记忆细节的能力。

表达能力有时候也影响证人作证。如果一个人的语言表达流畅、逻辑清晰、用词准确、层次分明，则能把感知到的外界信息，通过语言进行还原，并将还原再现的信息传递给他人。反之，一个笨嘴拙舌的人作证时会让人云里雾里、不知所云，而不得不接受询问者的梳理，顺着他人思路表述，不知不觉地偏离了真实。

人的错觉可能直接造成事实判断错误。《吕氏春秋》里有个故事：颜回煮粥时，将落入锅里的灰尘捞起吃了，这一幕正好被孔子看见，痛批颜回。经过解释，孔子才恍然大悟，感慨“眼见不一定为实”。人们对某一事物、事件的认识，需要多器官共同感知，形成初步认识，之后再经过多角度、多维度的验证后，才得出判断。孔子是理智的，眼睛看到“颜回偷食”，之后凭借颜回的口供、既往表现，通过心理分析法得出“颜回没有偷食”的结论，纠正了错觉。

刑事诉讼关系到人的生命、自由、财产、名誉。刑事诉讼中，证人能够使侦查绝处逢生，能够再现犯罪经过，能够锁定嫌疑人，因此证人往往被寄予厚望，被当作“活的录像机”来使用。然而，证人毕竟不是录像机。所以，我们一方面要对人类感知、认知、记忆、表达等先天缺陷保持清醒的认识；另一方面，要对证人保持足够的警惕，科学构建辨认规则、询问程序，同时在证据使用上更多运用客观证据，尽量减少人证、言词证据的使用。

律师培训结束了，最终我也没有找到上台送饮料的白衣女子。不过，这件事给我上了一课：很多时候，证人并不靠谱。

刑事被告人出庭着装之道

穿衣打扮本属私事，依个人品位、喜好自由决定。但有时候，穿衣自由会受到限制，比如，公安、工商、税务等执法人员执行公务时要着制式服装以表明身份，小学生集体出游时统一穿校服以便管理，医护人员穿白大褂既是职业标志又是防护所需。

刑事诉讼中，被告人出庭时穿什么衣服，这是辩护律师应当考虑的一项工作内容，也可以成为研究课题。

刑事辩护无小事，个中细节关乎成败。田文昌律师曾言："辩护律师在法庭上应当像警犬一样，收集信息，迅速分析形势作出判断，需要出击时果断出击。"刑事庭审可以被比喻成一场战争：在法庭主持下，控辩双方围绕着罪与非罪、罪轻罪重、此罪彼罪、刑罚轻重等，针对证据、事实认定、法律适用展开有序的攻防对抗。这场战争没有演习，也不能悔棋重来。庭审中，控辩任何一方的疏忽、疏漏都可能影响法庭的判断，继而影响法庭最终裁判结果。作为辩方，辩护律师不仅是被告人的同盟战友，还是其军师、庇护者，二者形成合力与控方进行对抗，并说服法官，以维护被告人的合法权益。

庭审是裁判案件实质问题的关键阶段，在刑事诉讼中具有决定性作用。凡事预则立，辩护律师作为法律专业人员，在开庭审理前，除了和被告人一起研究辩护策略、制定辩护方案之外，还要对被告人进行必要的“庭前辅导”。辅导内容包括告知庭审程序，告知权利义务，解释庭审中的法律术语，提醒其注意发言语速、声调，等等。此外，还有一项内容是商议被告人出庭时的着装。

有一则美国笑话：律师第一次会见被羁押嫌疑人，先从公文包里拿出尺子为嫌疑人量三围，记下尺寸后再说话。这是美国律师在为嫌疑人定制出庭时穿的西装。美国法庭中的刑事被告人多西装革履，宛若“成功人士”参加商务谈判。其正式、得体的服装向陪审团以及法官传递了这样的信号：“我是体面的好人，我不是犯罪人。”服装表达的信息契合了无罪推定原则。

在我国，辩护律师也开始为被告人着装出谋划策。以前被告人出庭时被要求穿看守所的号服号坎，律师每每提出反对意见，认为号服号坎是有罪推定标志，还有人格贬损之义，申请法庭让被告人脱去号服号坎。

随着“人权入宪”，人们的人权意识逐渐增强，法治文明有所提高，再加上辩护律师锲而不舍的据理力争，最近几年，很多法院允许被告人穿自己的衣服出庭。这样一来，辩护律师和被告人在庭前准备中，探讨穿什么衣服也自然成了必答题目。

下面盘点一下出庭被告人的着装风格。近几年，出庭被告人着装风格多样，或夹克或西装或运动服，或衬衣或高领衫，颜色深色、素色较多，多穿西裤或运动裤，鲜见牛仔裤、短裤。被羁押被告人，也有人穿号服号坎出庭的，原因或出于个人意愿，或家属没有准备。未被羁押的被告人，可以亲自选择出庭服装，选择余地较大。

庭审中，前官员被告人多穿夹克、衬衣，如薄熙来、刘志军等，“夹克衬衣”成为“标配”；出庭被告人很少有打领带的。女性被告人，穿裙装的非常少，都是裤装并且很少有配饰。曾有一名女被告人头部有旧伤怕被风吹，律师向法庭解释后，法庭允许其戴帽子出庭。

衣服不仅能够向他人传递信息，对被告人本人也是一种暗示和鼓励，提醒其在法庭上注意自己的言行举止，保持冷静。被告人穿什么衣服出庭，律师要全盘考虑、精心研究，给其妥当合理的建议。

被告人出庭的着装选择，要和辩护方向保持一致，遵循整体辩护方案。一般而言，无罪辩护的案件，被告人最好着正装，用衣服传递无罪信号以及捍卫清白的决心。如果做罪轻辩护，可选择柔和一些的服装，如夹克、T恤、衬衣等。被告人出庭时最好穿有领子的衣服，颜色深色、单色，衣服上不要有图案、文字、字母等。对于女性被告人，建议其出庭时穿保守、宽松、中性特点的衣服。如果被告人被羁押，律师还要提醒其家属提前把衣服送到看守所。

被告人在法庭上的着装还能够影响到旁听席上被告人亲友的心理感受。

刑事案件公开审理，也给了被告人和家属见面的机会。按照我国法律规定，犯罪嫌疑人、被告人一旦被拘留或逮捕，便和家属亲人隔断联系，只有等到数月后法院开庭时才能在法庭上相见。

逆境、窘境中的人一般都希望把自己安好、坚强的一面展现给亲人，被告人的这种愿望更加强烈。法庭上亲人相见却不能进行语言交流，被告人只能通过外在着装来传递内心情感，其整齐、得体的衣服能体现精气神儿，缓解亲人内心的痛楚，对亲人也是一种慰藉。

让被告人穿得体面，让其有尊严地坐在法庭上接受审判，对律师而言不仅仅是技术活儿，有时也考验其智慧。

我有一位当事人曾留学美国数年，因一起故意伤害案而被起诉，顺序列第七（最后一名），被取保候审。庭前讨论时，他希望像绅士一样穿西装打领带出庭，我则建议他参考建筑工地上农民工兄弟的服装款式。我给出的理由是：辩护方案是罪轻辩护，服装要低调，传递认罪悔过态度。同案其他被告人被羁押，可能有人穿看守所号服号坎出庭，西装与之反差太大，有可能造成同案他人心理抵触进而推诿责任。人们偶有仇富仇官心理，不要人为制造刺激点。

这位当事人最终采纳了我的建议，庭审效果非常好，判决结果很满意。后来他到律所表达谢意时，为自己放弃西装而选择普通衣服出庭而庆幸。国情不同，环境不同，当然不能照搬他国传统、习惯。

被告人开庭时穿什么衣服，当然不是简单的服饰搭配，律师也不是简单的服饰顾问。律师的目标是通过被告人的服装向法庭传递与辩护目标一致的信息，实现有效辩护，最终维护被告人的合法权益。

由此看来，成为一名优秀的刑辩律师，拥有深厚的法律素养还远远不够，还要有“人文素养和社会关怀”[①]，还要对社会、对复杂的人类情感和心理有足够的洞悉力。当然，除此之外，还要粗通一点点服饰知识。

---

① 王泽鉴先生 2014 年 10 月 24 日在北京大学讲座发言。

辩护人，你会发问吗？

法学研究中有一款儿一直很火，就是比较法学。将甲国的、乙国的、丙国的、丁国的法律制度撮成一堆儿，找个由头，相看一番，评头论足后形成文字，特洋气。一篇不足五千字的关于沉默权的论文中，既援引了英国、美国、加拿大的相关判例，还引用了德国、法国、日本的刑事诉讼法条文，让读者读起来感觉特别厉害。

高冷的法学研究和聒噪的司法实务相脱节，二者一直不能构建一种良好的、有默契的互动、互哺关系。本应在一个食槽里吃饭的法律人，却被王母娘娘用神簪划分得七零八落。近几年，二者关系有所改善，有学者以兼职律师身份投身法律实务，有律师、法官、检察官尝试深度研究实务中的法律问题，学者和司法实务工作者之间的鸿沟逐渐缩小。

英美法庭的交叉询问，最早就是由学者介绍到国内的。《美国联邦证据规则》涉及交叉询问制度的只有一条——第611条，内容很简单，通过学者对其进行详细解读，我们知道了直接询问（direct-examination）和交叉询问（cross-examination），知道了交叉询问是盘诘性询问，具有攻击或反驳性质，知道了直接询问禁止诱导性询问。

但是，交叉询问在实务如何操作，如何运用，我们则知之甚少。例如，英美法庭上控辩双方如何设计问题，如何进行交叉询问，如何运用开放式问题和封闭式问题，如何在法庭上控制证人，如何在询问过程中探索攻击点，如何通过询问来影响陪审团和法官，如何降低或增强被询问人的可信度，如何对法官的偏袒态度提出异议，如何对诱导性询问提出异议……

作为法律实务人士，我们更想对交叉询问“知其然”并希望汲取其精华。但是，学者著作中没有答案。我们体味英美法庭交叉询问的精彩，多源自英美法律影视作品，影片中一句句掷地有声的“我反对”，让人激动不已。不过，影视作品更多的是欣赏，法律人士很难从中挖掘法庭实战中蕴藏的技能和技巧，也很难了解控辩双方在法庭询问时的分寸拿捏。

我国法律没有明确规定交叉询问。2012 年《刑事诉讼法》第 189 条和《最高人民法院关于适用〈中华人民共和国刑事诉讼法〉的解释》第 212 条中的“对方也可以发问”，可以理解为有关交叉询问的规定，只是规定得过于笼统。《刑事诉讼法》中没有对发问进行细致规定，反而在文字上分门别类，一个“问”用了三个词：“讯问”“询问”“发问”，好似有意强调控辩双方地位的不平等，流露出一点点有罪推定的思想残余。

2012 年《刑事诉讼法》对证人出庭部分做了修订，但证人出庭率并没有大幅度提升。有一个问题我们无法回避：假如证人出庭，我们的控方和辩方能不能对证人展开有序询问？我们能否引导出庭证人说出真相？

英美法系国家中，交叉询问的对象包括被告人、证人、被害人、鉴定人、勘验人和警察，控辩双方平等适用询问规则和程序。控辩双方从各自角度对证人进行询问，通过询问引导或质疑证人，影响法庭对事实的认定。在我国，证人绝大多数不出庭，公诉人出示其庭前询问笔录或证言，导致交叉询问无法进行。

在实践中，对被告人讯问发问环节，有时只是走过场，草草应付。法庭上有时会出现下列情形：公诉人准备了详细的讯问提纲，但是问题缺乏内在逻辑，缺乏灵活应变，被告人回答一偏离预测答案，公诉人便阵脚大乱。

辩护人发问时，本应查漏补缺，通过向被告人提问，让其说出有利于己方的回答，或者通过变换发问角度，把被公诉人“带”走的被告人重新拖回己方阵营中。但是在这一环节，辩护人普遍应对不力，或因重复问题而被法庭制止，或因问题冗长让被告人难回答，或因角度不当误导了被告人，或因问题太长让被告人顾此失彼……

总之，在讯问发问环节，我们缺乏经验，我们不会发问。

之前参加一个讲座，美国司法部驻北京美国使馆法律顾问 Steve Kwok（郭子俊）向中国律师介绍美国法庭中的交叉询问，用了四个小时介绍自己的庭审经验，回答了来自中国律师提出的问题。Steve Kwok 最后做了一个比喻：交叉询问就像跳舞一样，很难说清楚说明白，但是我带你跳一曲你就明白了，我带你跳几年，你就学会了。

Steve Kwok 说，交叉询问考验的不是检察官和律师的口才，法科学生热衷的辩论赛对此作用也不大。掌握它需要通过师傅带徒弟的方式一点一点传授，需要日积月累的历练。在法庭上，询问对象对询问人发难或语言攻击，询问人应怎么应对？ Steve Kwok 回答，此时不能生气，不要因此转移话题，而要语气平和，重复一遍问题，告诉他：“现在是我向你提问，请你向法庭回答。”当被询问人的回答暴露矛盾时，询问人不能见好就收，要将这个问题继续拆分成多个小问题，让矛盾暴露得更加充分。法庭上，一方如果频繁使用“我抗议”“我反对”，会给法官留下不好的印象，影响裁判结果。

虽然不同国家存在历史文化、传统习惯、诉讼制度规则方面的差异，但各国刑事法庭有一个目标基本一致：那就是探求真相。在法庭上，控辩双方通过运用证据发现真相，通过询问证人（包含被指控人）或交叉询问寻找事实，这是各国刑事法庭永无止境的追求。

英美判例法遵循先例，注重经验传承。相比之下，我国律师行业起步较晚，积累的经验尚浅，依然处于探索中。“他山之石，可以攻玉”，美国交叉询问的经验，我们也完全可以借鉴吸取。

律师取证，你的能量超出你的想象

几年前，我曾代理一故意伤害案，通过会见、阅卷发现卷中缺少几名关键证人证言。于是，我逐一和证人联系，证人甲拒绝和律师见面，证人乙因健康状况不便打扰，只有证人丙愿意到律所“和律师聊聊”。

进行了充分准备后，我和搭档邀请证人丙来到律所。谈话持续一个小时，我们获知案发时诸多具体情节，这些情节恰恰就是控方证据中缺失的。谈话的同时，我们制作了笔录。这份笔录交到法院后发挥了巨大的作用，真相得以还原，法院客观全面地认定了事实，最终作出了有利于被告人的判决。

调查取证是有效辩护的重要保障

证据是诉讼的基础。证据裁判原则要求法院必须根据证据认定案件事实。刑事诉讼中，尽管法律规定了控方负有证明被告人有罪的举证责任，辩方没有自证清白的义务。但是，辩方行使辩护权时，可以通过调查取证，运用证据来论证辩护意见，这种方法非常有力，此辩护也被称为积极辩护。

调查取证也是辩护律师进行有效辩护的前提和重要保障。辩护律师享有法律赋予的调查取证权。2012年《刑事诉讼法》第41条规定，辩护律师经证人或者其他有关单位和个人同意，可以向他们收集与本案有关的材料。辩护律师自侦查阶段就有权收集证据。

但是，实践中多数刑事律师擅长消极辩护，即用子之矛攻子之盾。先是努力寻找控方证据的漏洞，将之放大到法庭，在质证中质疑其合法性，运用逻辑法则、经验法则质疑其真实性、关联性，降低其证明力，继而摧毁控方搭建的证据体系。消极辩护是一种很常见也很有效的方法，在这方面，律师积累了丰富的经验。但是，律师通过调查取证进行积极辩护的概率并不高，甚至有刑事律师宣称“我从来不取证”。积极辩护和消极辩护，是辩护律师行使防御权的两把武器，为什么律师厚此薄彼，弃调查取证而不用呢？

刑事律师为何排斥调查取证？

一、取证被拒绝

正如我所遇到的证人甲，干脆利落地直接回绝律师，并将律师电话屏蔽以阻断联系。现阶段，公民意识普遍缺乏，“事不关己，高高挂起”依然被人们奉为处世金律。法律虽然规定了律师可以向有关单位和个人取证，但是律师调查取证的前提是得到证人同意，如其不同意，律师只能作罢。

相比而言，证人能够拒绝律师，却必须接受侦查、司法人员的调查取证。这是因为侦查、司法人员的背后有公权力支撑，违反之要承担法律责任，而律师是私权利的代表，不具强制性，取证时被证人拒绝当然不足为奇了。

二、取证有执业风险

《刑法》第306条规定了辩护人、诉讼代理人毁灭证据、伪造证据、妨害作证罪。这个罪名就像悬在律师头上的达摩克利斯之剑，随时都可能断送律师的执业生涯。过去十几年，有律师因这个罪名被立案侦查、采取强制措施，甚至被定罪。所以，律师为降低法律风险，留得青山在，尽量避免调查取证。

三、取证有成本

律师提供专业法律服务。服务就会有成本，尤其是时间成本。律师调查取证首先要制订方案，再根据证人选定的时间和地点来安排，这些都需要时间、人力成本。而且，调查收集的证据未必都有用，如果证据与辩护方案无关联，则为无效取证，徒增成本。取证需要时间，有些案件，辩护人往往在开庭前几天才接受委托或指派，根本就没有取证时间。

四、取证要具备经验和技巧

调查取证是个高难度的技术活儿。如何设计问题，如何提出问题，如何引导而不是诱导证人进行回答，如何迅速归纳要点准确记录，如何制作形式规范的笔录……都需要经验和技巧。

但是，长期以来，律师很少去调查取证，缺少练习机会和经验的积累，很多年轻律师不会取证，也不会做笔录。

律师调查收集的证据

我们可以把刑事法庭比喻为战场，处于防御地位的辩方与处于进攻地位的控方之间就证据、事实、法律开启了一场势不两立的战争，最后由居中裁判的法官定胜负。

两军对垒，如果辩方手中的武器充足、装备精良，则取胜把握更大。辩护律师如果手中多备几把“证据武器”，辩护时就可以左右出击，一边摧毁控方证据体系，一边运用证据重塑案件事实，边破边立而取得战争的胜利。

辩护律师调查收集的证据，根据内容可分为四种类型：

一、《刑事诉讼法》规定的三类证据

包括犯罪嫌疑人不在犯罪现场、未达到刑事责任年龄、属于依法不负刑事责任的精神病人的证据。对于这类证据，法律赋予律师告知义务，旨在维护被追诉人的权益，辩护律师应当积极收集并及时告知公安机关、检察院。

这些证据关系罪与非罪，本身证明力较强，多数为客观证据，能够帮助侦查、司法人员拓展视野，看到案件事实的另一面。

二、向被害人或其近亲属、被害人提供的证人取证

这类证据要经过检察院、法院许可及被取证人同意方能进行。对于这类证据，辩护律师取证时务必慎重。如果案卷中已有被害人陈述等证据，能够起到一定证明作用，尽量不要取证：一是避免造成被害人的二次伤害；二是作为辩方，与被害人地位对立，接触不当有可能进一步激化矛盾。对于某些和解案件，比如强奸案，律师尽量不要和被害人直接接触。

三、量刑方面证据

这类证据相对较温和，在法庭上容易与控方“求同”，也容易被法庭接受。量刑方面的证据，一般是在做罪轻辩护情况下所提交的，控辩双方对定罪无异议，围绕量刑展开，对抗性较弱。这类证据，在取证过程中难度较小。

笔者在代理一职务犯罪案件时，专程到电信公司收集了被告人的手机通话记录，证明案发后侦查人员打电话给被告人，之后结合检察机关案卷中的笔录，向法庭提出被告人具备自首情节，最终法庭予以认定。

四、事实认定方面证据

这类证据对抗性极强，收集调取难度较大，其目的在于推翻或降低控方指控事实，消解控方证据。此类证据多涉及案件事实，有时直指无罪事实。在法庭上，控方会猛烈攻击这类证据，有时甚至殃及池鱼、迁怒于律师。

就事实部分，同一证人向控方陈述一个版本，向辩护律师陈述另一个版本。孰真孰假？证人证言发生变化，其原因究竟是还原真相，还是受外力影响？这时候，控方以及法庭对其自然产生怀疑，律师风险也随之而来。收集言词证据，律师需谨慎。对于可能改变证言的证人，律师如果对其证言真实性存疑，可直接申请证人出庭作证，在法庭上通过交叉询问让证人如实陈述。

律师取证注意事项

律师进行调查取证，要在法律允许范围内进行，对证据形式、取证程序、取证人资格、视听资料留存等都要有充分考虑。

实物证据客观性强，有时候能够“四两拨千斤”，起到关键作用。如果向单位调查取证，律师需提前备好专业介绍信，持律师证及律师证复印件前往，最好两名律师一同前往。对于书证复制件，要加盖单位公章并注明与原件一致。收集物证，要有物品清单，并经双方签字确认，然后封存，同时录像备存。证人证言属言词证据，主观性强，易发生变化。律师向证人取证需要格外谨慎细致，确保取证规范，形式合法，防范执业风险。

一、提前做准备

辩护律师在通过阅卷、会见等掌握案件全部信息的基础上，先考虑有无必要进行调查取证。向证人表达取证意愿及约定见面时间时，要表达出真诚与善意，会见地点尽量安排在律师事务所。提前制作询问提纲，以保证询问的连贯和内在逻辑性，防止遗漏重要问题。

二、取证最好安排两名律师

和证人沟通、交流需要一定的社会经验和技巧，必须在极短时间取得证人的信任，引导其打开“话匣子”。两名律师参与能够互相帮衬，也是一种执业保障。如果证人是女士，最好有女律师参与，融洽谈话气氛。谈话时首先表明身份，主动将律师证交予证人核实，注意礼貌用语和语气。

三、直接表明取证意图，尊重证人的抉择

正式谈话前，首先进行自我介绍，然后直接告知取证目的和法律相关规定。谈话开始，先核实证人身份，询问其自然状况等，复印留存其身份证。针对案件，先问开放性问题，让证人全面陈述其了解的情况，再有针对性地提出问题。谈话的同时要制作笔录，笔录制作并非如速录师一样悉数收录，而是记录要点，将一些无效、无用信息过滤掉。制作笔录，最好由熟悉案情、有一定执业经验的律师完成。

四、将笔录交由证人核实后签名摁指印

证人可以选择自书方式，也可以选择一问一答的笔录方式。两种方式各有利弊：前者容易挂一漏万，证人洋洋千言却不是律师想要的；后者针对性强，但是律师的提问是笔录一部分，很容易产生诱导之嫌。不过，有经验的律师最好选择后者，注意所提问题要客观，不存在诱导、威胁、恐吓。笔录打印出来，请证人核实，确认无误后签字摁指印。签字要用钢笔或签字笔。

五、必要时全程同步录音录像或请公证人员现场公证

对于重要证人或者有翻证倾向的证人，律师要提前防范风险。取证时尽量不和证人单独接触，保证两名律师同时在场。如果条件允许，最好全程录音录像或请公证人员进行现场公证。

律师取证不在多而在于精。调查取证是基础，运用证据是对律师才智的考验。取证是辩护工作的一部分，要围绕辩护目标和整体方案进行。实践中存在仅凭一份证据导致案情反转的实例，比如一份证明被告人犯罪时不满十四岁的原始户籍档案。但是更多时候，律师难以通过一份或几份证据就能达到“一招制敌”之效，要善于综合使用辩方证据与控方证据，将其整合成一个微型证据体系，来证明自己的辩护意见。

刑事辩护的魅力在于激烈对抗，胜利是律师全力追求的目标。律师如果能在调查取证方面投入更多一些，距离胜利就更近了一步。在调查取证方面，律师完全可以做得更好，可以用智慧防范风险，用法律规范取证流程，用高科技固定证据，之后综合运用这些证据，以实现有效辩护，取得最佳的辩护结果。

律师庭前辩护金律十条①

此次论坛，我们探讨了中德两国刑事诉讼法的基本原则。在司法实践中两国面临的问题也有诸多相似之处。

中德刑事诉讼法都努力在秩序和自由方面寻找平衡，实现权利和权力的平衡，实现正当程序和实质真实之间的平衡，实现社会秩序和人权保障之间的平衡。

如果以开庭为结点，辩护可以分为庭前辩护和庭审中辩护。

古谚：凡事预则立不预则废。律师充分细致的辩护工作，是法庭上有效辩护、取得良好辩护结果的基础。在庭前阶段，辩护内容有：

一、会见和通信

2012 年《刑事诉讼法》修订后，辩护律师到看守所会见犯罪嫌疑人、被告人比较容易，看守所基本都能提供便利，保障律师行使会见权，困扰律师数年的“会见难”基本得以解决。

辩护律师持律师执业证、律师事务所证明和委托书或者法律援助公函就可以同在押犯罪嫌疑人会见，可以了解案件情况，提供法律咨询，也可以与犯罪嫌疑人通信。对于“三类”案件——危害国家安全

---

① 2016 年 4 月，中德刑事律师在北京进行了为期一周的业务交流，包括六个专题，本文节选自作者在论坛中的发言。

犯罪、恐怖活动犯罪、特别重大贿赂犯罪案件，辩护律师需要经侦查机关许可后才能会见。

律师第一次会见至关重要，一可确立委托关系的成立；二可建立律师和委托人之间的信任。这是辩护的基础，也为律师和委托人友好合作奠定了基石。

二、调查取证和申请调取证据

辩护律师有调查取证权，可以向证人或者有关单位收集与案件有关的证据材料。实践中，辩护律师调查取证较少，而申请司法机关调取证据比较常见。主要原因有：全面收集证据原则，使侦查机关同时收集了有利于犯罪嫌疑人的证据；取证对象不配合，律师调查取证阻力大，困难多；律师调查取证存在法律风险。

法律规定，辩护律师所收集的犯罪嫌疑人不在犯罪现场、未达到刑事责任年龄、是精神病人的证据，应当及时通知侦查机关。

三、查阅、摘抄、复制案卷材料

从审查起诉阶段开始，辩护律师便有权查阅、摘抄、复制案卷材料。通过查阅案卷，辩护律师知晓控方证据，之后可与被告人核实。

辩护律师对案卷证据进行全面研究，为法庭上质疑证据做准备：对于合法性存疑的证据研究确定是否申请排除；对于鉴定意见考虑是否需要申请重新鉴定；针对证人证言、被害人陈述，研究确定是否申请证人出庭。

四、申请变更强制措施

犯罪嫌疑人、被告人被拘留或逮捕的，辩护律师可以申请变更强制措施，变更为对人身自由限制较轻的强制措施。强制措施法定期限届满的，辩护律师有权要求解除强制措施。

2012 年《刑事诉讼法》对强制措施的有关条文做了较大的修改，

还增加了羁押必要性审查，律师可以在犯罪嫌疑人被捕后，申请检察院启动羁押必要性审查。修法目的是限制拘留、逮捕等剥夺人身自由强制措施的使用，降低审前羁押率。

但是，修改后的《刑事诉讼法》实施几年，审前羁押率依然居高不下。

五、申诉和控告

对于侦查，司法机关及其工作人员有违反《刑事诉讼法》规定，侵犯犯罪嫌疑人权利的行为的，辩护律师有权提出申诉或者控告。

对于申诉或者控告，受理机关应当及时处理，辩护律师对处理结果不服的，可以向同级或上一级人民检察院申诉或者控告。

六、提出律师意见

律师的工作可以分为两类：一是提出以变更强制措施、调取证据、证人出庭等为内容的申请；二是向特定的机关和人员阐述自己的意见，从而实现辩护目标。

1. 批准逮捕（简称批捕）环节。人民检察院在审查批捕期间，辩护律师可以向检察院表达犯罪嫌疑人不应被逮捕的意见。此时，一个由检察院、侦查机关和律师组成的三角形结构形成。律师和侦查机关就是否逮捕形成对抗，检察院处于中立地位，兼听两方意见，然后作出批捕或不予批捕的决定。

2. 在侦查终结前，辩护律师可以就案件向侦查机关提出书面律师意见，阐述犯罪嫌疑人无罪、罪轻的意见，也可以要求侦查机关当面听取律师意见。

3. 在审查起诉阶段，辩护律师可以向检察人员当面陈述意见，也可以呈交书面意见。这对于检察院全面掌握案情，准确定性，作出正确决定，有极大的帮助。

不过，对于辩护律师而言，是否将自己的全部辩护意见悉数告诉检察人员，是个非常纠结的选择。因为，一方面，辩护律师面对的检察官可能就是未来法庭上的公诉人，如果将意见悉数抛出，就会让检察官提前知晓己方意见从而有所防范，这显然不利于律师在法庭上的有力抗辩。可是，另一方面，辩护律师期盼检察机关能够作出不起诉决定，早日终结诉讼，这就需要全力去说服检察官。这里的分寸，律师需要拿捏得当。

七、申请证人、鉴定人、有专门知识的人出庭

开庭前，辩护律师对证人证言有异议且认为该证人证言对案件定罪量刑有重大影响的，便可以向法院申请通知该证人出庭作证。辩护律师对鉴定意见有异议的，也可以申请鉴定人出庭作证。辩护律师对于鉴定意见涉及的专业问题，可以申请法庭通知有专门知识的人（专家辅助人）出庭，就鉴定意见提出意见。

八、参加庭前会议

有些案件，法院在开庭前，会组织控辩双方召开庭前会议，辩护律师可以在庭前会议中，对回避、出庭证人名单、非法证据排除等与审判程序有关的问题，发表律师意见。

九、制作法律文书，完善庭审方案

针对法庭审理，辩护律师要和被告人进行沟通，确定辩护方向。律师要研究证据，研究法律规定，寻找辩点，制作全面的庭审方案。具体内容如下：

1. 针对被告人、证人、鉴定人等出庭人员制作发问提纲；

2. 针对控方证据制作质证意见；

3. 梳理己方证据并向法庭说明证明内容；

4. 制作辩论提纲。

发问提纲、质证提纲、辩论提纲，不是为了在法庭上照本宣科，而是在法庭上给律师提示，帮助律师应对庭审中的情况。辩护意见是律师在法庭辩论时全面陈述的观点和理由，可提前准备提纲，结合法庭调查情况在法庭上进行修改、补充。

辩护律师要实现预期的辩护目的，取得较好的庭审效果，必须提前进行详细、细致的准备，将案件证据、事实牢记在心，提前制订几套方案以备庭上灵活使用，同时对控方的观点和出庭方案进行预测，制订应对方案。

十、对被告人进行程序辅导

辩护律师在开庭前会见被告人时，一般都会对被告人进行程序方面的辅导，告诉被告人庭审程序步骤、法庭布局，提醒其情绪控制、语言表达注意事项、着装注意事项，等等。这对于被告人而言，能够消除其紧张情绪，从而从容出庭。

辩护律师在庭前数次会见中，要和被告人充分沟通，交换意见，培养一定的默契度，这有助于律师和被告人在法庭上配合默契，遇到突发状况，能够互相呼应，共同面对。

以上所述乃庭前辩护的基本工作，但并不能涵盖全部。正如世界上没有一模一样的两片叶子，世界上也没有完全相同的两个刑事案件。对每一个案件，辩护律师都需要认真研究，有针对性地制订辩护方案。

以审判为中心的诉讼制度改革下，刑事辩护的重心应以法庭为中心，要在法庭上和控方形成对抗，通过有效辩护来实现辩护目标。

庭前准备是实现有效辩护的基础和前提，辩护律师在庭前阶段要对全部证据了然于胸，全面预测控方观点，研究案件涉及的实体法和程序法，精心制作数套辩护方案，提前了解证人、鉴定人的背景、特点。这些工作烦琐艰巨，但又富有挑战性，使律师对未来的庭审倍感压力而又充满期待。这，正是刑事辩护的魅力所在。

批捕、扣押财产中的程序性辩护[①]

2012年《刑事诉讼法》规定了羁押必要性审查、非法证据排除等制度，为程序性辩护确立了基本框架。律师的辩护空间，从实体性辩护逐渐扩展到程序性辩护，在辩护策略运用上，律师将实体性辩护与程序性辩护有机结合，灵活运用，以实现辩护目的。

实体性辩护和程序性辩护

实体性辩护和程序性辩护如“车之两轮，鸟之两翼，彼此互不可分”。

程序性辩护是一种“程序合法意义上的辩护”，旨在通过申请法庭对程序违法行为进行司法审查，要求法庭排除非法证据或者宣告某一诉讼行为无效。程序性辩护中，辩护方“挑战”控方程序性中的违法取证行为，具有积极防御特征。

程序性辩护是正当程序原则的体现，被称为“最好的辩护”，许多国家刑事制度中都有规定。例如美国的米兰达规则，它保障了宪法赋予公民的不被强迫自证其罪和有权获得律师辩护的权利，律师以此

① 本文系作者2017年7月在赤峰举办的“中德刑事律师论坛”中的主题发言内容。

规则为切入点进行程序辩护，往往能起到“反转作用”。被称为“世纪审判”的辛普森案就是程序性辩护的经典案例。大陆法系也有相关制度保证诉讼程序的正当性，比如《德国刑事诉讼法》136a条规定了证据禁止制度，禁止使用某些手段收集或使用证据。

批捕阶段之程序性辩护

2012年《刑事诉讼法》第86条规定，人民检察院审查批准逮捕，可以听取辩护律师的意见，辩护律师提出要求的，应当听取辩护律师的意见。

但是，在司法实践中，辩护律师在审查批捕阶段向检察机关提出不应批捕的证据和意见，实际作用和效果并不显著。律师提出意见后，往往石沉大海，没有反馈，也不被采纳。为什么？

原因一，在这一阶段，律师不能阅卷，不知道侦查机关报请批捕的证据材料，律师进行辩护的案件信息仅仅来自当事人一方，所掌握的案件信息是片面的、不完整的。信息掌握的不完整，造成律师发表的意见不全面。

原因二，律师不能有针对性地对侦查机关的证据、事实进行有力反驳。只有立，没有破。

原因三，检察机关批捕程序呈封闭、不公开状态。

原因四，对检察院作出的不批准逮捕的决定，辩护律师缺乏救济途径。2012年《刑事诉讼法》第90条只规定了公安机关对检察院不批准逮捕的决定，可以向上一级人民检察院提请复核，却没有规定犯罪嫌疑人及辩护律师的救济途径。立法过于原则化，缺乏操作细节，以至于影响了程序性辩护的功能实现。

可喜的是，近几年，很多地方检察院推行批捕听证会听证制度，把封闭的批捕程序大门打开，以听证会形式，让各方主体参与进来，充分表达意见并辩论，检察机关全面了解各方意见、理由后，作出的决定更为客观。

这些批捕听证会，一般都有辩护律师参与，辩护律师在庭审中积累的对抗经验和说服裁判者的能力在听证会上得以发挥。听证会程序案件不批捕率较高，例如2015年南京虐童案，检察机关邀请侦查人员、辩护律师以及社会人士等18人公开举行了听证会，各方围绕着“有没有逮捕必要”发表各自意见，检察机关最终作出了不批准逮捕的决定。

批捕听证会制度下，辩护律师参与其中，这样就有了较大的辩护空间：一方面与侦查人员直接对抗，反驳其意见，削弱和降低批捕的可能性；另一方面，辩护律师可向检察官提交犯罪嫌疑人不应或不宜被羁押的证据，阐述其不具有社会危险性、没有逮捕必要性的意见，说服检察官不批准逮捕。

听证会程序，构成一个“等腰三角形”结构，检察官是三角形的顶角，辩护律师及犯罪嫌疑人和侦查人员是三角形两个底角。与法庭控辩审三角形结构类似，批捕阶段的听证会程序架构，有利于检察院兼听则明，作出公正、无偏倚的决定。

公开的听证会程序在形式上改变了过去以书面审查为主、行政审批决定逮捕的做法，但是与司法审查的本质要求还有差距。有一个法律问题依然没有解决，就是辩护律师不能阅卷，不能知悉侦查机关提请批捕的证据材料。律师不能有针对性地质疑侦查机关有罪、罪重的证据，和侦查人员的辩论也不能建立在“知己知彼”的基础上。

因此，批捕听证会制度，应当在程度上进一步向辩护律师公开，允许辩护律师阅卷，全面了解侦查机关的案卷材料和证据。只有这样，辩护律师才能发挥作用，促使检察机关作出正确决定，维护当事人合法权益，降低审前羁押率。

羁押必要性审查中的程序性辩护

2012 年《刑事诉讼法》第 93 条规定了逮捕后的必要性审查。辩护律师在犯罪嫌疑人被捕后，可以申请检察院对羁押必要性进行审查。辩护律师可以提交犯罪嫌疑人没有社会危险性、没有羁押必要的证据，比如身体患有疾病、历史表现良好、近亲属需要照顾等证据，继续阐述没有羁押必要的理由，建议释放或者变更强制措施。在这一程序中，辩护律师要进一步说服检察官不再使用逮捕措施。

但是，羁押必要性审查程序系封闭、不公开程序，是检察院自我纠错的程序，辩护律师提出的申请，很难引起检察机关的重视并且再次审视已经作出并执行的逮捕决定。

羁押必要性审查程序有必要向辩护律师敞开大门，让辩护律师充分地、全面地阐述律师意见，真正参与进来，发挥更大的作用。在立法层面，应当完善救济途径，从根本上改变检察机关自我纠错的弊端，改变纠错主体，改由第三方（由上级检察院或者同级法院）进行羁押必要性审查，方能避免利益冲突。

查封扣押财产过程中的程序性辩护

2012 年《刑事诉讼法》第 139 条至第 143 条规定了查封、扣押物证、书证，其中第 142 条是关于检察院、公安机关查封、冻结财产的规定。

公民财产权属公民的基本权利。对公民财产进行查封、冻结，应当依程序严格进行，防止因操作不当而对公民财产造成侵犯。

辩护律师可以在维护当事人财产权利方面发挥作用，在查封、扣押、冻结财产程序中，对侦查人员违法查封、扣押、冻结行为进行挑战，这也属于程序性辩护范畴。

2012 年《刑事诉讼法》第 142 条规定“人民检察院、公安机关根据侦查犯罪的需要，可以依照规定查询、冻结犯罪嫌疑人的存款、汇款、债券、股票、基金份额等财产”。在我国，对犯罪嫌疑人的财产进行查封、扣押、冻结，不是由中立的法院审查决定，而是由侦查机关自行决定。侦查机关自行决定并自己执行，缺乏中立第三方的监督，容易发生权力滥用或不当使用，侵犯公民财产权。

2012 年《刑事诉讼法》第 140 条规定在场见证人制度，也仅具有形式上的意义，很难对侦查人员的非法或不当查封、扣押行为起到约束或制约作用，甚至一些案件中没有安排见证人。司法实务中，还存在查封、扣押清单非当场制作，而是事后补录的情形。另外，在查封扣押财产中，涉及案外人财产，侦查人员有时候不加以区分，而是一并扣押，侵犯了案外人的财产权。

要从根本上解决这些问题，可以考虑以下几方面：一是由法院或者其他中立第三方行使扣押、冻结财产的决定权，这需要修改《刑事诉讼法》；二是允许辩护律师介入查封、扣押、冻结程序中；三是设置救济途径，当事人及其辩护律师对非法扣押、冻结、查封行为，有权申请纠正。

辩护律师参与到查封、扣押程序中来，目前并没有法律障碍。公安机关、检察院可以借鉴检察机关推行的批捕听证会制度，侦查人员查封、扣押、冻结财产、文件时，可通知律师到场，全程了解扣押、查封情况，同时监督侦查行为。

律师在场，能够打破侦查机关查封、扣押行为的封闭状态，对侦查人员的非法或不当查封、扣押行为起到遏制、制约作用。律师全程跟踪查封扣押程序，可以掌握情况，为之后申诉、控告以及申请排除非法证据做准备。

律师在查封扣押现场，可以协助犯罪嫌疑人清点财产、梳理案外人财产，防止财产纠纷。如果侦查人员扣押、冻结与案件无关的财产，律师可以提出异议，申请退还。对于侦查人员非法、不当的扣押、冻结行为，律师可申诉和控告。

律师进行程序性辩护，可以分为两个阶段：审前阶段和审判阶段。审前阶段，律师要尽可能多地了解情况，发现程序违法行为存在，以申诉、控告等方式质疑侦查行为合法性问题，及时“止损”。审判阶段，律师根据法律申请排除非法证据，申请警察出庭等，对侦查不当行为进行“挑战”。

认罪认罚从宽制度中的刑事辩护

2016年7月22日，中央全面深化改革领导小组第二十六次会议审议通过了《关于认罪认罚从宽制度改革试点方案》。2016年9月3日，全国人大常委会通过了《关于授权最高人民法院、最高人民检察院在部分地区开展刑事案件认罪认罚从宽制度试点工作的决定》。北京是18个试点城市之一。

经过一段时间的试点工作，该制度取得显著效果，诉讼效率提高，上诉率降低，司法成本降低。不过，试点工作中也暴露出一些问题，我们有必要梳理一下，探寻原因。

一、认罪自愿性

认罪认罚从宽制度适用于“对犯罪嫌疑人、刑事被告人自愿如实供述自己的罪行，对指控的犯罪事实没有异议，同意人民检察院量刑建议并签署具结书的案件”。该制度的前提是犯罪嫌疑人、被告人的认罪自愿性。

犯罪嫌疑人、被告人一旦选择认罪，其与侦查、检察机关之间的对立、对抗关系就变成合作关系。在合作氛围下，侦查机关获得有罪供述变得容易，公诉机关诉讼证明压力降低，法院庭审效率提高，案多人少的矛盾得到缓解，司法人员工作负担降低、成就感提升。案件繁简分流使得诉讼资源重新配置，诉讼成本降低，国家投入减少。

这项制度带来的“益处”显而易见，侦查、司法机关持积极态度。此时，犯罪嫌疑人的权利保障尤为重要。

在认罪认罚从宽制度中，犯罪嫌疑人、被告人依然处于弱势地位，侦查、检察机关及其人员对该制度的内心驱动力，使犯罪嫌疑人、被告人权利依然容易受到侵犯。现代刑事诉讼构造以保障人权为目的，为侦查、司法行为设置重重障碍，为侦查权、司法权戴上锁链，限制公权力之恣意。因此，在认罪认罚从宽程序中，尊重和保障犯罪嫌疑人、被告人的权利，依然是其基本任务。

尤其是侦查阶段，犯罪嫌疑人的口供不仅本身就是证据，还可能包含其他证据线索。犯罪嫌疑人口供所蕴含的侦查价值决定了其受到强迫、威胁、利诱等外力压力的可能性增大。外力作用下，犯罪嫌疑人可能非自愿认罪。这种非自愿认罪，可能延伸到后期的起诉、审判阶段。

二、辩护律师的有效参与是保障犯罪嫌疑人认罪自愿性的基础

自愿认罪，是需要一定前提条件的。犯罪嫌疑人、被告人只有掌握全面案件信息、正确理解法律、知晓法律风险和后果，才能在权衡利弊后作出认罪或不认罪的决定。

但是诉讼中，犯罪嫌疑人人身自由一般受到限制，不知案件证据事实、对法律了解有限等都制约着其认罪与否的选择。

辩护律师参与到认罪认罚程序中来，则能弥补犯罪嫌疑人、被告人的先天不足。辩护律师作为法律专业人士，熟悉法律，依法享有会见权、阅卷权、调查取证权、调取证据申请权等权利，有丰富的法律经验。辩护律师通过阅卷知道案件证据、事实，在会见中为犯罪嫌疑人解读法律、核实证据，进行专业分析。

犯罪嫌疑人在辩护律师的帮助下，对案件性质及后果有了清晰的认识，继而能够明明白白地自愿选择认罪或者不认罪。

认罪认罚从宽制度简化了部分程序，这也意味着犯罪嫌疑人、被告人权利保障程序的“缩水”。这缩掉的一部分由辩护律师进行弥补，才能保持诉讼平衡。

三、辩护律师如何参与认罪认罚从宽制度

美国辩诉交易制度与德国认罪协商制度中都要求律师参与协商。

我国认罪认罚从宽制度，同样需要律师的实质有效参与，应制定配套制度来保障。具体而言：

1. 强制辩护制。认罪认罚从宽案件，都应有辩护律师参与，发挥监督和救济作用，防止公权力滥用。辩护律师可以由当事人及其家属委托，也可以由法律援助机构指定。

2. 律师在场制度。侦查、司法人员讯问犯罪嫌疑人时，辩护律师应当全程在场，可防止讯问中胁迫、威胁、刑讯等非法取供行为的发生。

需要注意的是，在侦查阶段，讯问犯罪嫌疑人一定要有律师在场。第一次讯问时，可以是值班律师在场。

3. 辩护律师参与量刑协商。辩护律师以辩护人身份参与到认罪认罚从宽程序中，享有辩护人的权利：阅卷、会见、调查取证、强制措施变更申请、申请调取证据、表达律师意见，等等。

量刑协商，本身蕴含着平等协商之义。如果没有辩护律师的参与，犯罪嫌疑人与检察机关之间“力量悬殊”“武装不平等”，不存在协商基础。量刑协商环节，辩护律师应当发挥专业优势，实质参与协商，与检察机关“讨价还价”。辩护律师在协商中还可以发挥桥梁、中介作用，促进协商成功。

4. 签署《认罪认罚具结书》权利。犯罪嫌疑人与检察机关签署《认罪认罚具结书》，辩护律师不能仅仅是现场见证，作为程序参与者，辩护律师也应在《认罪认罚具结书》上签署名字。

5. 辩护律师撤销权。应赋予辩护律师撤销认罪、撤销《认罪认罚具结书》的权利。这项权利系犯罪嫌疑人撤销权的衍生权利。辩护律师经犯罪嫌疑人委托或同意，有权直接撤回犯罪嫌疑人认罪供述和《认罪认罚具结书》。

辩护律师的撤销行为，产生如下法律后果：一是认罪程序转为普通程序；二是犯罪嫌疑人之前的认罪供述应排除，不得据此作出对其不利的裁判。

6. 参与庭审辩护权利。庭审是诉讼中心，辩护律师应当参与庭审。这也契合了我国正在进行的庭审实质化司法改革的要求。

四、辩护律师与值班律师

在试点城市，参与认罪认罚从宽程序的律师有两类：值班律师和委托律师。值班律师是法援中心派遣到看守所、法院的援助律师，其参与的认罪认罚案件所占比例非常大。在这类案件中，值班律师工作内容：一是法律咨询，解答来自犯罪嫌疑人的法律问题；二是在场见证签署具结书。值班律师解答法律咨询，仅仅是泛泛解答，因其没有阅卷，不知案件证据与事实。值班律师见证签署具结书，起的仅仅是“在场人”的形式作用而已。

《人民日报》报道了北京市海淀区一盗窃案，从犯罪嫌疑人归案到宣判一共用时 42 小时。在该案中，值班律师在场见证犯罪嫌疑人签署具结书。

值班律师与辩护律师不同，不能替代辩护律师，客观上也不能发挥辩护律师的作用。在试点中，甚至出现值班律师成为检察官的说客，积极说服犯罪嫌疑人认罪，促成签署具结书的现象。这与律师的职业伦理相悖。

值班律师的参与，让犯罪嫌疑人貌似有了律师，于是，便不再委托辩护人。对于我国辩护率极低的客观现实而言，这无疑是雪上加霜。值班律师的出现在客观上挤占了辩护律师的工作机会和空间，挫伤了律师参与刑辩的积极性。缺乏辩护律师的有效参与的认罪认罚程序，损害的不仅是犯罪嫌疑人的合法权益，还可能造成冤错案件，最终影响的是司法公正。

认罪认罚从宽制度，应当让辩护律师参与进来，发挥辩护人的作用。对于值班律师，可以借鉴日本值班律师制度，让其发挥犯罪嫌疑人第一次讯问时在场的作用即可。

公正、效率是刑事诉讼的两大价值，二者顺序必须公正在先，不能为了效率而忽略公正。认罪认罚从宽制度，要平衡打击犯罪和保障人权的关系，在程序简化的情况下，更需要尊重和保障被追诉人的权利。

制度试点，允许试对，也允许试错。试点城市所暴露的问题，对进一步完善认罪认罚从宽制度是好事，我们应当剖析这些问题，研究探讨解决之道。

新知篇

熟读深思子自知

听田文昌谈律师

杨大民律师在一年时间里，闭门谢客，专心编辑一册有关田文昌老师的书，内容特别厚重。我一直心怀期盼，直到金秋时节收到这本《田文昌谈律师》。这本书三十多万字，分设“何为律师”“律师何为”“律师与刑辩”“律师业”“先贤与后辈”“造梦工厂”“业务杂谈”七个板块，汇集了田老师二十多年来发表的以律师为内容的49篇文章。

书中最早的一篇是1994年载于《市场法制导刊》的《律师是什么》，也是这一年，我通过全国律师资格考试步入律师行业。我曾在京都律所执业，有幸近距离聆听田老师的谆谆教诲，有机会跟随田老师转战南北舌战法庭，还特别幸运地参加了“CCTV2013年度十大法治人物”颁奖典礼，见证田老师获得殊荣的历史一瞬。

田老师是我最尊敬、最熟悉的师长，可是，当我一口气读完这本书之后，我心中田老师的形象愈加立体起来。穿越历史三十年，回眸过去，田老师数年如一日，为律师行业发展殚精竭虑，为改善律师执业环境四处奔走，为律师执业权仗义执言，为提升律师执业技能传道解惑，为推动修法、立法执着进言。田老师不仅是堂堂正正的大律师，更是光明磊落的勇士，是诲人不倦的师者，是侠肝义胆的智者，是律师行业的领航人，是律师权益的捍卫者，是法治社会的推动者。

在“CCTV2013 年度十大法治人物”颁奖现场，主持人宣读的颁奖词有一句话让我记忆犹新：“他（田文昌律师）用行动追求着刑事司法公正的崇高理念。”

“律师既不是天使，也不是魔鬼”

田老师有很多经典名言为法律人熟知，诸如：“律师既不是天使，也不是魔鬼；律师既不代表正义，也不代表邪恶，而是通过参与司法活动的整体过程去实现并体现正义。”“没有律师，就没有法治。”

如今这些田氏语录早已深入人心，我们觉得很平常，但是这些话语是十几年前田老师痛定思痛后的感悟。彼时，田老师先是因告倒天津禹作敏被媒体奉为英雄，几年后因刘涌案被媒体及网民猛烈抨击称为“魔鬼”。

像过山车一般，升天入地，为什么？田老师认为，这是社会公众对律师职责定位存在误区所致。20 世纪 80 年代初我国恢复律师制度，律师在中国是个新兴职业，人们脑中仅有的律师形象是工人领袖、革命先驱施洋大律师，公众把律师想象成正义化身，将内心情感强加于律师身上，当现实脱离想象时，便大失所望。

在这本书中，田老师对律师职责定位进行了全面剖析，田老师认为，在纷繁复杂的社会关系中，矛盾与冲突无时不在，法律的功能就是将社会上的冲突控制在一定的限度之内，以维系社会的平衡、稳定与发展，而律师制度正是法律功能得以实现的重要组成部分。田老师强调：律师主要是私权利的维护者，即在现行法律规定的框架内，依法最大限度地维护委托人的合法权益。

“刑事业务是律师的高端业务”

十几年前，经济迅猛发展，法律非诉业务风生水起，成就了一大批律师。这些律师走在时代前沿，头顶光环，有良好的工作环境和可观的经济收入。一些从事证券业务、IT 法律业务的非诉律师自称所从事的是高端律师业务，甚至以不进法院、不出庭为荣。与此同时，传统诉讼尤其刑事诉讼业务因收入低、风险大，被贴上了低端标签，一些优秀诉讼律师转向非诉业务。

非诉业务的出现，意味着律师行业的突破与发展，这是喜事，但是在不同业务之间人为地画出一道鸿沟，造成律师行业的分化，引发律师执业者心理失衡，这是目光短浅的表现。

书中记载了一段往事：在全国律协一次会议上，有 22 个专业委员会主任参会，田老师将这个问题提出来，犀利且不留情面：“什么叫高端业务？你为高端产业服务，人家高端，你就高端了？纵观几百年的律师业务，应该说真正高端的是刑事业务，因为它涉及的权利价值更重要，难度也更大。但我们做刑事辩护的律师从来也没把自己说成是高端业务。”田老师最后指出，这种现象的根源依旧是律师界没把律师职责定位弄清楚。

田老师透过现象看本质，切中深层原因，一语破的，丝毫不含糊。此次会议之后，田老师继续在多个公开场合批评“高端律师论”，其观点逐渐被广大律师接受。自此，律师界很少再有律师自诩高端业务，刑事律师在精神层面也多了几分自豪。

书中多篇文章，田老师都提及律师的发展历程。他指出，信息时代所带来的变革超出过去一切历史的变革，社会发展导致社会分工越来越细，社会对法律服务提出更广泛更细致的要求。律师作为法律服务提供者，应顺应时代，敢于创新，开拓新业务。诉讼业务是传统业务，非诉业务蕴藏着巨大的机会。只要社会有需求，律师业务就应随之延展。

“不以成败论英雄”

田老师是刑辩大家，他代理过云南省原省长李嘉廷案、华夏银行原行长段晓兴案等数百起在国内有重大影响的案件，这些案件堪称中国刑辩史上的经典。田老师将其案件辩护词、代理词汇集成册，先后出版《中国大律师辩护词精选——田文昌专辑》(一、二、三辑)、《刑事辩护学》、《刑事辩护的中国经验》、《控辩审三人谈》等著作，这些著作一直是年轻学子、青年律师的必读书目。

田老师是教师出身，骨子里保持着传道、授业、解惑的师者品质。田老师发自内心地爱护学生，对于年轻学子、青年律师提出的要求以及遇到的困难，田老师总是想方设法答疑解惑，无私提供帮助。田老师是几所大学的兼职教授，每年为青年学子讲座、培训几十场。田老师善用启发式教学，循循善诱，提出问题，启发大家思考。对于律师承办的案件，田老师经常组织讨论，发挥集体智慧，探求最佳辩护方案，讨论过程中，辩护经验得以传承。每次庭审结束后，田老师总要在第一时间复盘，有时候就在餐馆，大家围坐餐桌旁，田老师指出庭审问题，引导大家思考，然后再一一评点。复盘与评点，让律师功力大增。

刑事案件涉及人的生命自由，刑事律师责任重大，常被称为“刀尖上的舞者”。很多诉讼律师把胜诉作为追求目标，也有律师把无罪判决当作成功的唯一标准。对此，田老师坚持“不以成败论英雄”。田老师说：“如果律师经过有力辩护以后仍然证明这个被告人罪大恶极，律师并没有失败，仍是成功的。”

书中有一段媒体采访，记者问田老师，“您有没有过败诉？”田老师回答：“家常便饭……律师不应当以成败论英雄，只应当看他是否充分尽到了自己的职责，因为律师没有权力决定成败。律师赢要赢得光彩，输要输得潇洒。”

“牢记使命，做一个有能力担负社会责任的人”

书中有一板块“先贤与后辈”，田老师用细腻的笔触记录了他和律界前辈张思之先生及法学泰斗江平教授的交往点滴。田老师一直是我们中青年律师心中敬仰的前辈，而在文中，张思之先生和江平教授是田老师尊敬的前辈，田老师从他们那里获得理念上、思想上、精神上的认同和力量上的支持。

江山代有才人出。法治精神，需要几代法学家、法律人的努力，薪火相传，逐渐铸成。张思之先生的铮铮铁骨铸就了中国律师的脊梁，江平教授的“律师兴则国家兴”赋予律师社会责任感，田老师的“没有律师就没有法治”指出了当代律师肩负的历史使命。

法治精神在传承。书中还收录了田老师2014年写给青年律师的一封信，这封信是田老师为纪念中国律师制度诞生一百周年而写，意义深远。今日重读此信，依然热血沸腾。在信中，田老师解析法官、检察官、律师等法律人的关系，呼吁构建法律职业共同体，重申律师的职责是维护正义、追求正义。在信中，田老师特别强调社会使命是法律人职业天生就具有的内容，是律师职业的一部分，律师应当有社会使命感，律师活动的舞台应当遍布社会各个层面，应当发挥更大的作用。

在信中，田老师向青年律师提出期望：牢记这份使命，充实自己的理论知识，提高自己的综合素质，在职业过程中历练自己，做一个既有社会责任感，又有能力担负这种责任的人。

“平和、主动、充分地进行法律辩论”

田老师被誉为“中国刑辩第一人”，他是刑事律师的榜样、偶像，是中国刑辩律师的一面旗帜。

《田文昌谈律师》这本书记载了刑事律师三十多年的风雨历程，可以说是一册刑事律师行业编年史。从律师制度恢复之初，律师不被公众理解，被认为是“给坏人辩护的”，到律师执业处处受阻，面临取证难、会见难、阅卷难“三难”；从控辩两方冲突性对抗到《刑法》第306条出台后，有刑事律师因执业被拘捕、判刑；律师从争论独立辩护到争论律师素质能力，从争辩法庭角色定位到构建平和理性的辩论氛围。

刑辩之路是曲折的，是艰难的，但是，在每一个十字路口，田老师总是冲在最前面，拨开迷雾，寻找根源，指明前行方向，坚定队伍前进的信心和决心。每一次，田老师写文章、组织研讨，奔走于立法、司法机关，大声疾呼，都是代表律师发出声音，捍卫律师执业权，努力改善执业环境。

在一篇文章中，田老师总结了我国控辩关系的三个阶段。第一阶段：20世纪80年代到90年代初期，控辩双方的关系是形式上的对立，实质上的配合；第二阶段：20世纪90年代后，控辩双方变成了冲突性对抗，甚至互相仇视；第三阶段：21世纪初开始出现的理性、平和对抗。控辩关系的历史演变，意味着法律人逐渐走向成熟。

随着司法改革的推进，法庭逐渐成为诉讼中心。法庭是控辩双方的舞台，辩论贯穿整个庭审。律师如何在法庭上进行辩论，如何说服法官接受辩护意见，如何取得较好的辩护效果，这是所有律师一直探索的问题。田老师在几篇文章中都谈及这些问题，并结合具体案例总结了法庭辩论技巧：辩论要抓住要害突出重点，要善于抓住和利用矛盾，要深入浅出、生动形象；语言表达要注重形式；说理要讲究策略，要具备应变能力。田老师说，作为律师，你不能在法庭上输得狼狈不堪，不能被人家驳得张口结舌、体无完肤，更不能强词夺理、胡搅蛮缠。在法庭上，律师应当平和、主动、充分地进行辩论。田老师总结的这些宝贵经验，可谓律师的精进宝典。

《田文昌谈律师》是一本值得我们律师一读再读的经典之作，它提升我们的思想境界，重塑职业精神，涵养我们的气质。我们将书中精神内化于心，付诸行动，定能“堂堂正正在法治社会中立足”。

肩负时代重任，我们律师更应“牢记使命，做一个有能力担负社会责任的人”，方能实现江平先生在序言中对律师的期望：“我希望每一代的律师能多出一些代表性人物，多一些清流的人物，少一些浊流的人物，这就是律师界的进步，这就是律师界的希望！”

像男人一样战斗，像女人一样生活

——评《温柔的正义》

我喜欢读传记类图书，尤其是卓越女性的传记，因为能够从中获得激励和启迪。刚读完中国法制出版社出版的《温柔的正义——美国最高法院大法官奥康纳和金斯伯格如何改变世界》(以下简称《温柔的正义》)，内心澎湃，力量骤增。

奥康纳和金斯伯格分别是美国历史上第一位和第二位任职联邦最高法院的女性大法官，她们开启的女权法律运动将美国平权行动推向全新高度。这本书的作者是美国律师及文化历史学家琳达·赫什曼，译者郭烁是北京交通大学副教授，他的译著《庭审制胜》几年来一直是刑事律师的案头必备。

被歧视的经历

美国联邦最高法院，被称为正义的最后防线，九位大法官被称为护宪九尊神，追求和守护着正义。从 1789 年开始，美国联邦最高法院大法官均为男性，直到 1981 年桑德拉·戴·奥康纳被里根总统任命为大法官，才有了第一位女性大法官，而第二位女性大法官鲁斯·巴德·金斯伯格宣誓就职大法官时已是 1993 年。

二十世纪四五十年代，奥康纳、金斯伯格分别在斯坦福大学、哈佛大学学习，成绩优异，并且都担任各自大学的《法律评论》编辑。彼时，男女同校大学不多，女生更是稀少，社会乃至校园对女性充斥着敌意。奥康纳、金斯伯格以优异成绩完成法律学习，而且在学校遇到影响自己一生的精神导师，导师为她们打开了一扇改善世界的大门，描绘了一幅未来蓝图。在法学院，奥康纳形成了自己的"人生哲学"，金斯伯格也认识到"律师不仅能以这个职业谋生，还可以通过自身角色让社会变得更好，无论州和国家，抑或民族和世界"。

毕业后，两位优秀的名校法律优等生却找不到工作。奥康纳想去最高法院实习，被拒；到四十几家律所求职，被拒；好不容易得到一家律所的面试机会，却只让做助理。金斯伯格的遭遇也类似，曾被人直接否定"我并不看好你"。

为什么？

只因为是女性。

女权法律运动

一个人的人生目标、成就往往与其经历有特定联系。奥康纳和金斯伯格一生为女权而斗争，这与其青年时代遭遇歧视不无关系。彼时，性别歧视司空见惯，更多的人认为"本应如此"，即便奥康纳和金斯伯格在当时并没有激烈抗争。

但是，奥康纳和金斯伯格是非凡的，丰富的知识储备和开阔的视野让她们跳出惯常思维，用冷峻的眼光审视着性别歧视之现实，一方面继续着自己的优秀，在工作中崭露头角；另一方面将女权问题放到法律世界中，探求解决之道。书中如此评价："如果她们被周围人庸常的评价所同化，奥康纳大法官只会是一名律师助理，而金斯伯格大法官可能会去学习烹饪。”

发现问题，如何解决问题？游行、静坐、罢工等激进方式，在一定程度上也能够推动女权运动。但是，奥康纳和金斯伯格则采用理性、智慧的法律方法。她们通过在个案中解释法律来推动变革，重新确立评价标准。

《温柔的正义》介绍了几十个奥康纳和金斯伯格参与的案例，其中有两个案例很有意思：一女生要进军事学院被拒绝，一男生要进女子护理学院被拒绝。两个案例的判决结果是：军事学院应当招录女生，护理学院应当向男生敞开大门。奥康纳为之撰写意见：“我们应该基于自身立场对此进行判断，而不是‘机械应用关于男女角色传统分工但通常不准确的假设’。”金斯伯格认为：“两性间旨在限制女性发展机会的那种条条框框，有时也会对男性造成伤害。”之后金斯伯格将之发展为“实现平等原则”理论。

作为法律人，奥康纳和金斯伯格深谙“通过法律引领社会变革”，她们深信“任何没有解决的政治问题迟早都会变成司法问题”，于是她们在司法领域释放着智慧和力量，致力于女权法律运动，直至推行男女平等。

性骚扰与性别歧视

这本书在写法上很独特，一条时间经线，介绍奥康纳和金斯伯格的人生经历，有传奇，有励志，有情感，有八卦；还有一条案例纬线，介绍几十个有关女性平权运动的经典案例，特别是奥康纳和金斯伯格成为法官后所裁决的案例。

性骚扰问题，从女性走出家门、走向职场后就存在，而浮出水面被人重视却用了很长时间。近几年，全球范围针对性骚扰的“me too”运动如火如荼，受害者勇敢对抗，联手作战。性骚扰问题，不仅是法律之战，还是文化之战。曾经，有巡回法院法官竟然担心对性骚扰的否定会使人们对“办公室恋情”感到迟疑，著名律师德肖维茨竟然认为在工作场所唐突的性对话受第一修正案项下言论自由的保护，因为他们都是男性。

最高法院大法官因之展开的讨论平和却激烈，围绕着何为性骚扰、女性的严重精神伤害是否构成起诉条件、构成性骚扰的标准、证明标准、经济赔偿标准等表达不同意见，在个案中通过“积极造法”来创设标准。在哈里斯案中，焦点问题是，需要达到多么恶劣的程度，女性才能以在工作地点被性骚扰为由而胜诉。奥康纳和金斯伯格联手确定了性骚扰标准——“冒犯性的行为是否会使一个理性的人更加艰难地从事工作”。这个标准给女性受害者通过起诉来维权提供了法律依据。

2013 年，美国 Facebook 首席运营官桑德伯格写了一本畅销书《向前一步》，激励职场女性勇于接受挑战，追求更高的人生目标。桑德伯格今日的成功与奥康纳大法官 1984 年参加裁决的海尚案不无关系，海尚案为美国女性打通了职场晋升的通道。海尚是位女律师，因律师事务所遏制女性晋升合伙人而以性别歧视提起诉讼，这家著名律所拒绝招聘女性和接受女性合伙人，他们承认对女性的歧视，但是不接受和解。最高法院最终判决该律所败诉并根据《民权法案》进行赔偿。

奥康纳法官察觉到“顽固的社会和文化障碍使女性更难获得发展，并且认识到由女性律师团体共同抗争，以消除‘人为障碍’所带来的益处”。奥康纳高屋建瓴，为女性维权指明一条“共同抗争”之路，其指引与今日如火如荼的“me too”运动遥相呼应，这不是巧合，而是奥康纳对女权运动规律的精准把握。

女性的榜样

《温柔的正义》这本书主题是女权法律运动，作者是女性，主人公是女性，女性读者读起来感触更深。书中记载了奥康纳和金斯伯格的点滴日常，让人印象很深，两位大法官事业家庭双丰收，她们“终其一生来实践如何既能像男人一样去战斗，又能像女人一样生活”。

金斯伯格在奥康纳退休后，为女性平权孤军奋战，特立独行，在法庭上她公开宣读与其他大法官不同的意见，法庭外她借助媒体发声以获得公众支持，成为一枚标新立异的“网红”。《温柔的正义》将两位女性大法官全角度地呈现给我们，她们有血有肉，有情有义，有责任有担当，有智慧有远见，有抗争有无奈，让我们感受到榜样的力量。

读完这本书时，我正好坐在清华园的长椅上。不远处，刚下课的法学院学生飞车疾驰。法学院女生比例过半，才华初露锋芒。但是，在校园外的法律职场上，女性法律人所起到的作用却很有限，女性完全能够胜任的重要位置都由男性占据，女性的作用和力量常常被忽视。我们不由得生出疑问：男女生同时走出法学院，为什么随着时间的推移，女生的作用逐渐萎缩？今天我们的环境，比奥康纳和金斯伯格时代要好很多，可是，为什么女性崛起没有出现？受过高等教育的优秀女生，为什么步入社会后会“被周围人庸常的评价所同化”？

审视我们女性自身，不乏优秀与能力，不乏理想与信念，我们缺少的是勇气、胆量、责任和担当：遭遇性骚扰时不敢说“不”，面对歧视时隐忍不发，面对不公正待遇时忍气吞声，权利被侵犯时不敢反击，机会在眼前却不敢争取；社会充斥色情垃圾，女性被物化、被丑化，我们却三缄其口；中国传统女性自我弱化、委曲求全的性格依然在发力。

新世纪新时代赋予女性责任和使命，我们不能逃避，唯有担当。在这一点上，我完全同意译者郭烁的观点：“女性的权利不是唾手可得、天然存在的，是经历了长时间的斗争才换来的。”

从宋襄公的君子风度谈起

最近读冯友兰先生的《中国哲学简史》，书中一则故事，着实震撼了我。

公元前 638 年，楚、宋两国在泓水这个地方开战，宋国国君宋襄公亲自指挥。泓水，就是今天的河南省柘城县。当楚国军队渡河时，宋国将领要求趁此良机展开进攻。但宋襄公不同意，理由是“君子不困人于厄，不鼓不成列”。结果，宋军大败，宋襄公也身受重伤。

受创的部下颇有微词，认为对敌人讲礼法、论仁道，宋襄公太愚顽。对待敌人，难道不是应该如同“秋风扫落叶般的无情”吗？但是，宋襄公固执己见：“君子不重（读音 chong）伤，不擒二毛。”意思是君子打仗不能伤敌人两次，不能擒拿头发灰白之人。

大敌当前，宋襄公拒绝偷袭，交战之时，恪守悲悯，纵然失败，也不改初心。宋襄公奉行的是春秋时期战争中的礼法，体现的是西周留存下来的武士精神。

春秋以降，传统在渐渐消散，礼崩乐坏，以致后来出现了“胜者为王，赢者通吃”。几千年后的今天，我们更是难以理解宋襄公，诧异于：在你死我活的战争中，竟然还要彰显君子风度？

通过几年前发生在西班牙赛场上的一则故事，人们却理解了。

2015 年 12 月，西班牙一场自行车比赛中，车手埃斯特万在距终点 300 米时赛车爆胎，他扛着赛车向终点跑去。他身后的纳瓦罗拒绝超越，慢慢跟随其后骑到终点。埃斯特万获得第三名，要把铜牌送给纳瓦罗。纳瓦罗婉拒，他说："在终点线之前超越一个爆胎的对手取胜，是不道德的行为。"比赛视频传至世界各地，网友盛赞纳瓦罗彰显了骑士精神、体现了绅士风度。

宋襄公与纳瓦罗，二人相差 2600 多岁，相隔半个地球，一古一今，一中一西，一个拼杀于战场，一个鏖战在赛场。但是，他们带给人们的感动却是一样的。宋襄公的君子风度和纳瓦罗的绅士风度，折射出一致的精神内核：对对手的尊重，对规则的恪守，对万物的敬畏。宋襄公的君子风度源于西周盛行的武士精神，纳瓦罗的绅士风度也由冷兵器时代的骑士精神转变而来。

"风度"的含义在现代汉语中却大大缩水，仅指"人的举止姿态（多指美好的）"。现代人格外注重人的外在表现，对一个人进行风度评价，全凭眼睛来打分，诸如言谈举止是否优雅，乘电梯有没有"女生优先"，递一张名片是否用两只手，等等。

但是，君子风度与绅士风度，却不是眼睛能看出来的，要用心来品评。君子风度与绅士风度，涉及胸怀与气量、人格与境界、道德与品质，它是一个人内在道德修为的外在体现，是一种只能用心来感受的精神冲击力。

君子风度的内核是"仁、义、礼、智、信"。"君子"一词，在《诗经》《尚书》《易经》等先秦著作中已常见，君子是古人塑造出来的道德楷模，是理想化的人格，是道德修养的目标。孔子所提倡的仁、智、勇，唯有通过君子行为来体现。

君子风度，经多年自我完善、执着修行，方得养成，岂是一朝一夕参加个礼仪口才班就能速成的？

人和人有差别，说到底，是内在境界的不同。

冯友兰先生将生命活动范围归结为四等：一本天然的“**自然境界**”；讲究实际利害的“**功利境界**”；“正其义，不谋其利”的“**道德境界**”；超越世俗、自同于大全的“**天地境界**”。人的各种行动带来了人生的各种意义，构成了不同的人生境界。

宋襄公的部下将领主张偷袭，偷袭行动对自己“有用”，其可以称作“功利境界”。宋襄公拒绝偷袭，不伤弱者，其行事为义，所为合乎道德，他的人生可以说到达了“道德境界”。

假如宋襄公再向前走一步，认识到宇宙的存在，认识到人既是社会成员，还是宇宙成员，那么，泓水之战就不会发生，他也不会困扰于战乱之中，而且，他在精神上就会超越人世间达到“天地境界”，继而成圣。

成圣，是否遥不可及？孟子认为，人皆可以为尧舜。孟子创造了“浩然之气”一词，他认为每个人都能在自己身上培养浩然之气，因为这无非就是发挥人的自然本性，而自然本性人人都有。世人只要充分发挥本性，都可以成圣人。

具体如何去做？王阳明强调“致良知”，要秉持良知去分辨是非，遵行良知的命令。

何为良知？就是人内心的亮光，可称之“明德”。有一个关于良知的故事：王阳明的弟子半夜捉到一小偷，便对小偷讲良知。小偷笑了，问：“良知在哪里？”王阳明弟子请小偷脱掉外衣和上衣，小偷照办。最后让小偷脱掉裤子，小偷不干了。王阳明弟子便对小偷说：

“这便是你的良知。”

心存良知，培养浩然之气，就能止于至善，就能达到“正其义，不谋其利”的境界，直至超越人间世，达到“天地境界”。

人为万物之灵，自然要对天地境界心存向往，纵然不能至，也要努力脱离功利境界，追求道德境界。宋襄公的君子风度给我们带来的震撼，正是来自其内心道德的力量与光芒。

读赵琳琳新作《澳门司法制度新论》

春暖花开时节，我应邀到澳门科技大学参加“十字门法律论坛”，论坛期间，法学博士、澳门科技大学教授赵琳琳详细介绍了我国澳门特别行政区的立法及司法现状，内地律师与澳门特别行政区学者、律师就司法制度做了深度交流。临别前，赵博士赠我一册她的新作《澳门司法制度新论》。

澳门地区面积三十多平方公里，六十多万人口，以博彩业为主，其法律制度受葡萄牙法律影响几百年。回归祖国后，澳门地区的法律制度吸收了不同法域经验，进行了移植、改良，形成了独具特色的法律制度。赵博士的《澳门司法制度新论》详细介绍了澳门地区的审判制度、检察制度、警察制度、廉政公署及财产利益申报制度、律师制度、司法援助制度、执行制度、仲裁制度、调解制度、登记公证制度和特区赔偿制度，为读者了解澳门法律制度打开了大门。该书侧重于澳门回归以后的司法制度，同时涉及近年来澳门司法改革的热点问题。

学法律的人都有如下体验：在了解不同法域的法律时，都会不自觉地拿本法域的法律与之对比。这种对比，也为研习法律增添了不少乐趣。比如，澳门法官有权持枪，澳门法庭上同时使用几种语言，澳门居民变更姓名需要向行政长官申请。读者读到这里，会生出几分好奇。

澳门设立三级法院，共四十多位法官。澳门法官有权持有、使用枪支弹药，每年还享有一个月的专有司法假期。澳门官方语言是中文、葡文，而实际上，葡文使用者仅占 0.6%。但是，澳门法律要求法官必须通晓中、葡双语，于是，裁判文书有中文判决，有葡文判决，还有中葡文判决。法庭上，普通话、葡语、英语、广东话等语言交错出现，一个庭甚至需要几个同声传译。澳门的检察官制度也很有特色，只设立一个检察院，采取三级派任方式与三级法院相对接，检察官共四十多人，实行检察一体原则，享有独立完整的侦查权，可以指挥和领导警察。

澳门现有律师三百多人。澳门律师制度实行授予制，不需要进行统一资格考试。具备法学学士学位者向律师公会提出申请，而后经过一年半以上的实习期，经律师公会评核合格后注册为律师。澳门律师享有职业保障权、通信权、阅卷权、拒绝作证权，同时承担职业保密义务，禁止广告和招揽客户。

赵博士在这本书中不是单纯地介绍澳门司法制度，而是将澳门司法制度放在同一时代背景下的世界法律之林中，从理论研究角度，运用诉讼原理和规律，对澳门司法制度进行了客观的评价，并针对立法和实践中存在的问题提出了完善建议。例如，澳门法律规定官员职务犯罪案件的一审管辖权属于终审法院，赵博士从审级设置原理进行了分析，认为澳门审级制度剥夺了当事人的上诉权，违反国际人权公约中有关司法公正的基本要求。

对于澳门的法院预审制度，赵博士认为预审法官权力过大，澳门只有三名预审法官，却决定着刑事案件中强制措施、决定羁押、决定检察院的不起诉等，这在客观上造成程序烦琐和职能混乱，预审权僭越了检察院的起诉权，这既违反了诉讼规律，也影响了程序效率。

赵博士认为检察院的职权设置也存在不合理之处：一方面，自由裁量权较小，在强制措施、不起诉问题上受制于预审法官，对案件的启动、起诉决定、辩诉交易、公诉变更、抗诉裁量等不能根据实际情况进行自由裁量，通过分流一部分案件来提高诉讼效率。另一方面，检察院对警察的侦查指挥权过大，反而限制了警察专业侦查工作的高效进行。

赵博士进行制度评价时，运用了翔实的官方统计数据及司法案例，为读者展示了一个立体、现实的澳门。书中也穿插了点滴澳门风土人情、社会生活、居民思想性格情感等，让司法制度生动地与社会生活融合，展示的是“活生生的法律制度”。

“法律是一种地方性的知识”，法律与文化、生活不可割断，法律制度不是用简单外力强加给大众，而是在适宜的土壤中播下适宜的种子，让其生根发芽开花。赵博士眼界高远，多年研究诉讼法、证据法、司法制度、区际司法等领域，对世界各国司法制度如数家珍。她近年在澳门科技大学工作、教学，不仅对澳门法律、司法了如指掌，而且熟悉澳门百姓生活。赵博士善于用专业的视角发现现实中的问题，条分缕析地分析、归纳问题，探寻问题实质，运用诉讼原理和规律进行客观评价，提出完善的、具备可操作性的方案。正因如此，读者得以借助赵博士的广博视角，顺着赵博士指引的方向，推开十字之门，探求澳门法律，比较区际制度。

《澳门司法制度新论》还可以被看作一本司法制度索引书，读者可以从中知晓世界诸多国家或地区在同一制度中的不同设置。赵博士在谈到澳门构建辩诉交易制度必要性时，通过横向对比，将澳门现实状况与其他国家或地区司法现实进行比较，介绍了美国的辩诉交易沿革，介绍了法国、意大利、荷兰、西班牙等国家的有罪答辩、附条件不起诉等制度，评析了我国台湾地区的控辩协商程序。同样，赵博士在介绍 ADR 机制、恢复性司法、法律援助、执行、仲裁制度时，同样对不同国家或地区的类似制度及实践状况进行了梳理。赵博士的这一本书，为法律研究打开了“多扇门”。

澳门近些年也在进行司法改革，积极借鉴和移植其他法域的先进经验，建立了有澳门特色的司法制度，其中有很多制度运行效果比较好，比如廉政公署的保密制度、财产申报制度、假释制度、违法青少年教育监管制度等。

澳门的财产申报制度始于 1998 年，公职人员和公共行政人员有义务向廉政公署或终审法院进行财产申报，申报不实要被罚款甚至科处刑事责任，财产申报书向社会公开，任何人都可取阅。

澳门社会重返制度很有特色。社会重返厅专门负责囚犯的社会重返和社区矫正，向即将获释的囚犯提供自力更生服务，社会爱心人士也参与其中，提供中途宿舍、帮助就业、提供经济支持、培训技能，进行教育、辅导，帮助重返社会。澳门的少年感化院由来已久，数次更名，它是专门针对青少年的执行法院所判收容措施的教育场所，对有违法行为的青少年进行封闭式的教育和矫正。少年感化院对每一位入院院生进行详细评估，制订个人教育计划，对其进行教育和矫正，提高其重返社会时的适应能力。

澳门这些制度，值得我们研究和学习，而且对我们的司法改革提供了现实的参考和启发。

澳门，美丽的十字门，是人们梦寐的旅游度假胜地。港珠澳大桥现已建成并通车，这将大大推进粤港澳一体化进程。在司法制度方面，特区和内地之间的学习、交流、借鉴也将加速度前行。赵琳琳博士这本《澳门司法制度新论》，就是通向澳门法律的一座桥。

《失败启示录》的启示

刚读完一本书，好看，耐看；有故事，有思想，有启示；引人思考，耐人寻味。这本书就是《失败启示录——刑事司法改革的美国故事》。

书不厚，不到十五万字，语言活泼生动，娓娓道来发生在美国刑事司法改革中的六个故事，引人入胜。作者是美国法院创新中心主任 Greg Berman 和特别项目部主任 Aubrey Fox，译者是北京师范大学何挺博士。

这是一本关于失败的著作。在成功宝典、秘籍满天飞的图书海洋里，研究失败当属另类，不过，也更值得珍惜。这本书也表达了对成功的态度："这个世界可能并不需要一本推销成功的书。"

天下的成功都是一样的，乃天时地利人和的完美统一。成功学，其实质是成功欣赏学，用别人的灿烂照亮自己的人生，拿别人一个亿的小目标脑补自己的辉煌未来，其研究价值着实有限。而对失败进行研究，其价值巨大，发掘失败原因，总结失败规律，从失败中总结教训，进行反思，从而减少试错成本。

成功和失败，一个是诗和远方，一个是路在脚下。如何面对失败，书中援引爱迪生一句名言："我并没有失败 5000 次，我成功地发现了 5000 种无效的方法并且我不需要再尝试这些方法了。"时代车轮滚滚向前，人们试图超越现有经验而不断进行尝试、探索、创新，每一次创新都可能失败，但是每一次失败都更靠近成功，正如书中迈克尔-乔丹所说："我不停不停地失败，这就是我成功的原因。"

这本书介绍的是美国刑事司法改革中的失败事例。刑事司法涉及人最基本的生命、自由、尊严等权利，各国刑事司法都在自由和秩序之间小心地寻找着平衡点。美国司法改革中的失败教训，对我国正在进行的司法改革也会有一些启示。

该书介绍了美国六项刑事司法改革试点项目：起源于圣路易斯市的"同意搜查"，丹佛和明尼阿波利斯的"毒品法庭"，波士顿遏制黑帮暴力犯罪的"停火行动"，加利福尼亚州的假释改革，加利福尼亚州和康涅狄格州的"三振出局法"，全美抵制滥用毒品教育项目。在讲述故事的同时，作者以研究者视角，梳理失败类型，探寻失败原因，分析创新、试错、评估与失败的关系，质疑评估标准，思考决策者、研究者和操作者在改革中的角色定位。作者夹叙夹议的写作风格，融法理、逻辑、思想于叙事中，深入浅出。读者不知不觉被情景代入，与作者一起思考，形成共鸣。

这种写作风格，让人耳目一新，它与我国法律领域著书立说的惯常写法不同。我们有很多法律类专业书晦涩难懂、枯燥乏味，而法律题材的通俗读本一味媚俗迎合，又缺乏严谨和深度。如何兼备专业书的品质和畅销书的姿态，这本书为中国作者提供了范例。

书中先介绍了加利福尼亚州的三振出局法：就是对有两次重罪记录的罪犯在第三次重罪罪名成立时，强制性处以 25 年以上至终身监禁之间的量刑。三振出局法反映了美国当时的立法趋势，即以那些罕见、被视为惨绝人寰的案件为基础来制定刑事司法的政策，其标志就是以犯罪被害人的名字来命名法律，例如梅根法、劳拉法。

作者对此提出批评，认为这是法谚“极端案件出坏法”在刑事司法领域中的验证，是立法者通过制定严厉法律来回应公众的暴怒情绪。作者随后列举了三振出局法在加利福尼亚州实施中的问题：不同罪犯实施多项犯罪的顺序不同则会导致刑罚的天差地别，造成执行中的不公平；三振出局法增大了监禁率，增加了矫正系统的费用支出；等等。

加利福尼亚州率先出台三振出局法，其背后是人们崇尚以简单方法解决复杂问题的倾向，渴望毕其功于一役，幻想一招制胜。但是，纷繁复杂的现代社会，牵一发而动全身，怎可能存在一招制胜的法律？正如天下买不到一剂包治百病的灵丹妙药。制定一项制度或一部法律，必须排除公众情绪干扰，摒除私利思想，理性分析问题，多方寻求解决之道，充分论证，同时借鉴他人经验教训，小心尝试，循序渐进，逐渐完善。那些“拍脑袋”制定的法律，出于急功近利而进行的制度改革，注定经不起历史的检验。

书中还讲述了康涅狄格州引进三振出局法的例子，看似失败，其实不然。康涅狄格州在启动三振出局法过程中，各方力量进行了激烈的博弈，最后选择了温和的渐进式司法改革，实施了一揽子“法律工程”：设立了一个刑事司法信息系统机构，为十五个执法机关提供共享数据库，实现信息共享；提升假释与缓刑期间在社区中对罪犯实行监管的能力；任命全职赦免和假释委员会成员，完善赦免和假释程序；增加用于监狱服刑人员再社会化的资金投入……康涅狄格州以理性务实态度权衡利弊，放弃三振出局法的适用，却通过一揽子工程从根本上解决了问题。这个事例也说明，失败和成功之间并不存在一条泾渭分明的界限，失败很少是非黑即白的。

圣路易斯市的“同意搜查”项目也是一波三折。20 世纪 90 年代，圣路易斯市谋杀案高发，谋杀率接近万分之七，这一比率在美国位列前五名。谋杀案中 98% 被害人死于枪击，为了遏制枪击犯罪，司法机构启动了花费巨大的“枪支回购”项目，刚开始成绩看上去不错，1991 年内回购了 7500 支枪械，但是谋杀率并没有降低。怎么回事?想象得很美，实施中却变了味，“枪支回购”变成了“枪支换购”——年轻人用回购枪支换来的钱，去买了杀伤力更强的枪械。

痛定思痛后，警方脑洞大开，把视线锁定年轻人的家长，寻求年轻人的家长同意和支持。警方和家长签订同意搜查的协议：警方承诺只扣押非法物品而不对人采取逮捕措施，家长同意警方入室搜查。这项“同意搜查”项目实施后，效果显著，硕果累累。

但是，在之后的大范围推广中，该项目却接连失败。作者对这个项目进行了细致分析，总结了在推广地区失败的原因，并以此案例为基础，对失败类型进行了划分：失败可能因为糟糕的想法（概念上的失败），可能因为糟糕的执行（实施上的失败），可能因为缺钱、少人（营销上的失败），可能因为不能准确评估弱点或对变化缺乏应对（自我反思上的失败）。

书中介绍的六个失败的故事，有的源于执行者的大胆尝试，有的是执政者的强制推行，尝试、创新可能导致制度的完善以及司法目标效果的实现，也可能导致失败。《失败启示录》对失败事例进行反思，总结教训，努力探寻失败的规律，这种求是的态度和精神，值得我们借鉴。

当前，中国司法改革已经进入深水区，“力度深度难度前所未有”。挑战与机遇并存，试点项目就有失败的可能。处于改革浪潮中的法律人，能否直面失败，能否坦荡接受失败，能否勇于挖掘失败的价值以提供给后来者？《失败启示录——刑事司法改革的美国故事》这本书，能够给法律人更多的启示。

《我是歌手》与 fair play 精神

湖南卫视播出《我是歌手》第一季、第二季、第三季，让我感兴趣的是比赛赛制。完备、细致的比赛规则，激起歌手拼尽全力的参赛热情，规则所产生的种种悬念吊足观众胃口，惊心动魄、跌宕起伏的投票结果牢牢吸引着社会公众的眼球。无疑，《我是歌手》是成功的，其成功的关键就是比赛规则。

湖南卫视的《我是歌手》引进韩国版权并进行本土化改造，赛制严格，有排位赛、淘汰赛、踢馆赛、突围赛、总决赛，通过多种比赛形式逐级优胜劣汰。歌手以抽签方式决定出场顺序，500 名现场观众评审投票，赛制在很大程度上体现了程序正义。第三季增加了踢馆赛，使比赛进一步扑朔迷离、险象环生，第三季还增加了歌手互评环节，两套评价体系同时运行。

参加比赛，就要遵守比赛规则。按照规则出牌，赢的坦荡、输的敞亮，这是常识，也是常理。英语中 fair play 就是公平比赛的意思，意味着公平、不偏不倚地对待，意味着机会同等。fair play 是一种精神修养，是一种勇于参赛、敢于服输的态度。

《我是歌手》是高手对决、群雄逐鹿的比赛，同时也是一场赢取观众投票的现场表演。先行公布比赛规则，使选手和观众心里有数、有据可依，这是公开原则；电视镜头覆盖大部分赛场，选手能看到彼此，电视观众能看到选手全程表现，这是透明原则；比赛顺序抽签全凭手气，这是程序正义；歌手在台上只能唱不能说话，旨在防止拉票，这是公平原则；决赛投票，现场公证，这是监督原则。严谨、严密的比赛规则，让称霸歌坛的“一姐”“一哥”和新秀、新人同场竞技、公平竞争，彰显了 fair play 精神。

不过，也有不按规则出牌的。总决赛直播，收视率飙升，一直发挥不错的“一哥”孙楠在“帮帮唱”环节后突然宣布退出比赛，惊得主持人汪涵眼镜摔碎了一地。

这可是电视直播啊！孙楠突然退赛，比赛无法继续，节目组不得不重新调整规则，虽说比赛最终得以完成，但是精彩大打折扣。

事后各路豪杰启动侦探思维，有人说这是湖南台策划的，有人说孙楠想借此上头条，还有测谎专家分析谁在撒谎……众说纷纭，大家在娱乐中享受着侦探发现真相的乐趣，探真求实的司法精神和娱乐精神合二为一。诉讼规则和司法经验在娱乐圈找到了用武之地：诉讼法通过规则和程序发现真相，辨别是非；比赛通过规则争个输赢、决一雌雄。

这起谜案，电视观众可以通过直播画面镜头凭“自由心证”来判断事实真相，可根据赛制推理“始作俑者”是谁。

从汪涵的表情神态可判断他对此不知情，从他机智救场时的反常表现再次可判断其不知情。从经纪人“村长”的错愕神情，可判断“村长”不知情。跟班导演失声痛哭，可判断跟班导演不知情。帮唱嘉宾戴玉强赛前表现信心满满，可判断戴玉强不知情。从其他歌手的吃惊表现，可判断其他选手不知情。孙楠在赛前抽签后，执意要换走李健的1号出场顺序牌，从这里就可以判断孙楠在抽签时已决定退赛。

据此，观众很自然做出初步判断：临场退赛是孙楠的个人行为。孙楠没有尊重比赛规则，孙楠破坏了既定规则。

孙楠是实力唱将、歌坛一哥，夺冠希望很大。其退赛时说了一段话，从中能听出是经过了深思熟虑，早有准备。其自称在参赛选手中年龄最大，自己和家人对既有成绩很“满足”，要把最终的决赛机会让给其他弟弟妹妹选手，态度很谦逊。乍一听，情真意切，高风亮节。

没错，谦让的确是我们推崇的美德，地铁里让座、女生优先、排队时老人优先、孔融让梨……

但是，谦让必须要看场所、看地点、看所处情形与环境。在赛场上，谦让就不是美德，赛场上的谦让是对其他选手的轻视，是对公平竞赛的不尊重，是对比赛规则的破坏，是 fair play 精神的缺失。

退赛事件已经引起公众对规则、对 fair play 甚至对契约精神的思考。比赛规则、游戏规则是规则，校规、章程、交通法规、司法制度、法律、宪法都属于规则范畴。规则是构建良好社会秩序、实现公平正义的基础，我国正在全面推进的依法治国基本方略，实质上就是规则之治。

从这个意义上讲，《我是歌手》退赛事件在很大程度上唤醒了人们大脑中沉睡的规则意识，这也许是《我是歌手》栏目对社会的又一大贡献。

当娱乐走进律师圈

春节后，伴着零星不断的鞭炮声，上班族脸上一半是火焰一半是冰山，呈现出将过年模式奋力调整为工作模式的过渡神态。

网站、微信也积极配合着集体状态大调整，从美国拎来的一条裙子，启发亿万网友展开宇宙大讨论——裙子是白金色还是蓝黑色?

七嘴八舌中，“节后综合症”得以缓解。

律师微信群里，同样对着裙子瞪眼辨色，扒拉手指猛刷屏，呵呵呵，此“高端辩论”专业辩士哪能缺席!

作为向社会提供法律专业服务、具备法律知识和经验、具有独特思维方式的群体，律师当然不会只关注裙子。春节期间，北京市孙中伟律师事务所发出英雄帖——《你敢辞职我敢聘》，欲招聘公检法辞职人员。一石激起千层浪，劝勉的、质疑的、共鸣的、批评的，有识之士见仁见智，纷纷表达意见和看法，羊年春节的法律圈好热闹。

媒体炒作有个规律，后浪推前浪，一波推着一波走，微博微信等自媒体概莫能外。

正当律师讨论裙子颜色时，山东一退休法官横空出世，往法律圈里又扔了一个石子，公开发文《我已辞职谁敢聘——高级法院法官公开求职》，并附个人简历、手机号、资质证书、获奖证明以及身着法官袍的照片，回应孙中伟律所抛出的英雄帖。这脆生生的响亮，顿时压过噼里啪啦的喧嚣，让法律人不得不驻足注目。

娱乐是个好东西，蕴含着一种举重若轻、重提轻放、小中见大、大而化小的精神。娱乐圈聚集着能够为公众制造快乐、松弛神经的专业娱乐群体，娱乐圈存在的基础和目标，就是秉持娱乐自己快乐大家的娱乐精神，来满足社会大众的娱乐需求。

湖南台的《天天向上》《快乐大本营》《爸爸去哪儿》等栏目都是以娱乐精神为己任，相当火。当下，生存压力、环境恶化造成社会群体普遍的焦躁感、危机感，公众的娱乐消费需求大大增加，于是乎，娱乐精神冲出娱乐圈，走向社会每个角落，君不见各种行业版本的《小苹果》狂刷着神州大地。

律师，也需要享受娱乐，需要自娱自乐，需要用娱乐缓解强大的工作压力和高度紧张的神经。

律师尤其诉讼律师，像心理医生一样将他人的纠纷矛盾接过来自己扛。法庭上，律师像斗士，与对手激烈对抗不能有一丝疏忽；调查取证时，律师像勇士，四处奔走、不辞辛苦、不放过蛛丝马迹；庭前阅卷时，律师像外科医生，严谨细致不敢有半点疏漏，将卷中证据悉数刻在脑中；制订诉讼方案时，律师像军师，仔细推敲、多方斟酌、运筹帷幄……律师的大脑一直处于长时间无间断的思考状态中。

律师是人不是神，大脑需要休息，压力需要化解，最简单实用的方法就是转移注意力，将注意力转向娱乐圈，用娱乐来缓冲神经，用八卦来调整大脑，关注一下美剧韩剧，聊聊晕倒的红毯女星，对比一下女神和女汉子……

娱乐激活律师的细胞，让其自娱自乐、自得其乐。律所年会上，律师跳起“律师版小苹果”，再说一段相声“挖掘机哪家强”，演一出舞台剧《法律甄嬛传》。律师通过娱乐，放松了紧绷的神经，缓解了工作压力，排遣了负面情绪。

孙中伟律师事务所春节广发英雄帖，能否招来英雄？能招来多少英雄？你猜你猜你猜猜猜。呵呵，最后还要看律所实际需求量，最终签了几份合同。

但是不能否认，英雄帖大大提升了该律所的知名度，广告效果绝对强。招聘标题《你敢辞职我敢聘》犹如戏曲中的一声叫板，饱含着娱乐精神。山东退休法官公开回应，标题《我已辞职谁敢聘》，将证书照片悉数公开，有图有真相，有故事有情节，回应英雄帖，形成共振引发戏曲高潮。

这一唱一和，吊足了公众的胃口，赚足了眼球。这道充满娱乐精神的招聘大餐，也让法律人的羊年春节热闹纷呈。

其实，法官、检察官、警察辞职改行做律师，早不新鲜，检察官、法官、律师同为法律人，在共同体间转换身份，很自然。

律师制度恢复不过数十年，绝大多数律师都有过其他职业经历，有曾经的教授、教师、公务员、医生、工人、会计、记者、商人、农民，有曾经的法官、检察官、警察，有部队转业的，有留学归来的，有工作退休后发挥余热的，有下岗工人励志反转的……律师行业是个包容性非常强的职业，只要你具备一定的资格，就可以成为其中一员。

律师需要同时具备社会阅历和专业能力，其他职业的从业经验能够让律师更快适应身份的转换，法官、检察官、警察具备法律从业经验，属于“熟练工”，改行做律师更具备优势。律师队伍中的前法官、前检察官、前警察所占比重非常大，人们对此早已习惯。

孙中伟律师事务所和山东省退休法官面对的是一个法律圈常见的事儿，却双双亮剑，围绕着“敢不敢”比画来比画去。这一桥段好生熟悉，肥皂剧中常见：女主角说：你敢娶我吗？男主角说：你敢嫁我，我就敢娶你。在两情相悦共筑爱巢的甜蜜中注入几分野性元素，剧情更生动。

双方持剑挥舞，却对一个关键问题避而不谈，这就是辞职法官的两年禁业期。孙中伟律师事务所招聘广告中没有提及这一点，没有明确是否聘请新辞职尚在禁业期的法官、检察官。招聘广告中也没有明确其聘请方式——是签订劳动合同还是法律（或专家）顾问合同？还有，这些新聘请人员是从实习律师做起，还是直接执业律师？如应聘者欲在京执业，该所能否为其办理北京律师执业证？

这些关键问题，该律所广告中都没有提及。当然了，有意者可以打电话私聊嘛。山东前法官虽然在表面上回应的是孙中伟律师事务所，表达了足够的诚意和勇气，实际上是借势推介自己，向所有律所推介自己，发出了一个新要约。

找工作和找对象一样，两相情愿方能在一起，有时彼此倾慕却因为彩礼（薪酬）而抱憾。谁先发出邀约、向谁发出邀约、怎么发出邀约并不重要，能走到一起就好，即使走到一起发现性格不合，也可和平分手。

春节期间，孙中伟律师事务所通过自媒体公开招聘一事，吸引了眼球，引发了关注，将娱乐精神引进到律所发展、个人择业中，也是一种新尝试。

读报纸，还是刷微信？

某日，《新京报》一幅图片吸引了我，于是翻拍发到朋友圈并标明出处。

一图激起千层浪。微友们诧异："你竟然还读报？"

当手机、电脑可随时获取铺天盖地的资讯，新鲜出炉的世界新闻能同步传送地球人。几十亿人同步接收，同步吐槽，如现场看球赛一般热闹。便捷如此，为什么还读报？

买报的乐趣

北京的街头巷尾地铁站，报亭处处可见。买一份报，边走边浏览，进入地铁翻开细读，到站阅毕。如此轻松顺畅，天下事便一览无余，于是，一份报换来短暂旅程的充实。

乐趣不止这些。报亭买报常有惊喜：送花、送包、送玩具、送饮料，在团购出现前，报纸一角常附一块三角形的连锁餐厅打折券、优惠券。用或不用，传递而来的是真诚美意。这些小惊喜，让清晨瞬间美好起来。

如今，光顾报亭的多是老年人，他们在固定报亭买固定的报纸，已经成为雷打不动的习惯。《京华时报》《北京晚报》是其最爱，可为他们聊天提供谈资。有了新鲜报纸提供的资讯基础，爱聊天的侃爷聚拢在公园、街头、胡同口，用地道的京片子分析国际形势、调侃西方首领、评议国事、鞭挞现实、畅想未来……整个脱口秀巨星范儿，日子由此变得充实。

小报和大报

报亭出售的报纸多是百姓喜闻乐见、接近市民生活的。

我每天买《新京报》，习惯从后往前翻。先看戏说天气、城市表情，再看外国形势，替老外操一把心捏一把汗，随后在娱乐版稍作停留，马上关注货币政策、新三板、P2P、房产地价，心脏略感不适则跳转至读书、教育、演出信息版，待呼吸脉搏正常后，最后气定神闲地把法治新闻、时事评论逐字逐句读完。

有人根据尺寸将报纸分为大报和小报，还一脸坏相地在小报前面加个修饰语——“街头”。但是不容置疑的是，街头小报更接地气，和百姓生活联系更紧密，小报有读者来信，有爆料热线、挑错热线，有百姓声音，有记者暗访，小报是百姓生活离不开的家常菜。

报亭出售的大报寥寥，《检察日报》《人民法院报》等都没有，报亭老板很实在：“这些报纸都是单位公款订，老百姓不买。”

有一份大尺寸报纸很另类，就是《南方周末》。这份报纸曾是报亭镇亭之宝，鹤立于众多小报间，身价也不菲，十多年前售价 1.5 元，而 1.5 元当时能买三个直径十厘米的热烧饼，几次改版后涨到 5 元。如今《南方周末》在报亭里依然有一席之地，但气若游丝像一个过气明星，只有被老读者点名后，老板才手忙脚乱地从角落里抽出一份被小报层层压着的瘦身窄条的《南方周末》，抖去灰尘连同夹带的数页广告一并递给读者。

《南方周末》曾是发行量最大、影响最广的周报，其深度报道震撼了许多热血青年，启发人们思考世界。曾经无数个星期四，我习惯性地问报亭“《南方周末》来了吗”，犹如等待一个老朋友。

信息绑架

网络改变世界，传统纸媒亦顺应趋势有了网络电子版、手机版，或者通过 App、微信公众号推送。

读者被淹没在信息的大海里失去了方向，谁是头条全凭推送者的意愿，读者只有被动等待的份儿。常见情景：写字楼许多手机提示音同时响起，继而大家低头读同一新闻，信息获取神同步。推送者全凭个人好恶，想推谁就推谁，推出的就是“头条”。读者被推送者“绑架”，失去了信息选择自由。

而一份报纸信息全面且新鲜，它包含着诸多专业记者、编辑的智慧和责任。报纸编排包含时事、经济、社区、文化、便民等诸多版块，你看或不看，它都在那里，不强迫不绑架，任你自由翻阅。读者面对报纸犹如面对一桌饭菜，爱吃的多吃一些，不爱吃的少吃一点，新鲜的尝尝鲜，不偏食不暴饮，一份报纸读完摄取均衡营养，获得的信息量大面广，知识面也有所拓展。

信息茧房

信息茧房是指人们的信息领域会习惯性地被自己的兴趣所引导，从而将自己的生活桎梏于像蚕茧一般的“茧房”中的现象。

网络时代，人和人的交流越来越少，甚至完全依赖网络，世界上最远的距离就是你我相向而坐却埋头各自刷朋友圈。现代社会相同族群（以行业、爱好、知识背景、地域等形成的群体）借助网络沟通顺畅，交换着本族群共同关注的信息，但是在不同社群、“部落”之间，壁垒越来越高，难以逾越，人被紧紧局限在一个个孤立的“信息茧房”中。人困在其中，大脑因信息单一而营养不良。

人们要有意识地跳出茧房束缚，积极拓展知识面，获取多方信息，给大脑足够的营养。我们应当适度保留传统阅读习惯，比如读报纸、看纸质书等；适当沿袭传统的信息获取方式，比如和人聊天，参加真实的论坛、座谈会，去课堂听老师讲课，等等；这些都能消除信息茧房的禁锢。

旧习惯有时候会阻碍对新事物的尝试。但是，新事物出现初期往往潜在着某种弊端而不易被发现，如果此时断然抛却旧事物，结果可能并不好，欲速则不达。所以，新旧事物共存时代，我们不妨更慎重一些，步履动作不妨稍慢一些，待看清楚后再做。

我们今天选择读报纸还是刷微信，好像也是这个理儿。

微博，是什么？

微博是什么？

百度词条：微博，是一个信息分享、传播平台，用户可以用140字[①]左右的文字传播信息，并实现即时分享。

如今，微博不再是新鲜玩意儿。随时随地发微博，人人秒变“微博控”。吃个饭、会个友、买条鱼、换个尿布、堵车了、飞机晚点了、新来了同事、公司开年会……林林总总，都要在微博上露一露。

手搭凉棚，放眼看微博，有图有真相：苹果丰收没人买，地瓜烂在田地里，高速不收费变成“高堵”，某地强拆没人管，急诊室人满为患，律师热议刑诉法，北京提前供暖人人赞……

这年头，不开个微博，实在不好意思在江湖上混。

微博信息是个大杂烩，集天下媒体之大成。发微博的不仅有人类，还有“非人类”——法人、组织、单位、团体、机器人。发微博的，有器宇不凡加“V”的名人、明星，大V振臂一呼，排山倒海，声势浩大。红十字会、基层法院、晚报、CCTV、120等也通过官方认证微博对外发声，很严肃地发布通知，发表声明。

---

① 微博改版升级后突破了140字的限制。

微博有文字，有图片——图说时代的图片功能强大，还有又能听又能看的视频。微博用处广泛，有公布捐款账号进行吸金的，有捐款后留声留名的，有组建爱心捐赠收集衣服的，有出售奖牌换点医药费的。

微博是个江湖，谁也能来，谁也能说。有人看，有人叹，有人骂，有人笑，有人愁，有人忧，还有人嚷着约架，有人隔空对打。微博江湖行，只有你想不到的，没有你见不到的。

此时，再问：微博是什么？

微博是吐槽的盆。现代人积郁成疾，找不到一个倾诉、忏悔的地儿来缓解郁闷，憋屈得难受。微博正好给各色人等提供了一个吐槽的容器。微博这个用于吐槽的盆，有容乃大，能容天下事，满足了人的生理和心理需求。

微博延伸了厕所文化。老人讲，从前人们上公厕要排队，排队时爱聊天，公厕成了交流信息之所。如今到了网络信息时代，熟人社会里的公厕不见了，可是人们信息交流的需求依然存在。于是乎，过去厕所外墙上的寻人寻物启事、重金征集凶手线索、饭馆转手、地下室出租等资讯也与时俱进，一股脑转战到了微博。

微博是个大舞台。明星名人，超爱微博。某地产大鳄一边卖房，一边在微博上抄名人名句；人气明星随时自拍报告着行程行踪。明星、名人、名师、名士，在这里星光璀璨。娱乐记者相对轻松了，只要在微博上走上一圈，就能获料儿多又多。

明星名流，芸芸众生，不管急诊科的、商学院的、房屋中介的，还是家里不差钱的、写书卖书的、奉献智慧理念的、出家云游修行的，都奋起直追，在微博上孔雀开屏似的各种秀，吸引着眼球。

微博是个舞台，自然离不开道具，爱马仕、玛莎拉蒂、路虎之类的，牙齿上粘着的洛杉矶韭菜叶，去月球旅游的登机牌，警服、丝袜、笨笨亲手做的红烧肉……道具信手可拈来。

微博是个社会。社会上有的，这里都有。社会上没有的，这里也有。微博虚虚实实，真真假假，正史野史，应有尽有。

人与人见面寒暄，微博上，你 @ 我，我 @ 你，你发图片我点赞，我发广告求你扩散。

微博是个怪物。郭美美高调炫富，百姓捐款退缩。微博的逻辑，搞不明白，因和果之间的连线曲曲折折、难以捉摸，剧情随时反转，人物随时可能出戏。任建宇转微博，被劳教一年余。王某穿着假警服，微博上走把秀，被法院判招摇撞骗罪。微博，可以瞬间出名，也可能瞬间崩盘。

你爱，请你来微博；你恨，也请你来微博。

闲思篇

世事洞明皆学问

《第三度嫌疑人》：一节域外法律实务课

日本电影《第三度嫌疑人》在国内公映，主人公是刑事律师，代理一杀人案件。于是，我们几位律师便以学习为名走进了影院。

一、一部法律电影

这部影片获奖无数，演员星光熠熠。海报宣传为“悬疑”，很吸引人。如果以法律为视角，故事从案件发生、犯罪嫌疑人被逮捕开始，律师介入辩护进行准备，之后是庭前会议、开庭、判决，将完整的刑事诉讼程序呈现出来。片中囊括诉讼制度、规则、程序，涵盖了庭前会议及证据开示、认罪、控辩对抗、证人出庭作证、证据裁判原则、客观证据与主观证据的采信等，非常适合作为法学院刑事诉讼案例教学片。

影片主人公重盛是刑事律师，为杀人案嫌疑人三隅辩护。重盛律师认真地做这个案子：律师会见、调查取证、案件讨论、庭前辅导与检察官沟通，在庭上与控方辩论，努力说服法官，宣判后回访，这些辩护活动和中国辩护律师的工作内容相似，很容易产生共鸣。

日本法律和我国法律同属大陆法系，存在相似之处。影片中的审判程序很完整，法官主持庭前会议干脆利落，法庭上控辩双方出示证据、询问证人比较规范，遇突发状况休庭后，审判长认真听取控辩双方的解释和建议。

我们从中也看到了日本庭审的不同之处，比如检察官在法庭上能够走动，径直走到证人面前查看证据；在庭审中，被告人的座位在辩护人席前面，与三位出庭律师形成一个相对独立的辩方区域。

影片还提出了几个法律问题，这些问题也是各国法律人共同思考的问题，比如死刑存废问题，法官自由裁量权，私力救济，诉讼资源，罪犯重返社会问题，等等。

二、主人公是刑事律师

套用我们的说法，日本影星福山雅治饰演的重盛是位“成功大律师”，经营一家以个人名义命名的小型律所，其父亲退休前曾是刑事法官，所以，重盛还是一位“法二代”。

重盛律师和一名老律师、一名律师助理三人组团，以“团队模式”共同为被告人三隅辩护。这种模式在中国也开始流行。

重盛律师团队相当敬业。初始介入案件时，三隅认罪，用律师行话讲，这是一个“没啥可辩”的案件。但是重盛律师依然全身心投入案件中，去案发现场、被告人租住地、被告人工作单位进行走访了解信息，搜寻蛛丝马迹，甚至去天寒地冻的北海道了解被告人的历史。其敬业精神，值得我们学习。

影片中的三位律师西装革履，公文包考究，举止谦和，彬彬有礼。去被害人家拜访时带着礼物，诚心表达被告人的歉意，礼数很周到。律师本应是儒雅之人，谦和、礼貌的举止谈吐，能够将冲突消除在萌芽中，把人际关系梳理顺畅。在对抗性极强的刑事诉讼中，诉讼主体之间互存敌意，重盛律师团队依然保持着平和、礼貌，这非常可贵。

三、辩护律师和当事人的关系

重盛律师在走访、调查案情过程中，不为人知的隐情逐渐浮出水面，看似简单的杀人案变得扑朔迷离。三隅数次反复，情绪波动剧烈，开庭前欲翻供否定杀人，打乱了重盛律师之前确定的罪轻辩护方案，这可能对重盛律师的职业声誉产生影响。两人关系变得紧张。

辩护律师追求个案成功，这无可厚非。维护被告人的权益，就是辩护律师的目标和任务。辩护人与当事人基于相同的目标，具备合作基础，组成共同的辩方。但是，合作中会出现分歧，这在所难免，也很常见。关键是如何消除分歧？

应当从辩护权来源进行分析。现代刑事诉讼由控辩审三方架构而成，被告人享有辩护权，律师基于被告人委托而享有的辩护权系被告人辩护权的衍生权利。谁主谁次，自然分晓。双方若发生分歧、矛盾，律师当然要尊重并顺应被告人的抉择。如果分歧过大，律师难以认同，可以解除委托。影片中，三隅庭前翻供，否定杀人，重盛律师告知其翻供可能导致死刑后果，但是三隅执意翻供不认罪，所以在法庭上，重盛律师将罪轻辩护改为无罪辩护。

影片中被害人究竟是谁杀死的？悬疑片留给观众以悬念，甚至影片结束时仍不给谜底。重盛律师通过调查对案件有充分了解，他知道案件真相。他能揭发吗？不能。辩护律师的任务是维护被告人合法权益，不能侵犯其权益，这是律师行业的底线。律师行业大厦的基石是信任，法律、规则对这种信任关系也给予保护，律师与当事人都应全力维护。

三隅被逮捕后，认罪并做有罪供述。庭审前翻供否定犯罪。那么，之前认罪供述能否成为认定其有罪的证据呢？影片中，三隅的翻供并没有使庭审回到初始，重新审理，法官却以经济（诉讼成本）原因继续审理。这让重盛和同事很沮丧，愤愤然表达着对法官、对诉讼程序的不满。

行为人犯罪后的行为要与犯罪行为区别对待，不能将事后行为草率地作为定罪证据。比如，案发后，行为人积极救助被害人或支付医疗费，不能将这些事后行为作为认定行为人实施犯罪的证据。对于行为人在诉讼中的认罪，同样如此。不能一方面鼓励犯罪嫌疑人认罪认罚以节约诉讼资源；另一方面却在其翻供后将其认罪供述作为定罪根据。法律不能给人挖坑，应当诚实、厚道，司法人员同样应如此。

影片节奏舒缓，画面简洁。虽说是悬疑加法庭片，却让人看着很舒服。看守所内律师会见三隅的情景数次出现，镜头变换丰富，谈话内容抓人，一点也不觉得乏味。细节处理很到位，看守所里，三隅被鸟鸣惊醒，打开窗户向外看，满脸喜悦，但是镜头中却没有出现小鸟，产生“只闻其声”的效果。

影片中偶有小 bug：重盛律师有个十四岁的女儿，是处于青春叛逆期的问题女孩，在影片中现身两次，之后导演好像把她忘了，让观众一直为她揪着心。但是，瑕不掩瑜，这依旧是一部优秀的法律电影作品，它塑造的重盛律师形象，身上有很多闪光点，值得我们刑事律师同行学习。

《东方快车谋杀案》：复仇的正义与良知

阿加莎·克里斯蒂的经典推理小说《东方快车谋杀案》，自 1934 年出版以来，一直是畅销书。2017 年 11 月，这部小说再次被搬上银幕，导演及波洛的扮演者是大名鼎鼎的肯尼思·布拉纳。

推理小说一般都有套路：离奇案件发生，重重迷雾；侦探出现，查找蛛丝马迹，展开推理；真相大白天下。推理小说以逻辑至上的本格推理为基础，让读者和侦探站在同一水平线上，拥有等量线索，一起寻找谜底。读者的乐趣是在悬念之下和书中侦探展开智力较量，看谁先发现真凶。不过，最终败下阵的往往是读者，谜底揭晓时总是出乎读者意料，细思量却又在情理之中。

谜语只能猜一次，推理小说也是这样，如果知道了结局，再读就索然无味了。《东方快车谋杀案》已广为人知，曾数次被拍成电影，观众、读者已经知晓谜底，再次翻炒旧饭，导演肯尼思·布拉纳又如何拍出新意？

接受世界的不平衡

导演肯尼思·布拉纳没有沿袭侦探推理的路数来演绎这部影片，而是借助侦探波洛的视角，将正义良知、人性救赎这个永恒话题作为影片核心。布拉纳此举甚是高明，尽管影片公映后褒贬不一，但从不错的票房来看，布拉纳成功了。

《东方快车谋杀案》一开始，波洛相信世界非黑即白，要么是对的，要么是错的，没有灰色地带，他相信人类是理性的、文明的，他不能接受世界的不平衡。影片即将结束时，波洛却决定掩盖真相，包庇真凶，他要“接受这个世界的不平衡”。

波洛从“只容得下真实的世界”，到“接受世界的不平衡”，伴随着真凶出现、案情大白而转变。观众随着剧情的展开，宽宥了十二个凶手。影片快结束时，当真相“只有上帝和波洛知道”时，观众内心充满焦虑，不知道波洛如何处置真凶。最后，波洛包庇真凶和观众期盼不谋而合，皆大欢喜。

导演的处理很讨巧，他合理地顺应了观众的情感需求。影片结尾，孤独的车站，无声驶去的火车，默默注视窗外的十二双眼睛，看起来是那样宁静，只是所有人的内心都不平静，也包括每一位观众。

复仇的正义与良知

东方快车谋杀案，此案性质是仇杀，是一场有预谋、有计划、有分工的复仇行动。

人类的复仇行动源远流长，从最早氏族之间的血亲复仇——将对立一方打到毁灭为止，发展到同态复仇——以眼还眼，以牙还牙，杀人偿命，再后来国家和法律出现，私人复仇被禁止，出现了犯罪的概念。犯罪，被认为是对国家秩序的破坏，应当由国家通过法律和特定程序进行惩罚，于是，私力救济被公力救济取代。

但是，公力救济也有疏漏的时候。《东方快车谋杀案》中，卡塞蒂绑架杀害了阿姆斯特朗上校的女儿，阿姆斯特朗上校一家遭遇灭顶之灾，但是卡塞蒂却逃脱了法律的制裁。在这起案件中，真凶逍遥法外，法律没有发挥作用，失灵了。正义的天平倾斜了，正如影片中被杀小姑娘的家庭教师所说："有时光靠法律是不行的。"

法律睡着了，正义何以实现？阿姆斯特朗上校夫妇生前十二位亲朋好友，集结组团，着手私力救济，一人一刀，亲手血刃卡塞蒂，报仇雪恨。在这里，私力救济填补了公力救济的空缺，修复了失衡的秩序。复仇的快感，顺应了人类最原始、最朴素的情感，杀人偿命，快意恩仇。然而，复仇行为是正义吗？符合人类的良知吗？影片中波洛也反问家庭教师这个问题。

以正义为名的杀人也是杀人，天谴人恨的卡塞蒂也是一条生命，也有生的权利。假如卡塞蒂的亲友知晓十二个凶手后，也寻仇报复。如此这般，冤冤相报何时了，世界岂不陷入原始社会血亲复仇的状态中？

导演也意识到故事架构中的这个漏洞，于是数次在影片中用黑白镜头表现小姑娘的可爱美丽，表现阿姆斯特朗上校一家的幸福美满。用黑白镜头产生的视觉反差，刺痛观众，来提醒观众这些美好已成过去，继而剑指卡塞蒂。导演试图把观众调到和复仇者一个频道，铆足力量拉仇恨。影片还进一步借亲友团之口称颂阿姆斯特朗上校的善良、宽厚，让人继续惋惜、痛惜。

这些铺垫，为十二人的复仇行为找到道德支撑，最后达成一致：杀死卡塞蒂是替天行道，是恢复正义，其复仇是正义的，是良知和人性的彰显。所以，波洛包庇十二人，故意向警方撒谎，也是理所应当的。

《东方快车谋杀案》对复仇正当性的论证过于生硬、简单。在对人性善恶的表现上，呈非黑即白状态，也有些武断。

程序正义与实质正义的较量

说服他人接受一种价值观，很难。如果该价值观已经被主流文化淘汰，那就更难了。人类一直向理性文明走进，时代的变化潜移默化地影响着人的观念。

《东方快车谋杀案》小说诞生六十年后，美国发生了著名的辛普森案，最终陪审团认定辛普森无罪。虽然人们普遍认为辛普森就是杀人凶手，但是公众包括死者家属还是接受了这个结果。与《东方快车谋杀案》中对复仇行为的宽容和默许态度不同，辛普森案，在很大程度上折射出人们对法律、对司法的尊重和信仰。人们相信，法律之治是人类迄今发现的最不坏的自我管理方式。法律在社会秩序和个人自由、程序正义和实质正义之间寻找着最佳平衡点。人们选择了法律之治，便将权利自由以及权利救济交给法律王国，让法官来守卫正义之门。

东方快车谋杀案和辛普森案还有一处不同，就是辛普森案历经侦查、起诉、审理阶段，法院是在各方诉讼参与人参加下，通过证据认定事实，作出的裁判结果。东方快车谋杀案，在诉讼进程上，只是处于侦查环节中大胆怀疑、小心求证的初始阶段。

神探波洛根据蛛丝马迹进行严密推理，将犯罪嫌疑人锁定在十二名旅客身上，其推理结果即使与事实吻合，也必须要有证据来支持，这就是当今世界普遍适用的证据裁判原则。

影片中有阿姆斯特朗字眼的纸条已被烧毁，只是提供了侦查线索，带血的刀、安眠药、摔坏的表、破碎的玻璃、恐吓纸条、十二处刀伤的尸体，这些证据只能证明卡塞蒂被杀的事实，却不能证明凶手是谁。即使十二个人日后被送上法庭，若其否认犯罪，在没有确实证据的情况下，也不可能定罪。

在刑事诉讼程序中，波洛的工作仅仅是万里长征第一步，最终能否定罪，充满悬念。

颠覆记忆中的神探形象

布拉纳版波洛，实在太帅了。一张充满正义的脸，精心修剪的大胡子，高大威武，绅士儒雅，感情细腻。这一新造型完全颠覆了读者脑海中留存的波洛形象：身材矮小、红鼻头、长相滑稽，还有两撇用来搞怪的胡子。

奇人异相更符合观众的审美认知。布拉纳版波洛全能全知、高大完美，反而冲淡了波洛的个性特征，减损了其独特的艺术形象。影片中有几场打斗戏，波洛身手矫健，武功高强，分分钟制服了企图逃跑者。波洛手里的拐杖，真乃多功能神器，能溜门撬锁，擒拿格斗时又变成丈八蛇矛枪，让人不由得想起电影《特工学院》中的间谍武器。

看侦探电影，有时候不可太认真。《东方快车谋杀案》开场前几分钟，用极快的节奏展示波洛破获的另一件盗窃案。广场上，众人面前，波洛以“谁是最大受益者”简单粗暴地排除了三位神父，又以油画上的划痕判断系窃贼的高档皮鞋所致，然后根据起获的赃物武断地指出窃贼就是总督。总督相当“配合”，立刻奔跑逃窜，又恰到好处地撞上波洛提前插在墙上的拐杖。画面很酷很炫，梗却实在生硬，影片中的众人都弱智地配合着神探的“神机妙算”。导演当然也希望观众略微弱智一些，“配合一下”，按照导演的意思赶紧确立对神探波洛的人设。

影片中还有几个需要观众“配合”的梗：波洛对鸡蛋尺寸的挑剔，波洛不能容忍他人领带的不端正，波洛故意将另一只脚踩在牛屎上……这些疑似强迫症的表现，与导演对波洛的基本人设貌似又有一些差距。

当然，《东方快车谋杀案》还有不少可圈可点之处：长镜头运用气势如虹，画面华美精致，十几个大牌“群众演员”各有看点。

总的来说，这部电影，值得一看。

70后的记忆:《怒放·青春再见》

回清华参加校友年会，卢庚戌在大礼堂和校友见面，首映其导演的作品《怒放·青春再见》。清华建筑系校友卢庚戌，跨界唱歌、写歌，引领水木年华驰骋乐坛数载，此番进军电影圈，用四年时间磨出了这部电影。

《怒放·青春再见》是一部青春怀旧影片，与《致青春》《中国合伙人》等影片同属一类。这些影片再现曾经的校园、宿舍、食堂，勾起一代人共同的青春回忆，掀起一股怀旧、追忆青春的潮流。影片中偶尔闪现的爆炸头、喇叭裤、双卡录音机，让我们70后甚是感慨和激动。

青春怀旧片，对于00后是“十万个为什么”，对于90后是不解和鄙夷，对于80后是为赋新词强说愁，对于70后是回味和惆怅，对于60后是缅怀和感伤。时代不同，感受亦各异。青春怀旧影片中，《致青春》是送给80后的，《中国合伙人》是送给60后的，而《怒放·青春再见》不折不扣是送给70后的。

70后成长经历和社会大变革几乎同步。70后最初的记忆中有大街两侧的横幅标语，有客厅摆放的伟人像，有书柜里的红本语录。70后经历过一波又一波抢购盐、火柴、酱油的虚惊，70后用过布票、米票、面票，70后始终在惊奇中成长。

70后也见证了时代的进步，感受着中国社会的巨大变迁。从双卡录音机、彩电、VCD、家用电话、BP机到大哥大、手机、网络、人工智能……时代巨变，70后的视野越来越开阔，心胸越来越广博，理想越来越高远。

从影片黄家驹去世这一情节看，《怒放·青春再见》描写的时间应是1993年。影片中大学生马路、郑天亮等四位爱好音乐的大学生组建“怒放”乐队，吸引了全校的眼球，也获得校园女神的青睐。

九十年代初，是青春尽情挥洒的时代。那个时候，青春偶像是留着长发会弹吉他会唱歌会写诗的男生。那个时候校园里没有宝马，没有土豪，没有“官二代”“富二代”；那个时候，理想、梦想和着音乐是蓝图美景；那个时候，草地上奏响的吉他是秒杀女孩的神器。

那个时候，爱情是用心浇灌的苗，为伊消得人憔悴，却不敢看伊一眼。影片主人公马路的暗恋就如此。“爱”这个字，太神圣了，以至于担心用世俗嘴巴说出来都会亵渎它。那位女神矜持、羞涩，明明心知肚明，却“和羞走，倚门回首，却把青梅嗅”。男生马路可以从桥上跳下来，可以打架，可以舞台上怒摔吉他，却张不开口说出“我爱你”。这就是70后的爱情纠结。当时有一首流行歌就叫《爱你在心口难开》。那个时代，爱情就是错过，或者是阴差阳错。

70后是有理想有梦想的一代，也积极努力追求着梦想。70后在学生时代，学雷锋、学刘胡兰、学赖宁、学韩余娟，榜样都是舍己为人的英雄。年少的70后，金钱意识淡薄，物质需求不高，追求的更多的是精神富足。影片中，马路买不起崔健演唱会门票，让女神踩着自己的肩膀从窗口偷看演出，女孩快乐，马路兴奋，没有金钱的桎梏和束缚，感情至真至纯。

光阴荏苒，70后一代人在成长，也被生活打磨着。70后在努力适应着变幻莫测的社会，棱角一点点被磨平。

二十年后，怒放乐队的四个好朋友人近中年，各有各的不如意和无奈。生活这把杀猪刀，带走了青春年华，留下了两鬓银丝、眼角鱼尾、臃肿身形、蹒跚步履。70后青春的梦想是否被一并斩绝？也许是，也许不是。

人到中年，静了下来，学会倾听心的声音，跟着心走，走到了海边。大海、渔船、吉他、贝斯，“怒放”乐队再次相遇，重聚在海边，唱响《再见青春》，响彻夜空……

原来，梦想一直都在，从未离开过。只要你想，总有怒放的一天。

影片最后的画面太美了，音乐太震撼了，把一代人隐忍已久的纠结、徘徊、困惑、迷茫淋漓尽致地倾洒到大海、天边。

此时，70后观众感受着青春旋律，眼角有一丝亮光，那是从心底流出的泪花。卢庚戌特意在影片中加了一句台词送给70后：“人生要有两次怒放：一次为爱情，一次为梦想。”

《怒放·青春再见》就是送给70后的礼物。

律师看《离婚律师》

电视剧《离婚律师》播放时，到处都是有关它的话题。

律师事务所里，当事人建议律师采用剧中“招数”。闲暇聚会，亲朋好友不厌其烦地向律师求证律所是否和剧中一样。对于此剧，有律师同行义愤填膺，强烈要求封杀，称该剧损坏了律师整体形象，伤害了律师对法律的感情。

国内律政题材电视剧不多，我追完《离婚律师》，却觉得很好看。

在剧中，许多细节表现得相当“有生活”：罗鹂律师穿平底鞋坐地铁上班，包里装着高跟鞋，到律所再换鞋；吴文辉律师送罗鹂一部车让她在当事人面前有面子；潘小刚律师着名牌，戴名表，借豪车，打肿脸充胖子使劲包装自己。

的确，律师是个很注重外在形象的职业，很在意“虚荣”。律师行头“标配”是职业装、皮鞋、公文包，豪华配置上不封顶，涵盖世界各大品牌。律师圈里有戏言：“开宝马的律师，为开宝马的当事人服务；骑自行车的律师，服务对象也骑自行车。”律师着装，是职业要求，也是拓展业务之需。

必须承认，编剧提前做了功课，对律师行业的外在形象进行了研究。剧中主人公服饰也是本剧的一个看点，基本符合律师着装要求：

成熟、严谨、稳重，同时加入了时尚元素。

如果用专业眼光审视，这部电视剧有诸多场景背离法律，比如：开庭时律师站起来发言，在法庭上走来走去，擅自打断对方当事人的发言，这是法律不允许的。我国司法实践中，法庭上，律师只能坐在代理人（或辩护人）席位上，不允许站着说，也不能随意走动。法庭上，律师不能任意、随意发言以及打断对方，只能申请法庭制止对方。

民事案件开庭质证过程中，律师作为一方代理人只能向法庭出示证据，法庭收到证据后，再让另一方当事人及代理人核对、质证。之后在法庭主持下，双方还可对证据展开辩论。然而在该剧中，有几场法庭戏很错位：双方当事人及其代理律师，在法庭上径行示证、质证、辩论，离开座位到对方席位进行争吵，一副市井吵架模样，法庭一片混乱。

法庭庄严神圣，法庭的主人是法官，法官享有最终裁判权。法庭上的诉讼参与人在法庭上所做的一切，就是为了说服法官作出有利于己方的裁判。剧中庭审场景中诸诉讼参与人无视法官的存在，无视法庭之尊严，这脱离实际，也极不严肃。

《离婚律师》以离婚诉讼为主线，本应以现行婚姻法作为评判标准，但是很遗憾，编剧可能没有认真学习婚姻法。剧中男主角因在婚姻存续期间有过错而被法院判决“净身出户”，之后一系列故事都围绕“净身出户”展开。

“净身出户”不是法律术语，是民间说法。“净身出户”有无法律依据？我国现行婚姻法规定，对过错方的处罚和对无过错方的保障并不与财产分配关联。离婚时夫妻对共同财产协议处理，协议不成的，由法院根据财产具体情况进行判决。即使一方有过错，也不影响其分割财产，只是分多分少的差别。所以，剧中的“净身出户”情节出现在专业律师身上，很不真实。

该剧中，还有很多脱离现实、背离法律的情节：潘小刚律师以代理人身份与池海东律师谈话，随后律师纪律惩戒委员会对池海东直接出具处罚决定书，这与律师行业规范不符。现实中，律师协会处罚律师违规违纪行为有严格的程序，先调查，之后组织听证，最后作出处罚决定，程序非常严格、谨慎。剧中情节过于随意，桥段设计也很突兀。

让律师观众愤然的是剧中对律师的“高级黑”：罗鹂跑到对方当事人家里以风情诱惑偷偷录音取证；罗鹂扮成失意大学生接近对方当事人骗取信任；池海东授意当事人潜入他人住宅装摄像头获取证据；潘小刚让当事人以假离婚为由实现“假戏真做”……

律师能如此公然“行骗”吗？

不能。律师法规定，律师作为向社会提供法律专业服务的执业人员，肩负维护当事人合法权益、维护法律正确实施、维护社会公平正义的任务。律师在执业中，不仅要遵守法律，而且必须恪守律师职业道德和执业规范。

剧中律师的上述行为，或违反执业纪律，或有违职业操守，或违反法律，是应受到谴责甚至被处分的。

其实，电视剧《离婚律师》不是为了塑造律师形象，而是借律师的“壳”来演绎都市生活、家庭伦理、感情故事，以律师的业务工作为主线将数个故事串在一起。

剧中涉及婚姻与忠诚、出轨与背叛、凤凰男与门当户对、彩票与命运、剩女与小三、不婚主义、婚前同居等这些家长里短的、关乎生活伦理的、老百姓喜闻乐见的、常讲常新的话题，满足了观众“看别人故事，过自己生活”的心理渴求。

为了让故事更好看更有噱头，编剧拿律师这个新瓶继续装旧酒。之所以选择律师，这和律师行业发展有关，律师的社会形象尚未定型，尚存一丝神秘，这恰好符合“新瓶”的要求。在这一点上，《离婚律师》和热播剧《心术》《产科医生》一样，律师和医生发挥的只是瓶子作用。

从某种意义说，影视作品中的叙事风格、内容是外在“形”，人物塑造是作品的“魂”，有血肉有灵魂方为人，有故事有情节有人物塑造方成作品。放眼世界，许多影视作品塑造的经典律师形象，影响了几代人，比如《杀死一只知更鸟》中置个人安危于不顾、为黑人伸张正义的芬奇律师，《风暴》中的气贯山河、不畏权势的施洋大律师，《辩护人》中的小富即安却临危受命不畏强权、以生命捍卫正义的宋佑硕律师。如以此标准评判，《离婚律师》尚属起步阶段。

《离婚律师》的确误导了现实中的一些当事人。该剧播出后，一些当事人参照剧中情节向律师提出“化妆取证”的要求，让律师哭笑不得。被律师拒绝后，当事人振振有词：“人家电视剧中的罗鹂律师能行，你们怎么就不行？”

影视作品误导公众并非只此一例。在美国，热播剧《傲骨贤妻》、*CSI*（犯罪现场调查）等律政剧、侦探剧播出后，也给业内人士带来了麻烦，让人苦不堪言。我国台湾地区鉴证专家李承龙博士在北京一次讲座中提到，*CSI* 将最新的、尚未应用到实务的技术直接在剧中使用，造成现实中许多当事人质问警方为什么不采用*CSI*中的技术，让美国警察有口难辩。美国犯罪学家马里奥称，*CSI*剧中40%的侦查技术在现实中都不存在，*CSI*剧中的超前行为误导了观众。

《傲骨贤妻》等律政剧、法庭剧多以庭审为场景，展示律师在法庭上的风采，吸引观众追剧。而实际上，在美国，刑事案件95%以上通过辩诉交易处理，民事案件庭前和解率高达98%，能够通过陪审团审判的案件只是案件总数的“冰山一角”。如果这些美剧严格尊重司法现实，就没有那么多激烈对抗的法庭场面，吸引力也必定大打折扣。

总的来说，《离婚律师》的热播在很大程度上宣传了律师这个行业，起码让普通观众对律师职业有了感性认识。

话说回来，处于萌芽状态的律政剧，需要宽容、呵护，才能茁壮成长。律师看《离婚律师》等律政剧，不必太较真，完全可以用娱乐的心态看故事、看情节、看时装、看姚晨、看吴秀波、看发型、看包包……

看电视剧，不就是为了放松神经、缓解劳累嘛。

想找工作先测谎？

——兼论测谎仪

说谎，人人都会。说谎很容易，很多谎言不假思索，脱口而出。说谎并不意味着人格品行低下，因为谎言也有善意和恶意之分。说谎有两种情形：一是隐瞒真实；二是捏造事实。

说谎动机不一，目的多样。有时候，说谎与人的趋利避害心理有关，是一种自我保护机能。人类世界的复杂，与说谎不无关系。例如，犯罪发生后，凶手往往否认犯罪，通过说谎来逃避责任，趋利避害心理使然。这也造成司法机关查获真凶、发现真相的难度增大。

揭露谎言不是那么容易的，可以通过寻找谎言的破绽来揭露，或者通过说谎线索来求证，但是，更多时候，高明的说谎者压根就没有受到怀疑。

矛与盾共存，如何识别谎言，也成了千古一问。在某些时刻，识别谎言格外重要，比如犯罪发生后查获真凶时。

科技发展为识别谎言提供了科技力量，测谎仪一问世，便被追捧，甚至被奉为“神明”。测谎仪被很多国家使用，有些国家的法律允许将测谎结果作为证据使用。

测谎仪，并不能直接检测说谎与否，只是记录情绪波动延期的自主神经系统活动，如心跳、血压、皮肤传导性、体温等。测谎仪所测的只是自主神经系统的唤醒信号。人存在个体差异，生理反应、心理素质相差巨大，有人说谎面不红心不跳，有人说实话却呼吸急促、面红耳赤。测谎仪只能显示出某些情绪的波动，却不能检测出是哪一种情绪，是生气、害怕还是良心不安等，甚至有时变成了谎言的帮凶。

完美的测谎仪，应当如此：一个封闭的小格子空间，被检测者在里面接受提问，其一说谎，仪器立刻警报频发，准确率 100%。但是，目前这依然是科学幻想。

尽管有关测谎仪的争论始终尖锐激烈，但是在世界范围内，使用测谎仪的情形越来越广泛。数据显示，早在 1983 年，美国每年使用测谎仪 100 万次，民间测谎占比最大。民间测谎的目的是录用新员工，或者监管内部渎职，或作为升迁参考，尤其在金融业与零售业。

想找工作先接受测谎。在美国，有些雇前测谎是强制性的，应征者不能拒绝。雇佣者先设计好问题进行检测，应征者如果被测出说谎，就会因此得不到工作机会，还要背负一个“说谎”的标签。

应征者心理素质不同，情绪反应不同。测谎可能会有两种反面作用：一是通过测谎被录用，实际却是引狼入室；二是没有通过测谎，实际却是真人才、好员工。

当然，并非所有的雇主对测谎结果都不加考证、悉数照搬，在采纳测谎结果方面，雇主还是很灵活的。美国数据显示，在承认说谎的人当中，有 58% 的人在事后仍被雇用。例如，发现应征者是酒鬼却撒谎，雇主雇用后不让其担任司机，而让他去做装卸员。一些被测定为说谎却不承认的人，才会引起雇主注意。

美国的应征者表现都很乖，乖乖地接受测谎，入职测谎在很大程度上已经被人们接受。美国在警察招募考核中，测谎是一关。

有些行业，在入职后，还会对在职员工进行定期测谎。例如，美国国家安全局定期对员工进行测谎，员工如果无法通过测谎，面谈又交代不出理由，就会被交付安全调查。对这种定期测谎，局内员工普遍接受并认为合理，因为一方面通过测谎可获得接触机密信息的机会；另一方面，测谎也是员工自证清白的机会。定期测谎还会产生额外的吓阻效应，即员工知道将接受测谎，行为上便有所节制。

测谎仪的发明，距今已有一百多年，科技含量逐年升高。测谎仪在我国出现时间不长，目前主要用于刑事案件侦查。我国对测谎仪持慎重态度，禁止将测谎结果作为诉讼证据。

中国雇主在录用员工时，很少使用测谎仪，乃不同的文化使然。

里皮同志上任与清华教授绝食

现实生活远远高于艺术，甚至超出地球人的想象。

马尔切洛-里皮（Marcello Lippi）被恒大集团任命恒大足球学校校长，恒大集团公布了《关于里皮等同志人事任免的通知》。“里皮同志”要在中国传道授业解惑了，球迷们莞尔一笑。

抗日战争时期，白求恩同志不远万里，来到中国。白求恩同志，是中国人民的朋友。里皮教练，为了帮助中国的足球事业，受恒大集团的诚邀，不远万里，来到恒大，成了里皮同志。里皮同志，是中国球迷的朋友。

里皮全面接受“同志”这个称呼，估计需要一段时间。老外来到中国，或多或少都会感到适应上的难度。虽说，中国许多西餐厅、欧式酒吧以及娱乐休闲场所很地道，很有国际范儿，老外欣然接受物质方面的天下大同。

天下大不同的是不同国家、民族内在的社会运行程序。该程序融合着不同的传统、法律、道德、文化、历史、信仰、伦理、价值观、思维方式等。一个思想成熟的成年人，要融入一个全新社会，他面临的挑战是社会运行程序的差异，即不同的操作系统如何兼容的问题。

有一本书在老外之间很流行，被视为法宝——《*GUANXI*》，仅以“关系”这个词为内容就能写出一本书，如果全面阐述中国社会的运行程序，估计能写出几部四库全书。学会适应中国社会的运行程序，是来华老外的必修课。

清华大学的我国台湾地区教授程曜为了修改清华官网上的个人简历，绝食5天。2011年，程曜教授发现清华大学工程物理系官网发布的个人简历中包含其尚未公开发表的论文资料，便要求撤销相关网页，未果。于是开始绝食，5天后网页被撤下，校方向程教授道歉。

同为中华一家亲的程教授回到大陆，竟然也出现不适应症？看来，程教授尚未适应大陆高校的规则。而我们早已习以为常，高校有行政级别，有三六九等，高等学校行政化是常态，高校这种现实状况以及其背后的行政运作惯性，才导致程教授要求修改简历一年多而不得满足。

程教授自然无法深度理解其中奥秘，他叹气摇头却不作罢，以绝食方式来抗争。这种拿着生命要说法的抗争方式我们很熟悉，农民工讨薪不成时，上访者受阻时，祖宅被强拆时，污染企业开工时，判决不被执行时，绝食、跳楼、静坐、自焚等各种冲击眼球的方法便呈现面前。

当公平正义缺席的时候，人们不得不一次次拿自己最宝贵的生命和健康做赌注，一次次以极端的、绝望的方式点燃希望之灯。程教授耳濡目染，学到了精髓，为了保护自己的知识产权，为了师者尊严，他不顾身患糖尿病，毅然绝食抗议。他说要“以我的自由意志来提醒每一个人，荒谬就在你的身边”。

为了一个简单诉求，却要付出如此代价。

社会犹如机器，操作系统控制着机器。操作系统一旦出现错误，程序便重复着错误，形成惯性。纠正错误的代价，便一次次增大。如果说，里皮同志这个称呼，无伤大雅反而有趣，犹如系统开的小玩笑，而程教授绝食则是系统发出的一次警报。

社会万象，有哭有笑，有人说这是正常的。但，当眼球一次次被劲爆冲击而疲劳时，当现实版大片一次次上演时，当艺术源于生活而高于生活这句名言被倒置时，我们必须承认，我们需要反思。

减肥、减负与孩子的未来

有一个笑话，甲问乙："听说你减肥半年，怎么不见效果？"乙答："我准备环球旅行，每个细胞都想去。"很多人都有减肥经历，让体内细胞活生生地消失，的确苦不堪言。

新学期伊始，北京市教委出台《关于切实减轻中小学生过重课业负担的通知》。于是乎，小学生晨读被取消，放学时间提前，课后几乎无作业，期中考试取消，平日测验取消。新举措迅速贯彻落实，媒体传来一片叫好声。

减负后，真的很好吗？

北京东三环一栋写字楼里，人声鼎沸，熙熙攘攘，几部电梯不停息地运送着上上下下的人们。很容易辨认出，来这里的都是中小学生及家长。这栋楼是著名的"培训楼"，每天下午，很多孩子来不及换下校服就来这里上第二课堂，各色各款的校服成了一道风景线。

这栋楼里驻扎着几十家培训学校，培训课程涉及英语、语文、数学、物理、化学、美术、音乐等学科，和公办中小学课程几乎同步。一间间逼仄的教室挤满了学生，琅琅读书声偶尔从门缝里挤出来，飘到楼道焦急等待的家长耳朵里。这些培训学校，用行动承载起公立学校减下的负担，把教委责令减除的课业悉数扛起来。在北京，这样的培训机构有很多，学费很贵，但生意都很好。

给孩子减负，听上去很美。但是，在高考这个指挥棒下，在教育资源不均衡的现实下，孩子们无法避免高考独木桥的残酷竞争。教委减负文件让学校略微轻松，老师不敢留作业了，孩子的作业条不见了。孩子们早早放学，有了大把时间，貌似轻松了。可是一系列问题出现了：

不留作业，如何温故而知新？过去老师根据教学内容留家庭作业，次日再针对学生作业情况进行点评。课上学习和课下作业互相配合，加深记忆，互为补充强化。对于低年级的孩子，还能培养孩子放学后主动学习的好习惯。减负后，作业不留了，完全让孩子在课堂上消化、记忆，不符合记忆规律，学习效果大受影响。

课后时间如何打发？三点半放学，孩子们离开校园，过去写作业是学生的主要任务，现在如何安排？去少年宫？去游泳？去看演出？去踢足球？即使作为监护人的家长放下工作陪着孩子跑东跑西，可是少年宫、足球场、剧院、科技馆也无法提供足够的设施和空间。

校园早早关了大门，孩子们被推回家庭。家长担心孩子荒废光阴，只好花钱送孩子到培训机构继续学习。

取消期中考试，有无弊端？考试是检测知识掌握情况的方法，它的存在有其必要性，尤其对于以学习为业的青少年。考试能够增加紧张度，帮助孩子适应考试，为日后的高考、研究生考试、职业资格考试、公务员考试积累经验。教委叫停期中考试，其实减少了学习检验和考试训练机会。

只要高考指挥棒依然，大环境不变，即使学校减负，家长也不敢给自己孩子“放羊”。行政部门打着素质教育大旗，以文件形式强行“减负”，干预了正常教学活动，在一定程度上破坏了传道授业解惑的教学规律。

教育是人类一项大工程，有关部门在制定政策时，应放眼未来，尊重规律，构建一个有利于孩子成长的大环境。减肥减掉的细胞，通过燃烧释放能量后，便永远消失了。学校减负卸掉的担子，却让疲惫的家长、无助的孩子自己扛了起来。给孩子减负，这句话听着很美，实际却很苦，犹如某美容院七天减掉四十斤的广告承诺，华美在外，悲苦自知。

不服老的精神

飞机落地大阪，机场引导员是一位头发花白的老先生，他指引外国旅客到特定区域录指纹，和蔼微笑地问候每一个人，用双手指示前行方向。他重复着同一动作，重复同样的话，热情而真诚。

在此后旅日行程中，我又遇到在不同岗位敬业工作的数位日本老人。看来日本是老龄化社会的说法，名副其实。日本老人不服老的精神，给我留下了特别深的印象。

不服老的日本老人

清晨，京都街头，一位年过花甲的清洁工，佝偻着腰，双手持一把大扫帚，用力扫地，非常认真，好像要扫去每一粒尘土。

乘坐大巴到达东京郊区一酒店，下车时，一位老奶奶店员站在车门下，向每位客人鞠躬问候。她身材瘦小，妆容精致，看上去有七十多岁。老奶奶一边问好，一边接过客人手中饮料瓶装入她的收纳袋，亲切自然。次日，我们坐大巴离开酒店，在酒店附近路口，这位老奶奶竟然站在路边，向大巴使劲挥手，和客人道别。异域他乡，老奶奶的“十八相送”，让人感动。

在大阪打出租车，司机是位老师傅，西装笔挺、举止儒雅，头发全白。他弯腰要为我搬行李，我抢先把行李放到后备厢，怎能烦劳老人家！老师傅却满脸歉意，再三鞠躬。

后来，旅居大阪的朋友告诉我，日本老人不服老，喜欢工作，接受他们的劳动就是对他们的尊重，在地铁电车上不要给老人让座，平日排队时也不要故意谦让老人，会伤害其尊严。我心里一颤，竟然如此。

我到万博纪念公园游玩，因为工作日缘故，游人多是老年人，有全副武装跑步的，有支起画架画画的，有持专业相机摄影的。

朋友说，日本老人爱工作，也爱生活，养生保健琴棋书画插花茶道啥都学，爱好很广泛，并且玩得有品位有深度。在大阪一家公民馆（基层社会组织，类似我们的居民委员会），我看了一个社区老人绘画作品展，造诣颇深。这家公民馆有一个图书馆，各类图书整齐陈列，免费向社区居民提供借阅，借阅者多是老人。他们根据个人兴趣进行阅读、研究，常有专业文章发表。

公民馆每周播放几场电影，多选择经典影片，观众基本是老人，观影后有座谈会，有专业人士讲解。公民馆主要由义工管理，义工主要是社区老人，他们积极地组织参与社区活动。

和日本老人接触，能感受到一种积极乐观的精神，一种不服老的精神，还有保持独立和尊严的态度、追求精致生活的热情。

当然，潇洒也要有基本条件，日本社会养老制度相对完善，养老服务机构、基本设施比较齐备。日本老人敬业工作，并不全是生存生活所需，也有的是为了实现个人价值。

日本老人普遍与成年子女黏合度较低，双方保持着适度的距离，拥有各自空间和自由。不过，这也促使老人事无巨细都必须独自应对，独自处理各种社会关系。日本爷爷奶奶没有隔辈抚养孙子的传统，不需要“带孙子”和给成年子女“当保姆”。没有家庭的羁绊，就有了驰骋于社会大舞台的自由。日本老人工作、生活，遵循个人意志，直接面对社会，处理各种关系。

借鉴一点精神

看别人，想自己，对不同文化、传统、习惯进行比较，都在不自觉中完成。

中国逐渐进入老龄化社会，而且，老龄化程度正在急速加重，据有关部门预测，到 2035 年老年人口将达到 4 亿人，失能、半失能老人数量会进一步增多。

中国老人生活状况复杂多样，老骥伏枥报效社会者有之，生活窘迫孤苦无依者有之，为孙辈呕心沥血者有之，养米虫自愿被啃者有之，乐享生活者有之。状况不同心态也不同，有服老认老型，有生命不息抱怨不止型，有大彻大悟超越自我型，有不怕老不服老孜孜不倦型，有为子孙甘为孺子牛型，有抓住夕阳只争朝夕型……广场舞步下，舞者的心态各有千秋。

一个人的精神追求在很大程度上引领其行为举止。不服老、自立自强的老人，展示出积极、乐观、向上的态度，传递着正能量。正是这种精神，让一位老人千万次重复同一个动作却不厌其烦，让一位老人一丝不苟地扫去每一粒尘土。

不服老的人通过运动延缓衰老、保持生命活力，通过学习完善自己，通过服务社会来体现个人价值。不服老的人，努力延长自强自立阶段，缩短接受他人帮助的人生阶段，最大限度地释放自己的能量，生命也由此变得更有意义。

日本老人这种不服老、自强自立的精神，值得我们各个年龄段的人学习。这种精神汇聚在一起，聚合出正能量，让社会充满活力。正如春天的森林一片生命翠绿，而绿色来自无数棵百年古树、参天大树和小树。

给爸妈洗脚与“感恩教育”

假期回到老家，这里是一座安静祥和的古城，人们尽享天伦之乐。

一天傍晚，参加“重要会议”的老妈红肿着眼睛回来了，怎么啦？

只见她老人家喝完杯中茶，擦一把脸，清清嗓子，开始传达她的参会内容，同时对子女孙辈展开感恩主题教育。

原来，她回自己曾经任教的中学听了一场“爱心孝心”宣讲会。宣讲人不是本地人，他们自称是下岗工人、公务员、高中生，讲述各自悲惨的人生经历，讲孝道，讲感恩。

“那场面太感人了”“全场哭声一片”，老妈夹叙夹议。

明白了。老妈遭遇的是时下中国城乡非常流行的“感恩教育”。

这类宣讲会一般由专业公司组织，通常选择那些民风淳朴、传统观念浓重的县城、乡镇，通过与中小学校合作，免费对师生、家长进行感恩教育。这些公司在活动组织上颇具匠心，听众不仅按照主题内容选择宣讲人，而且配备音响师、主持人，还提供免费午餐。

学校乐意配合，期望通过感恩教育提升学生道德素质，接受传统文化熏陶，讴歌主旋律。学生家长也乐于参加，希冀从中汲取正能量，传承传统孝道文化。

但是，这些所谓的“感恩教育”只是幌子而已，是这些公司为谋求经济利益而进行的“精神传销”。舞台上的宣讲人并非下岗工人、农民，其真正身份是经过培训、包装的公司宣讲员。演讲内容都是提前设计的，有虚构成分，极具泪点。宣讲员通常以第一人称进行夸张、煽情的演讲，这样更容易将观众带入“悲惨动人故事”里，取得共鸣。

会场上的宣讲员轮番投放“催泪瓦斯”，猛击泪点，调动观众情绪，摧毁人的心理防线，营造哭的气氛，继而引领全场哭泣大合唱。每一场宣讲都是哭声一片，泪流成河，这正是公司追求的效果。老师家长学生都成了被人操纵的棋子。

商业公司当然不会无私奉献，赔本赚眼泪。活动结束时，宣讲员开始向观众推销感恩演讲光盘或者图书画册，经过眼泪洗礼的观众，意志力极为薄弱，纷纷慷慨解囊，竞相买下一堆价格不菲的光盘或画册。一场宣讲会后，公司赚得盆满钵满。

网络上我们可以搜索到许多感恩教育的宣讲现场视频，异曲同工，台上宣讲人或正义凛然，或如泣如诉，说孝道，谈爱心，质问观众，促其忏悔、反省，背景音乐伤感凄婉，台下孩子和家长哭成一团，跪了一地。

套路一样，目的也一样。醉翁之意不在酒，皆为利而来。

写到这里，顿生疑问：哭作一团的“感恩教育”与抱成一团的“老鼠会”（传销），怎么如此相似？二者都是被一种强大力量绑架，被洗脑，被控制情感，听众失去了独立思考和辨别能力，失去了自我，完全沉浸在一个虚构的世界里，任人摆布。

传销之危害，已经尽人皆知。但是，时下这些感恩教育，却被很多人推崇，甚至有很多中小学老师。

这冠名“感恩教育”的宣讲是教育吗？此等“感恩教育”能焕发人心中的善念，能弘扬传承中华优良传统吗？能培养出一代自强自立自信、积极向上、勇于担当的公民吗？

这种“感恩教育”把视角局限在家庭成员间，强调孝悌，这与现代教育理念不相一致，并不利于青少年独立人格的培养。孩子一出生就是独立的人，享有各项权利。未成年人教育，贵在引导，平等、尊重是基础。父母老师对孩子的教育，应以平等、尊重、独立、责任为内容，在日常生活中点滴积累、潜移默化，将其培养成社会人。

中华民族自古注重教育，很多哲言我们耳熟能详：不愤不启，不悱不发，举一反三，见贤思齐，躬行践履，知行统一，温故知新，循循善诱，因材施教，教学相长……这些先贤所强调的教育方法，对今天仍然有益。

不过，教育的方向、目标、任务是随时代变化而变化，随社会发展而发展的。我们今天的教育，应当将培养有独立人格、自信、自强、理性、有责任、有担当的现代公民作为首要任务。伦理道德教育、知识技能教育、审美教育、学校教育、家庭教育、社会教育等都应以有独立人格的人为核心。

我们的社会已经不再是传统家庭型社会，如果将孩子局限在家庭的护佑下，既不现实，甚至还会扼杀其成长。相反，为了让孩子未来能够适应社会，必须弱化孩子和家庭的关系，逐渐把孩子从家庭推向社会，促使其完成社会化进程。我们应当在广博的天地下，以开阔的胸襟，培养青少年敢于担当的精神和责任感，不仅对家庭敢于担当，对社会、对世界皆然。

教育不能乱来。教育是心灵的唤醒，是一个灵魂唤醒另一个灵魂。

教育是潜移默化、润物细无声的影响、渗透，奢望一场宣讲会就能立竿见影、卓有成效，未免太天真。击中泪腺的感恩宣讲教育，它只是触动了人们情感痛点，引发情绪反应，这和看一部虐心电视剧的效果并无二致，很难在心中留下一丝印记。

感恩教育有时披着传统文化的外衣，让人盲听盲信。中国传统文化中有精华也有糟粕，我们理应识别与取舍。前不久某地挂出一公益广告牌，上书“埋儿养母”，让人毛骨悚然。“埋儿养母”取自《二十四孝》，故事主人公郭巨欲将儿子活埋以奉养母亲。今天的我们自然无法接受这种以杀子为手段的“孝”，更不应倡导。《二十四孝》中很多故事都残忍狠毒，愚昧之至，却以“孝”冠名。这种“杀子文化”扼杀的是一个民族的生命力和创造力。

在宣讲会现场，有时主持人强行要求孩子给父母下跪，让孩子公开表达内心忏悔。这种强迫不仅伤害了孩子的尊严，而且扼杀了其尚未形成的权利意识。可怜的孩子，正在被打造成没有自我、没有尊严、没有个性、没有担当、只会服从的巨婴，而我们却浑然不觉。

宣讲会有时还会留作业，比如让孩子给父母洗脚。“给父母洗脚”，这几年非常火，无一不是学校老师或组织机构布置的作业。作业对学生具有强制性，不论其合理与否，小孩子没有选择权，只能服从，完成洗脚任务后往往还要写篇作文谈体会，讴歌父爱母爱之伟大。

试想这个场景：年轻的父母端坐沙发，孩子踉踉跄跄端来一盆水，跪在地上给爸妈洗脚，身康体健的父母看着跪在地上的幼小孩子，其感受是幸福、是尴尬、是不忍，还是恃强凌弱的快感呢？

快放过我们的孩子吧！

“贝儿是个好律师”

贝儿是谁?

一位上海小姑娘，五岁，湖南卫视《爸爸去哪儿》栏目中的萌娃之一，演员陆毅之女。

问题提出

贝儿是个好律师?

是的，贝儿是个好律师。

学龄前儿童贝儿，法律专业律师，二者何以并论?

从《爸爸去哪儿》说起，此节目有一期是“早餐考验”，节目组提前设计好特定情境，然后把六个小朋友分成三个组，每组两人，一人有早餐，另一人没有早餐，测试小朋友如何独立应对突发状况。

在这一环节中，贝儿从容淡定、机智敏捷。其亮闪闪的风采，整个活脱脱的律师范儿！接下来，对“贝儿是个好律师”这个命题进行论证。

为权利而斗争

律师以维护权益为工作核心。有人在权利受到侵犯而寻求律师帮助时，律师接受委托后便启动维权程序，搜集证据、研究法律、制订方案，然后向侵权者或者法院提出诉求、主张权利，打响一场权利保卫战。

在早餐考验中，村长提前给 Feynman 碗里放了蛋糕，给贝儿的是空碗。村长将两位小朋友带到房间指定座位，之后迅速撤离并把门反锁。

打开碗盖后，贝儿很吃惊，随即大喊："村长，怎么我的碗里没有蛋糕？"

瞧，在权利受到侵犯时，在受到不公正待遇时，贝儿不假思索地大声地说出来，敢于主张权利——这正是律师必须具备的勇气和胆量。

执着，不畏艰险

贝儿的诉求却没有传递给村长，村长故意躲了，门也被村长反锁了。怎么办？

贝儿目光锁定旧式窗台，窗台高近乎一米，与外面相连，于是，贝儿略整衣衫，攀上窗台，顺着窗台爬出去，在院子里继续寻找村长。贝儿有勇有谋、果敢敏捷，还有一副好身手，贝儿此番表现"很律师"、很厉害。

律师的工作充满不确定性，面对复杂的社会关系，律师一方面要厘清法律关系，另一方面要迅速拿出解决问题的思路和方案，而且要根据事态发展随时调整方案。法律实务中，律师面临千般险万般难，会见难、取证难、阅卷难、风险大……律师尤其刑辩律师的工作充满艰难险阻，每日用行动书写着法律传奇。

面对困难，律师唯有勇往直前，不退缩、不逃避，逢山开路，遇水搭桥。而且，困难面前，男女平等。君不见，北京看守所清晨大门一打开，等候已久的律师以百米冲刺速度冲向座位有限的会见室，跑在队伍之首的总是脚踩高跟鞋的女律师。

入行律师，不但要有体力、有耐力、有速度，十项全能，还要有铁人精神、雷锋精神，以及秋菊的执着和冯·耶林为权利而斗争的信念。

智慧

贝儿在院中苦寻村长时，Feynman 也爬窗跑了出来。

贝儿发现良机，迅速调整原定方案，果断掉头从窗台爬回房间。在 Feynman 到来之前，偷偷品尝 Feynman 的蛋糕以确定口感是否合乎个人口味。很美味！贝儿此刻对风险、目标、成本进行全面评估和权衡，然后再次爬出去，找村长追索属于自己的蛋糕。

有必要提醒各位，在这里贝儿用的是“调虎离山”之计，而且用得很有分寸，浅尝辄止。贝儿对度的把握，也恰到好处。

很多律师喜欢研究兵法，向古人讨智慧，善于将孙子兵法、三十六计运用到实务，还能融会贯通发扬光大。有出自律师之手的“谈判 × 计”“法庭胜诉 × 招”之类的文章，就属此列，谈策略、谈技能、谈技巧，将各种知识糅合在一起，给大众提供可参照的方案。

律师，尤其是老律师，都是杂家，一脑子智慧，一肚子经验。物质产品可以复制，但形形色色的案件没有雷同，每一个案件对律师而言都是新课题，必须仔细研究，寻找出最妥当的解决方案。可以说，律师这个行业，其向社会出售的产品就是律师的“智慧”。客户、当事人从律师这里获得的是为其量身定制的智慧成果。

克制，理性

看到 Feynman 碗里有蛋糕，贝儿眼睛里流露出羡慕。想象一下，饥肠辘辘时看到美味蛋糕，大人都要偷偷咽口水。但是，贝儿非常克制，尊重 Feynman 的所有权，没有提出分享请求。贝儿尊重他人的权利，知晓权利和自由的边界，深谙尊重他人权利的深刻意义。

贝儿选择的是理性维权，向义务主体——村长追索属于自己的蛋糕。没有学过法律的贝儿，用行动阐释了法律的精神。贝儿表现的克制和理性，正是法律人应具备的品质。

律师作为法律人，理性和克制是基本要求。吃五谷杂粮的律师，你我皆凡人，喜怒哀乐七情六欲一样都不少。律师在工作中接触的几乎都是负面信息，神经受重创、情绪受打击的频率高、力度大。

如果没有强大的心脏和调适情绪的能力，律师每日如在悬崖边行走。律师在工作中必须理性，超脱自己情感，善于调整和控制个人情绪，这是律师职业的基本要求。

生活中，也有律师通过琴棋书画等格调雅致的“外补”来重塑人格和灵魂，修炼得愈加博大、从容，若一汪清水。

从容，冷静

五岁的贝儿独自面对考验，这个难题在她五年人生历程中是第一次。

贝儿不逃避、不放弃，沉着冷静，首先确定解决问题的切入口，冲破阻力（门被锁），战胜困难（翻窗台而出），同时稳住 Feynman，运用调虎离山之计，验证蛋糕美味的真伪，确定好目标和方向，启动维权行动。

律师尤其刑辩律师，在法庭上面对法官、公诉人、被告人（委托人）、同案被告人、被害人等诸多诉讼主体，律师在节奏紧张的庭审中要捕捉来自不同方面的信息并作出判断，然后迅速作出回应，或反驳或质疑或说服或诱导，陈述己方观点并说服法官接受。律师面临的环境越复杂，越要从容、理性、淡定，只有这样，才能判断准确，回应及时恰当。

律师集智慧、勇气、胆略于一身，是军师，是斗士，是勇士，是志士，是雅士。律师用行动实践冯·耶林一百多年前提出的“为权利而斗争”。在“早餐考验”中，贝儿敢于主张权利，在维权坎坷路上，贝儿调动全部智慧、胆识、果敢，执着追求，最终实现权利。

从这个角度说，贝儿不正是一个好律师吗？

故宫随想之工匠精神

每次参观故宫博物院，关注点都不同，感触不同。

前不久，我再次到故宫，本次参观重心是寿康宫。寿康宫是新对外开放的宫殿，一并展出的还有寿康宫保存了数百年的珍藏文物。

展厅里，造型精美、做工精良的玉如意、盆景、雕刻、瓷器等手工艺珍品引人驻足。有一套暗色妆奁盒，整件器物使用木器透雕工艺，装饰采用描金和镶嵌工艺手法，古色古香、富贵华丽，盒顶部是可收起、用于放镜子的支架，下部是两扇门，门内有多层抽屉和柜格。这个妆奁盒，柜门关闭放于桌上则是房间一陈设，打开门用来梳妆又极实用。其构思巧妙，让人赞叹。

手工艺术品与书画作品不同，书画久远却可看落款知其作者，手工艺术品流传后世却不知出自谁手。流传下来的石刻石雕、青铜器、陶瓷器皿等，记载和保存着中华历史，传承着中华文化，却无从知道由谁设计、由谁制作。

中国历史和文化得以流传和承继，离不开历朝历代优秀匠人的奉献。一些技艺高超、巧夺天工的手工作品，凝聚着古代工匠的心血，这些匠人通过手中的器物，向后代诠释着当时的文化、风俗和情感，传承着中华民族的性格。

寿康宫得以向公众开放，也有一个特殊群体在默默付出，他们就是故宫的文物修复师。他们的工作特殊而神秘，他们每天在故宫工作，用高超的技艺修复着故宫珍藏千百年的文物，让文物重生、恢复活力。

纪录片《我在故宫修文物》记录了他们的日常工作。以修复馆藏钟表为例，故宫收藏的钟表在世界上绝无仅有，都是孤品：一无设计图；二无同品参考；三无零配件可寻。如何唤醒沉睡的馆藏钟表，让它们在新世纪记录时间，这就是钟表修复师的任务。修复师从前辈师傅那里学得手艺，之后继续精进手艺并收徒传授技艺，毕生都在做一件事。故宫修复师有着超人的技艺和超常的耐心，数日、数月甚至数年摸索，终于让这些休眠了几百年的古董钟表重新走时、报时。我们在故宫钟表馆看到造型各异、精致绝伦的西洋钟在同一时间以各种方式报时，感到震惊、赞叹，其背后就是这些修复师的毕生努力。

文物修复，是一个颇有历史的传统行业，它沿袭师傅带徒弟的模式。老一辈师傅将经验、技术、手法、诀窍、秘诀等传给徒弟，代代相传。与经验技术一并传承的，还有匠人独具的特质。

从这些国宝级的故宫文物修复师身上，我们发现了中华传统的工匠精神：耐心、专注、精益求精、精雕细琢、追求完美和极致。他们与古董文物相伴，不急不躁，心态平和，他们与历经沧桑岁月的文物对话，用高超的手艺恢复其活力并带其到了新纪元。

在修复师眼里，文物都是有生命的，只要静静聆听就能读懂它们。文物修复师，他们从拜师学艺开始，用一生光阴专注于一件事。故宫的红墙，为文物修复师提供了一个与俗世相对隔绝的空间，在这里，他们的任务就是让文物恢复生命。

《诗经》中“如切如磋，如琢如磨”指的就是这种工匠精神。它不仅是特定行业的特定规则，还是做事的一种精神，一种境界。从手工匠人制作器物引申到做事，又升华到人格修养。

当今时代，工业化使产品在流水线上批量生产，高科技的信息沟通让世界同步，各种信息的轮番轰炸麻木了我们的感觉器官。迅捷、便捷、快捷成了时代主旋律，甚至有人形容城市上空的云都步履匆匆。焦躁和浮躁让人难以沉下心来，急功近利让人失去了耐心。人们很难长时间专注于一件事、一个物品，做事情失去了精益求精、至善至美的追求。我们今天的工匠精神已经渐行渐远。

但是，飞速发展的背后如果缺少“如切如磋，如琢如磨”的基础，虽然可以飞得快却难以致远。只有踏踏实实地精雕细琢，认真做好每一个步骤，不放过任何一个瑕疵，才能飞得快、飞得稳，最终飞得远。

春节与狂欢节

春节假期，我们到欧洲旅行，过了一个没有春晚、没有鞭炮、没有饺子的春节，却偶遇两个狂欢节，着实兴奋，甚至找回了儿时过年时的兴奋与激动。

我们坐轮渡去水城威尼斯。威尼斯，七平方公里，由一百多个小岛组成，街道就是水路。隔水相望的两栋楼，就分属两个小岛。威尼斯城没有汽车，在城里游走主要坐贡多拉或过桥。

轮渡到达威尼斯，一上岸我们就惊呆了：广场、马路上的人走来走去，戴着面具，身着华丽服饰，化装成各类形象：有妖有神，有国王有公主，有女巫有海盗，有莎士比亚戏剧中的角色，也有圣经故事里的人物。

惊恐之余，觉得自己误闯误撞登上了一个正在演出的超级大舞台，一问才知恰逢威尼斯狂欢节。在岛上行走，感觉似穿越时空，惊喜连连。刚举起相机，“剧中人”热情走过来，打招呼、摆 pose，和我们频频互动、合影，乐坏了同行的小朋友。

威尼斯狂欢节起源于欧洲古代的神农节，曾是世界上历史最久、规模最大的狂欢节之一，后来一度失去活力。二十多年前，随着旅游事业的发展，威尼斯重新恢复狂欢活动。不过，狂欢节不再是全民狂欢，而侧重于城市营销、宣传。据当地华人讲，这些“女神”“海盗”等，都是政府花钱请的职业演员，他们的工作就是装扮好在街上走来走去，让游客拍照以及合影。

噢，明白了，威尼斯狂欢节是政府主导并通过购买专项演出服务向游客提供的官方限量版旅游产品。这套路并不新鲜，和我们熟悉的“文化搭台，经济唱戏”一个套路。不过，这些装扮各异的演员毫无表演痕迹，反而让我们这些游人感觉成了闯入者，深深体验了一把穿越之妙。

两天后我们来到瑞士琉森（Lucerne），这是座历史文化名城，据说是世界最美丽、最理想的旅游城市。我们从狮子纪念碑步行到天鹅广场，进入城中心。

天哪！这个城市在舞蹈！整个城市就是一个大 party，嗨翻了天。全城百姓倾巢而出，扶老携幼粉墨登场。有装扮成狗狗的乐队在街头演奏，演到嗨处躺地上吹小号；有女鬼组合青面獠牙在人群钻来钻去，乘人不备吐出巨型红舌头；有一队太空战士推着太空飞船行走，边走边喊号子；有一个狰狞鬼屋竟然在路上动起来，从鬼屋突然冒出来一个没头鬼，吓得人心脏剧烈跳动；此时又驶来一驾清新淡雅的梦幻仙子车，绿衣仙女向空中抛撒彩带……

人山人海，却好似在梦幻中，分不清周边是人还是神。有一家人扮成巫师，巫师袍、尖顶帽，父母是大巫师，婴儿车上坐着两个小女巫，还有一个大孩子手里拖着一把用树枝精心捆扎的扫帚，边走边念咒语。有扮成一家野人的，脸上涂满油彩，身穿豹纹衫，手里拎着木棍。湖边人少的地方，有几个木乃伊装扮的人，他们用一种打击乐器卖力表演，吆喝着路人过来一起摇摆……

夜幕降临，兴奋的人们依然在路上狂欢，唱啊，跳啊，酣畅淋漓地释放着快乐，也感染着我们这些“歪果仁”，我们很自然地融进这场大 party，分享兴奋与快乐。

春节期间，能够在欧洲与传说中的狂欢节两次偶遇，真是幸运。相比而言，我更喜欢琉森狂欢节，全民同乐，全城狂欢，甚至让我们这几位含蓄内敛的中国人也不知不觉地投入其中。

狂欢节，不需要语言沟通，微笑就是通行证，只要唱起来跳起来嗨起来，每个人释放的都是友好，传递的都是美好。

如果我们每一年的春节，能够像狂欢节一样生产快乐、释放快乐、传递欢乐，那就太美妙了。

羽田机场的规则体验课

东京羽田机场，行李托运服务台前，我和女儿暖暖结束日本旅行，返程，有三件行李箱需要托运。

依据机场规定，一个旅客只能托运两件行李，我准备把另一件行李放到女儿机票下托运。我向工作人员说明情况，工作人员请我女儿过来，又叫来一位懂中文的工作人员——山口女士。

于是，一节现实版的规则体验课开始了。

山口女士和蔼可亲，很有亲和力，她微笑着用双手递给暖暖一张贺年卡。

“你好，节日快乐。”

“谢谢。”暖暖脸上的紧张不见了。

山口女士开始一项一项与暖暖核实护照和机票信息，暖暖认真作答。

然后，行李称重。

山口问暖暖：“你这件行李箱中有易燃、易爆危险物品吗？”

“没有。”作为母亲，我立刻本能地抢先回答。

山口转过身面向我，微笑，语气却坚决：“你女儿已经十岁，具备认知能力。作为行李托运人，她应当知晓相关规定，应当知晓自己的权利以及所应承担的法律责任，她要学会由自己独立承担责任。我向她提问，给她机会请她自己回答，好吗？”

我点头称是，退后几步。

山口和暖暖的谈话继续。

“你这件行李箱中有易燃、易爆危险物品吗？

“没有。”

“你这件行李箱中有锂电池、充电设备吗？”

“没有。

……

若干相关问题一一询问完毕，托运单打印出来。山口将之贴在机票背面，之后向暖暖解释托运单上每一项内容及含义，逐项询问其是否明白，暖暖一一回答。山口将机票托运单等交给暖暖。

我以为要下课了，但是——

山口依然微笑，依然弯着腰，继续保持和暖暖一样的高度，目光平视：

“请你保存好托运单。如果行李箱到达后，你发现有行李箱破损、箱内物品丢失、被调换、毁损，你要大胆地向到达机场提出来，要求赔偿。这是你的权利，你要大胆地维护你的权利。你能听明白吗？”

“明白！”暖暖声音中透出坚定。

暖暖认真地将机票护照托运单等接过来，小心翼翼地装到自己的小背包里，仔细地拉上拉链。

山口微笑，起身，挥手：“祝你顺利。”

“谢谢你，再见。”暖暖挺起小腰杆，大踏步向前走去。

旁听这一节规则课，我感触颇深。我学习法律二十多年，深谙规则之价值。规则之治，是人类迄今发现的最好、效率最高的管理方式，正所谓“没有规矩，不成方圆”。现代社会的有序发展、正常运行，其背后支撑力量就是大大小小的规则：大到法律法规，小到托运规定、游园须知……这些规则，像错综复杂的高速路网疏导车辆遵章运行一样，让社会及社会中人们的各项活动变得井然有序。规则所构建的秩序，是人们正常生存、生活、发展的基础。

但是，人们在规则践行方面，做得却不够。行人闯红灯，游客逃票入园，驾驶员高速路上任意停车，以及有人在道路旁公然便溺、排队加塞……

这些场景，太常见了。

人们办事，首先想到找人托关系，也的确存在有人好办事、有人才能办成事的现象。人们这边忙着立规则，那边又习惯破坏规则。更多时候，规则被人们当作“别人的规则”而与己无关，或者以法不责众为由，无视规则，任意妄为。

违反规则的行为，很多时候只被看作不文明行为，只是在道德层面进行不痛不痒的批评。但是，违背规则的行为应当承担责任和后果，受到相应的制裁。道德评价和规则评价是两个评价体系，不能相互替代。我们习惯用道德标准评价一切，却很少进行规则评价。

在规则教育方面，我们尚处于宣传、鼓励之初级阶段。规则之治，尚未深入人心，也没有成为行为习惯，更没有达到习惯成自然的状态。我曾为几家中小学校学生上法律课，课程设置以介绍规则内容、意义为主，只是起到法律普及作用而已，对规则意识的培养，效果甚微。

规则教育是一项长期、系统的工程，应当从娃娃抓起，并且，应当与学校教育、家庭教育、社会教育之间形成“联动”，无缝对接，彼此呼应，共同发挥作用。只有这样，才能取得良好效果，才能将规则意识植入孩子们心灵中。

东京羽田机场的这节规则教育课，展示的正是社会规则教育的一个侧面。社会之上，成年人以身作则，以事说法，对孩子规则教育效果最佳，有助于公民意识的培养。很多家长习惯为孩子包揽一切，这在某种程度上剥夺了孩子成长的机会，不利于孩子规则意识的形成。家长应适时、适度放手，让孩子在安全环境下遵守规则，自己去做，自己去感悟。

熬①

今年学会了一个字：熬。

清华一位老师曾说过：《黑客帝国》有一百层含义，能看懂其中十层就很不错了。这个“熬”字也有一百层含义，而现在我只是稍稍有了一点理解。

“熬”来源于饮食烹饪业，一般用于汤、粥或汤菜制作。在容器中装入水和食材，置于火上慢慢加热，在热能作用下，食材经过水与火的洗礼，在时间磨砺下渐渐发生化学作用，逐渐脱胎换骨而成为粥或汤，外形柔而顺滑。

人们经常用“熬”字来感慨人生。悲悯自己时常叹：苦熬吧；愤愤不平时会说：这种日子，简直是煎熬。把日子当成汤来熬，那滋味肯定不好受。你想，把人装在容器里放到火上与沸水共同加热，这得要求人有多强的耐力、毅力和体力！

熬日子与熬汤，其实有同样的无奈。汤里的食材想跳却跳不出来，人想尽方法也跳不出日子这个大容器。熬啊熬，熬啊熬，香味出来了，汤熟可以出锅了。人也是如此，终有一天熬出了头，或成王成侯，或

① 2004年秋，作者在清华园老图书馆为硕士论文苦读数月，其间写此小文自勉。2008年11月10日，《上海法治报》以《熬的意义》刊登此文。

东山再起，或学业有成，或大富大贵。熬出头的，就成了我们每天津津乐道的那些“成功人士”。

要想成一盘菜，必先熬。想成人、成事、成功、成才，也要熬。

不经历火的灼烧、水的煎熬，生鲜鱼肉上不了台面。不经历水深与火热，人又怎能练就金刚之躯？所以，熬虽是无奈，其中却透着哲理：表面上水也静、火也稳，实质上在默默进行着量的积累，悄悄等待着质的飞跃。

熬，身也苦，心也苦。有时不禁叹息：什么时候才能熬出头啊？可心里却在打气鼓劲：总有一天能熬出头，熬过了初一，马上就是十五月儿圆；熬过了寒冬腊月，就是迎春花儿开；即使现在生活苦，未来必定甜。“天将降大任于斯人也，必先苦其心志，劳其筋骨，饿其体肤……”就是说给苦熬其中的人们听的。

古人说，治大国若烹小鲜。我倒觉得，生活、人生、事业就是熬汤。

熬就熬吧，时间会给答案的。熬的时候，一边叫嚷着疼啊、苦啊，一边却努力汲取能量、充实自己。

熬吧，人天生就是美食家，不等到味美汤鲜，咱决不罢休。

忆清华食堂

学术领域，比较方法是常用的一种研究方法，尤其在法学研究中体现得更明显，将不同国家、地区的法律，按照不同的标准进行比较，从中找出差异、共性，探寻法治规律。生活中，人们也会不自觉地运用比较方法。

2005 年春天，我从清华完成学业重回职场，开启朝九晚五工作模式，每天在 GA 食堂吃饭。民以食为天，几乎每一顿饭，我都不由自主地唤醒舌尖，运用比较法对清华和 GA 的食堂进行全面细致、深入浅出的对比，把学术研究用来佐餐。

GA 有两个食堂，南边一个，北边一个。吃过三顿饭后，我就背下了全部菜名，数完左手数右手，数了右手再数左手，一共就这么多。每次吃饭，在盘中餐里粒粒寻出心仪味道，堪比解一道微积分题。

清华食堂在北京很有名，有一个说法就是“吃在清华”。清华的食堂多，按数字序号排，有 9 食堂、10 食堂、14 食堂、15 食堂……有按照坐落位置划分的，如紫荆食堂、陶园食堂……有按照服务对象划分的，如教工食堂、民族食堂……我上学三年，没有数清楚清华到底有多少个食堂。

在清华食堂能吃到各种你能想象到的美味，山东风味、四川风味、东北风味、贵州风味、陕西风味、北京风味、杭州风味，祖国各地的美食在这里都能找到，来自域外的咖喱、比萨、空心粉等，也不鲜见。一顿午餐就可以体验舌尖上的中国：东北的小鸡炖蘑菇，江浙的肉丝茭白，主食是陕西的肉夹馍，外加一碗中原的胡辣汤，最后拎一袋清华自制酸奶边走边喝。我岔着花样儿吃，毕业时还有一半以上的美食没尝过。

饮食是文化，这是我在清华的体会。餐具的搭配，餐厅的布置，食品的颜色、造型，厨师的服装服饰，都很讲究。我喜欢去的万人食堂，餐具漂亮别致，紫色、黄色、橙色、蓝色的椭圆盘、圆形碟子、小饭碗、大汤碗，配上绿色筷子，很美很萌。餐桌椅、绿植巧妙与整体空间相融合，再配上似有似无舒缓悠扬的背景音乐，营造出一个松弛神经、享受美食的氛围。

清华厨师多帅哥，穿着“清华紫”工作服，戴着洁白厨师帽，友好又亲切。在清华园熏陶久了，厨师身上也养成清华气质，闻名全国的清华馒头神张立勇就是14食堂的厨师，他托福成绩630分，成为当时年轻人的励志楷模。

GA食堂的厨具很有年代感，与快餐店不锈钢托盘同款，筷子长短不齐，褐色黑色随意混搭，个别呈弯曲不规则状。餐厅非常干净，墙洁白如雪，不过也让人遗憾：洁白的墙上缺少几幅艺术画来烘托氛围。校园喇叭一直播放新闻，让就餐气氛太严肃。

清华的食堂管理很人性化，冬天饭菜容易凉，所以厨师就把菜、汤等放在开水桶上边，开水的温度保持90度以上，菜保持恒温不会凉。餐厅还备有微波炉，用餐人还可以自己去热。

在GA食堂，三九天若能吃上一口热乎乎的饭菜再喝上一口热乎乎的粥，都会感动得热泪盈眶。GA食堂，用餐人少，从来不需排队，从来都有空座，从理论上讲吃饭可以很从容很优雅，但是不给力的暖气外加冰冷冷的硬板凳，使吃饭总带着几丝悲壮。

清华食堂高峰时间人多要排队，队伍永远是男生多女生少。不过，清华男生有尊重女生的传统，经常很绅士地请女生插队。午间十二点的清华食堂，场面最壮观，放眼望去，气势磅礴，热气腾腾。吃饭像战斗一般，风卷残云般搞定盘中餐，立刻飞速冲向教室、宿舍、图书馆。

清华 24 小时都能寻到美味，通宵做实验、学习的同学从来不担心没有饭吃。在清华，深夜食堂有数家。

GA 食堂实行军事化管理，每天三顿饭，每顿一小时，过时不候。不过，这倒是盘活了校园内小卖部，方便面火腿肠销量从来 TOP1。

斗转星移，清华已成记忆，而 GA 食堂成了最真的梦。常常深情望着托盘里的回锅肉，脑海中却浮现出清华万人食堂的狮子头。猛咽口水，将一块回锅肉送到舌尖，咀嚼着，咀嚼着，好像嚼出了狮子头的味道……

后 记

本书姗姗来迟，终于要问世了。

书中收录了我近几年写的评论、随笔、书评、影评等六十九篇小文章，内容分律师职业、社会制度、热点评论、读书思考等六个板块。有一部分文章在《方圆律政》《中华读书报》等报刊上发表过，还有一部分发表在“法律读库”“北京刑事辩护”等微信公众号上。

其实，我的主业是律师，写文章只是我繁忙工作中的插曲而已。1994年我通过全国律师资格考试后开始做律师，几年后通过公务员考试成为检察官，在清华大学读完法律硕士后，在北京再次执业律师。二十几年的法律从业经历，让我有机会深度感受现实世界。法律世界是真实生活的反射，每一个案件都是冲突、纷争、矛盾，都是一段跌宕起伏的曲折故事。法律职业让我有机会和各种当事人打交道，径直闯入当事人最真实的生活中，获得了观察和感受世界的独特视角，得以品鉴人生百态，触摸人性的温度。

我开始做律师时还不到二十岁，当时社会处于转型期，经济迅猛发展，规则之治刚刚开启，当时中国律师总人数不足万人，而社会对律师需求巨大。此等背景下，我考上律师资格后不久便拿到律师执业证，直接被推向“大海”，不得不一边扑腾一边迅速掌握“游泳技能”。

刚出校门的我，缺乏社会历练，更没有任何律师执业经验，不得不独自承办各类案件：婚姻继承、商标侵权、合同纠纷、刑事辩护，等等。幸亏有老律师的指点，执业水平快速提高，所办案件基本没出纰漏。

但是，对于一个对社会充满美好期待的年轻人而言，每一个案件背后的并不美好的故事屡屡触痛我。现实和梦想差距巨大。杀人案、伤害案、抢劫案，暴露了人性之恶。离婚案、析产案、继承案，在财产面前感情被碾压……现实对心灵的冲击，让我不由得开始思考，想探个中究竟。

思考伴随着法律生涯，一直继续。思考的范围也从手里案件拓展到整个社会，我开始关注新闻热点、社会事件。在思考时，我有意识地运用法律人的视角来观察，分层次多角度分析，找寻事物背后的根本原因。我也发现，如果将社会中的纷争、冲突一一转化成法律问题，便能够找到解决之道，运用法律技术便能解决。

独立思考的习惯逐渐养成。用什么形式将思考表达出来？文字是最好的记录方式。在检察院工作期间，工作之余，我把手里的“案件素材”进行加工，撰写了诸如《××地区伤害案调研报告》《如何防止强奸案中被害人“二次被害”》《减肥广告，谁为你减肥》等案例分析、调研报告、法律随笔，开始在报刊上发表。

随着知识的积淀和阅历的增长，我的关注面越来越广。十多年前开始给法律杂志写专栏，文章内容拓展到法治、制度、历史，偶尔也写影评、书评。

写文章对我的律师本职工作是很好的调剂。近几年我办理了数起重大复杂、社会关注度高的刑事案件，这些案件需要投入巨大的精力，办案过程中承受着巨大压力。一个案子需要连续数日准备，大脑持续处于高度紧张状态。这时候就需要适当放松，翻一翻报刊，将大脑从一种情境切换到另一种情境，针对热点话题再写篇杂评，让大脑立刻从严谨呆板的文书模式跳跃到轻松活泼的随笔模式。这种调剂，让神经得以缓解。

就这样，不知不觉中攒下了两百多篇小文章。大约两年前，我的导师张建伟教授跟我说："你这几年写了不少文章，可以出一本随笔集了。"后来我结识了中国法制出版社赵宏老师，随着交往的深入，她也开始鼓励我出一本随笔集。

虽然经常写字，但是，我从来没有想过出书。两位老师的建议和鼓励让我渐渐动了心。之后又有一件事深深触动了我，让我坚定了出书的决心：我 73 岁的父亲用掉了几百根笔芯，写了一尺多厚的书稿，经数次修改，2018 年 5 月，一本 18 万字回忆题材的书《我的贵人们》问世，在老家引起轰动。

如同小鸟梳理羽毛一样，我逐一翻拣自己几年来写下的文字，筛选出部分自认为还算鲜亮的来，集结成册，遂有此书。

我把本书作为向亲朋、师友的一种汇报，报告我的成长和思想，感谢他们数年来对我的支持和鞭策。

这本书献给我敬爱的父亲刘增朴和母亲杨存环，他们用言行引导我做好人，长本领，淡泊名利，踏实生活。

感谢我第一位师傅陈绍桐律师，是他牵着我迈过了职业生涯的第一道门槛，至今记得寒风中他骑摩托车带我去郊区村庄取证的情景。

感谢母校清华大学法学院的老师，他们助力我向高处攀登，领略无限风光。特别感谢张建伟老师、张明楷老师、黎宏老师，他们为我从事刑事辩护工作打下了坚实的理论基础。

感谢《方圆律政》杂志的刘琦、王丽、慕振东等编辑老师，他们一次次刊发我的拙作，鼓励我尝试写作不同题材，使我不断提升。感谢微信公众号“法律读库”赵志刚老师和原创团队成员，能够和“法律读库”一起成长是我的幸运。

感谢中国法制出版社赵宏老师和黄会丽老师，她们耐心细致地修改书中的语法、词句、标点等错误，让此书增色许多。

感谢我的家人，他们给我的关心和爱，让我一次一次圆梦。

我自己则把本书看作我人生中一个重要的驿站，在这里，我略作休整，然后，再次起航。

刘　玲

2018 年 11 月

图书在版编目 (CIP) 数据

分光镜下的法治 / 刘玲著 .—北京：中国法制出版社，2019.1
ISBN 978-7-5093-9842-5

Ⅰ . ①分…　Ⅱ . ①刘…　Ⅲ . ①随笔—作品集—中国—当代
Ⅳ . ① I267.1

中国版本图书馆 CIP 数据核字（2018）第 242791 号

策划编辑：黄会丽　赵　宏
责任编辑：黄会丽　　封面设计：周黎明

分光镜下的法治
FENGUANGJING XIA DE FAZHI
著者 / 刘　玲
经销 / 新华书店
印刷 / 三河市紫恒印装有限公司
开本 / 880 毫米 ×1230 毫米　32 开　　印张 / 9.5　字数 / 228 千
版次 / 2019 年 1 月第 1 版　　2019 年 1 月第 1 次印刷

中国法制出版社出版
书号 ISBN 978-7-5093-9842-5　　定价：49.00 元

值班电话：010-66026508
北京西单横二条 2 号　邮政编码 100031　　传真：010-66031119
网址：http://www.zgfzs.com　　**编辑部电话：010-66070084**
市场营销部电话：010-66033393　　**邮购部电话：010-66033288**
（如有印装质量问题，请与本社印务部联系调换。电话：010-66032926）

2019
法律人手账

To
Lawyers,
for
Lawyers.

插画：张建伟

你们是道路，也是行路者。

——纪伯伦

LAW
jervis

1月

2019 / JAN

Attitude is everything.
态度决定一切。

—— Diane von Furstenberg ·
（黛安·冯·芙丝汀宝）

二	三	四	五	六	日	一	二	三	四	五	六	日	一	二	三
1	2	3	4	5	6	7	8	9	10	11	12	13	14	15	16
元旦	廿七	廿八	廿九	小寒	腊月	初二	初三	初四	初五	初六	初七	初八	初九	初十	十一

四	五	六	日	一	二	三	四	五	六	日	一	二	三	四
17	18	19	20	21	22	23	24	25	26	27	28	29	30	31
十二	十三	十四	大寒	十六	十七	十八	十九	二十	廿一	廿二	廿三	廿四	廿五	廿六

2月

2019 / FEB

Keep your eyes on the stars, and your feet on the ground.

仰望星空，脚踏实地。

—— Theodore Roosevelt

（西奥多·罗斯福）

五	六	日	一	二	三	四	五	六	日	一	二	三	四
1	2	3	4	5	6	7	8	9	10	11	12	13	14
廿七	廿八	廿九	除夕	春节	初二	初三	初四	初五	初六	初七	初八	初九	情人节

五	六	日	一	二	三	四	五	六	日	一	二	三	四
15	16	17	18	19	20	21	22	23	24	25	26	27	28
十一	十二	十三	十四	元宵节	十六	十七	十八	十九	二十	廿一	廿二	廿三	廿四

3 月

2019 / MAR

When the going gets tough, the tough get going.
道路艰难，唯勇者行。

—— Joseph Kennedy
（约瑟夫·肯尼迪）

五	六	日	一	二	三	四	五	六	日	一	二	三	四	五	六
1	2	3	4	5	6	7	8	9	10	11	12	13	14	15	16
廿五	廿六	廿七	廿八	廿九	惊蛰	二月	妇女节	初三	初四	初五	植树节	初七	初八	初九	初十

日	一	二	三	四	五	六	日	一	二	三	四	五	六	日
17	18	19	20	21	22	23	24	25	26	27	28	29	30	31
十一	十二	十三	十四	春分	十六	十七	十八	十九	二十	廿一	廿二	廿三	廿四	廿五

4月

2019 / APR

Cleverness is a gift, kindness is a choice. And will you take pride in your gifts or pride in your choices？

聪明是一种天赋，而善良是一种选择。你们会为自己的天赋而骄傲，还是会为自己的选择而骄傲？

—— Jeff Bezos

（杰夫 · 贝佐斯）

一	二	三	四	五	六	日	一	二	三
1	2	3	4	5	6	7	8	9	10
廿六	廿七	廿八	廿九	清明节	初二	初三	初四	初五	初六

四	五	六	日	一	二	三	四	五	六
11	12	13	14	15	16	17	18	19	20
初七	初八	初九	初十	十一	十二	十三	十四	十五	谷雨

日	一	二	三	四	五	六	日	一	二
21	22	23	24	25	26	27	28	29	30
十七	十八	十九	二十	廿一	廿二	廿三	廿四	廿五	廿六

5月

2019 / MAY

The main thing is to keep the main thing the main thing.

最重要的是把要事当作要事。

—— Stephen Covey

（史蒂芬·柯维）

三	四	五	六	日	一	二	三	四	五	六	日	一	二	三	四
1	2	3	4	5	6	7	8	9	10	11	12	13	14	15	16
劳动节	廿八	廿九	青年节	四月	立夏	初三	初四	初五	初六	初七	母亲节	初九	初十	十一	十二

五	六	日	一	二	三	四	五	六	日	一	二	三	四	五
17	18	19	20	21	22	23	24	25	26	27	28	29	30	31
十三	十四	十五	十六	小满	十八	十九	二十	廿一	廿二	廿三	廿四	廿五	廿六	廿七

jarvis chang

6月

2019 / JUN

When things go wrong, don't go with them.

当事情偏离了正确方向时，你却要保持正确的方向。

—— Elvis Presley

（埃尔维斯·普雷斯利）

六	日	一	二	三	四	五	六	日	一	二	三	四	五	六	日	一	二	三	四	五	六	日	一	二	三	四	五	六	日
1	2	3	4	5	6	7	8	9	10	11	12	13	14	15	16	17	18	19	20	21	22	23	24	25	26	27	28	29	30
儿童节	廿九	五月	初二	初三	芒种	端午节	初六	初七	初八	初九	初十	十一	十二	十三	父亲节	十五	十六	十七	十八	夏至	二十	廿一	廿二	廿三	廿四	廿五	廿六	廿七	廿八

7月

2019 / JUL

Youth is not a time of life; it is a state of mind.
青春不是年华，而是心境。

—— Samuel Ullman

（塞缪尔·厄尔曼）

一	二	三	四	五	六	日	一	二	三	四	五	六	日	一	二
1	2	3	4	5	6	7	8	9	10	11	12	13	14	15	16
建党节	三十	六月	初二	初三	初四	小暑	初六	初七	初八	初九	初十	十一	十二	十三	十四

三	四	五	六	日	一	二	三	四	五	六	日	一	二	三
17	18	19	20	21	22	23	24	25	26	27	28	29	30	31
十五	十六	十七	十八	十九	二十	大暑	廿二	廿三	廿四	廿五	廿六	廿七	廿八	廿九

JERVIS

8月

2019 / AUG

Life is not fair; get used to it.

生活并不公平，接受它吧。

—— Bill Gates

（比尔 · 盖茨）

四	五	六	日	一	二	三	四	五	六	日	一	二	三	四	五
1	2	3	4	5	6	7	8	9	10	11	12	13	14	15	16
建军节	初二	初三	初四	初五	初六	七夕	立秋	初九	初十	十一	十二	十三	十四	中元节	十六

六	日	一	二	三	四	五	六	日	一	二	三	四	五	六
17	18	19	20	21	22	23	24	25	26	27	28	29	30	31
十七	十八	十九	二十	廿一	廿二	处暑	廿四	廿五	廿六	廿七	廿八	廿九	八月	初二

by Jervis

9月

2019 / SEPT

No matter what they think, no matter what they say, I know I'm very special in my very own special way!

无论别人怎么想，无论别人怎么说，我知道我很特别，我是一个与众不同的存在！

—— Author Unknown

（佚名）

日	一	二	三	四	五	六	日	一	二	三	四	五	六	日
1	2	3	4	5	6	7	8	9	10	11	12	13	14	15
初三	初四	初五	初六	初七	初八	初九	白露	十一	教师节	十三	十四	中秋节	十六	十七

一	二	三	四	五	六	日	一	二	三	四	五	六	日	一
16	17	18	19	20	21	22	23	24	25	26	27	28	29	30
十八	十九	二十	廿一	廿二	廿三	廿四	秋分	廿六	廿七	廿八	廿九	三十	九月	初二

JERVIS CHANG

10 月

2019 / OCT

Man is not made for defeat.

人不是为失败而生。

—— Ernest Hemingway

（欧内斯特·海明威）

二	三	四	五	六	日	一	二	三	四	五	六	日	一	二	三
1	2	3	4	5	6	7	8	9	10	11	12	13	14	15	16
国庆节	初四	初五	初六	初七	初八	重阳节	寒露	十一	十二	十三	十四	十五	十六	十七	十八

四	五	六	日	一	二	三	四	五	六	日	一	二	三	四
17	18	19	20	21	22	23	24	25	26	27	28	29	30	31
十九	二十	廿一	廿二	廿三	廿四	廿五	霜降	廿七	廿八	廿九	十月	初二	初三	初四

11月

2019 / NOV

Love all. Trust a few. Do wrong to none.
爱所有人，信部分人，不伤害任何人。

—— William Shakespeare
（威廉·莎士比亚）

五	六	日	一	二	三	四	五	六	日	一	二	三	四	五
1	2	3	4	5	6	7	8	9	10	11	12	13	14	15
初五	初六	初七	初八	初九	初十	十一	立冬	十三	十四	十五	十六	十七	十八	十九

六	日	一	二	三	四	五	六	日	一	二	三	四	五	六
16	17	18	19	20	21	22	23	24	25	26	27	28	29	30
二十	廿一	廿二	廿三	廿四	廿五	小雪	廿七	廿八	廿九	冬月	初二	初三	初四	初五

12月

2019 / DEC

It's faith in something and enthusiasm for something that makes a life worth living.

有信仰、有热情使我们的人生值得一过。

—— Oliver Wendell Holmes

（奥利弗·温德尔·霍姆斯）

日	一	二	三	四	五	六	日	一	二	三	四	五	六	日	一
1	2	3	4	5	6	7	8	9	10	11	12	13	14	15	16
初六	初七	初八	初九	初十	十一	大雪	十三	十四	十五	十六	十七	十八	十九	二十	廿一

二	三	四	五	六	日	一	二	三	四	五	六	日	一	二
17	18	19	20	21	22	23	24	25	26	27	28	29	30	31
廿二	廿三	廿四	廿五	廿六	冬至	廿八	廿九	圣诞节	腊月	初二	初三	初四	初五	初六

建议定价：20.19元

A CLEA

洞

理解

I

张